KB271490

龍
용들의 전쟁
레디오스 新무협 판타지 소설

# 용들의 전쟁 1

레디오스 新무협 판타지 장편 소설

초판 1쇄 찍은 날 § 2006년 8월 14일
초판 1쇄 펴낸 날 § 2006년 8월 24일

지은이 § 레디오스
펴낸이 § 서경석

편집장 § 문혜영
편집 § 최하나 · 문정흠

펴낸곳 § 도서출판 청어람
등록번호 § 제1081-1-89호
등록일자 § 1999. 5. 31
어람번호 § 제2-0981호

주소 § 경기도 부천시 원미구 심곡1동 350-1 남성B/D 3F (우) 420-011
전화 § 032-656-4452  팩스 § 032-656-4453
http://www.chungeoram.com
E-mail § eoram99@chollian.net



ISBN 89-251-0265-X 04810
ISBN 89-251-0264-1 (세트)

# 龍

## 용들의 전쟁

Fantastic Oriental Heroes

레디오스 新무협 판타지 소설

**1**

막당(莫糖)

도서출판 청어람

# 목차

작가의 말

가슴이 있습니다.

아빠, 엄마, 제 인생의 가족과 친척들이 있습니다.

제 길을 걸어가면서 어깨를 빌리고 빌려주었던 친구들이 있습니다.

하이텔 sg1869에서 'misery.na.la'로 이사까지 하며 끝없이 저를 감싸주고 독려해 주고 사랑을 주고받았던 레디동의 귀한 친구들이 있습니다.

마천루를 통해 만났고 끝내 함께할 소중한 인연들이 있습니다.

글을 쓰며 만났던 수많은 작가 분들과 독자 분들이 있습니다. 만화를 하며 만났던 수많은 작가 분들과 독자 분들이 있습니다.

글을 연재하면서 끝없이 저를 격려하시고 잘못된 부분을 지적하셨던 이 글의 독자 분들이 있습니다. 글 한 줄 더 잘 나올 수 있도록, 더 완벽할 수 있도록 최선을 다하여 자신의 시간을 베푸신 분들이 있습니다.

　천 년의 시간도 부족하다 여길 만큼 글을 떠난 저를 만 년이라도 기다려 주실 듯 바라보는 분들이 있습니다.

　이 글을 읽는 분들의 가슴에 조금이라도 파문이 일게 된다면, 그것은 저와 그분들의 가슴 방울이 떨어졌기 때문입니다.

　　2005. 9. 30. 밝은 방 안에서 레디오스 성화 올림.

동방성(東方星)이 가문의 검을 들었다. 창천(蒼天)이 혈천(血天)으로 바뀌고 속세를 떠난 자들까지 혈호(血湖)에 몸을 담았다. 중소 세력은 거대 세력에게 규합되었고, 약육강식(弱肉强食)의 길만이 하늘을 가로질렀다.

천하가 삼분되니 정(正), 사(邪), 마(魔)!

근본을 추구하고 거짓을 멀리하며 시류에 휘둘리지 않는 정신. 올곧은 길. 작은 수작에 현혹되지 않고 내가 보는 저것이 바로 길임을 깨우쳐야 하는 정도(正道) 삼십사문(三十四門) 십삼파(十三派) 육사(六寺). 이들은 무공의 변형을 용납하지 않았으며, 무기의 변형도 인정하지 않았다. 그것을 인정하는 자들은 사도라 하여 용납하지 않았고, 징벌에 망설임이 없었다.

세상의 변화에 순응하며 하늘이 미처 내놓지 못한 길을 찾는 정신. 새로운 길. 하찮은 물건이라 해도 그것이 하늘의 일부임을 알고 포용하고 가꾸는 사도(邪道) 십이문(十二門) 이십파(二十一派) 이곡(二谷). 이들은 자신의 무공을 항상 새롭게 변화시키려고 노력했으며, 다양한 무기를 즐겼다. 또한 자신들의 뜻을 지키기 위해 망설이지 않고 피를 뿌렸다.

수행, 수행, 수행. 행동의 모든 근본이 힘에 있다고 주장한다. 행동하기 위해 힘을 찾고, 힘을 찾기 위해 수행하는 정신. 하나보다 둘의 힘이 크고, 둘보다 열의 힘이 크다는 것을 일깨우며 이웃하는 자를 늘리는 마도 일교(一敎). 수행을 통한 무공을 이웃과 공유하고, 또 경쟁하여 더 큰 힘을 얻는 자들이며, 그 어떠한 방식도 외면하지 않았다. 이들은 스스로의 힘을 평가하여 확신을 얻기만 하면 새로운 이웃을 찾기 위해 혈풍(血風)도 불사했다.

삼분된 천하는 오랜 시간 강호를 들끓게 했다. 그리고 정도의 검을 처음 치켜들었던 동방성의 손자 동방량(東方良)이 무림을 통일했다. 동방세가를 중심으로 무림맹(武林盟)이 결성되고, 모든 이들이 머리를 숙였다. 사도는 무림의 새로운 변화를 따라 마음속으로만 변화를 꾀했고, 마도는 힘의 뜻에 따라 더 큰 힘을 얻을 때까지 행동을 중지했다.

모두가 알고 있었다, 절대자의 시대가 오래가지 못할 것임을. 최후의 결전에서 큰 부상을 입은 동방량이 중병으로 누워 있었기 때문이다. 네 명의 아들이 있는 동방세가는 동방량의 죽음과 함께 후계자 문제로 분열될 가능성이 높았다. 그것은 곧 무림맹의 분열과 직결될 것이다. 모두가 그것을 인지하고 있었기에, 정파의 중심들은 동방량이 깊은 어둠에서 헤어나길 바랐다. 어서 동방세가의 후계자를 결정짓고 확고한 정파 시대를 열어주기를 처절하게 원했다.

동방량은 꿈을 꾸었다.

무성한 숲에 절진이 설치되어 있었다. 숲은 동방량에게 하나의 길만을 열고 있었다. 동방량은 숲에 순응하며 나뭇잎과 안개가 가린 저편으로 걸었다. 안개가 좌우로 흩어지자 호수가 보였다. 호수는 너비를 측량할 수 없을 만큼 짙은 안개 속에 있었다. 명경지수(明鏡止水)처럼 맑은 수심이 호수 안의 모든 것을 드러냈다. 그 속에는 세 마리의 용이 싸우는 중이었다.

"청룡이 어찌 저리 작은가?"

서로를 물고 뜯는 모습을 보다가 동방량이 탄식했다. 한입에 삼켜질 듯 위태한 모양새의 청룡은 좌우의 흑룡과 적룡에게 고전하고 있었다. 그러나 흑룡이 삼킬라 치면 적룡이 방해하고, 적룡이 물어뜯으려 하면 흑룡이 기염을 토했다. 청룡은 용케 살아남아 창천을 그리고 있었다.

비가 내렸다. 안개가 걷히고 폭풍우가 몰아쳤다. 나무가 쓰러지고 호수에 파문이 일었다. 흑룡이 포효하여 천둥이 치고, 적룡이 진노하여 번개가 쳤다. 일순간 흑룡의 입에 물린 여의주에서 창천의 빛이 흘렀다. 흑룡은 곧 승천했고, 적룡과 청룡은 서로를 견주며 비늘을 곤두세웠다.

"곧 먹히겠구나."

동방량이 측은한 눈으로 청룡을 보다가 우수를 들었다.

"아차!"

뒤늦게 후회했지만, 이미 적룡을 향해 돌을 던진 뒤였다. 적룡이 깜짝 놀라 돌을 피하다가 청룡에게 목을 물어 뜯겼다. 적룡은 급히 호수를 뛰쳐나와 안개가 걷힌 저편의 뭍에 올랐다. 그리고 동방량을 원망스러운 눈으로 바라봤다. 곧 적룡의 모습은 좌우에서 몰려든 안개에 휩싸여 사라졌다.

동방량은 청룡을 보았다. 청룡은 승천하지 않고 있었다. 창천의 빛이 여의주에 머물러 있었으나 더 깊이 가라앉고만 있었다. 동방량은 뒤늦게 깨달았다. 애초에 청룡은 승천할 생각이 없었던 것이다.

"이럴 수가!"

청룡은 하늘을 보는 중이었다. 자신이 취한 호수로 하늘을 당기고 있었다. 흑룡이 하늘을 품에 안고 호수를 먹으려 했다. 호수에 담긴 하늘과 호수를 가릴 하늘이 서로를 엮었다. 그때 다시 안개가 걷혔다. 동방량은 호수 저편에서 땅으로 스머드는 적룡을 보았다. 적룡이 땅을 가꾸어 하늘과 호수를 삼킬 듯 입을 벌렸다. 엮였다. 섞였다. 괴로웠다. 세상이 온통 뒤죽박죽이 되니 속이 메스꺼웠다.

"이것은!"

동방량은 눈을 떴다.


"주군께서 깨어나셨다!"

"아버님!"

"아버지!"

자식들이 포함된 십여 명의 군웅들이 동방량을 향해 고함쳤다. 동방량은 급히 검지를 들어 맏아들 동방천(東方泉)을 가리켰다.

"나의 뒤는 동방천! 무림을 놓지 말아라! 천하가 다시 삼분되면 무림은 끝이다! 용! 세 마리의 용이……."

어떠한 대답도 듣기 전에 동방량은 숨을 거두었다. 동방량의 예언이 끔찍스러워 모두가 통곡할 기회조차 잃고 입만 벌리고 있었다.

후계자가 된 동방천은 삼 일 뒤에 동방량의 삼남 동방진상(東方眞想)에게 살해됐다. 그러자 둘째 동방인(東方仁)과 막내 동방진양(東方眞梁)이 힘을 합하여 죄를 물었고, 동방진상은 일부의 세력과 함께 도주했다. 형제천하(兄弟天下)는 삼 개월 후 동방진양이 독살당하는 것으로 끝을 맺었다. 소림사의 주지 현배 대사(現培大師)가 동방인에게 죄를 물어 쫓아냈다. 임시 맹주로 현배 대사가 추대되었으나 이미 천하는 삼분된 뒤였다.

# 1장

## 막당(莫糖)

막당(莫糖)

돌마을은 사천성의 서쪽 끄트머리에 위치한 소규모의 터전이었다. 주변이 산으로 뒤덮여 있고 경작지보다는 돌무더기가 더 많아서 터를 잡기 어려운 곳이다. 사방이 병풍처럼 산세에 막히고, 밟히는 것은 돌뿐인 곳에 마을이 있다는 것은 신기한 일이었다. 이곳에 사람들이 찾아와 터전을 잡은 이유는 무거운 세금을 피하기 위해서였다.

조세는 관에서만 거두지 않았다. 지역을 지켜준다는 명목으로 거두는 강호문파들의 조세가 지주들마저 부담스럽게 했다. 조세의 고통을 이기지 못한 사람들은 지주까지 포함하여 마을을 몰래 도망치기 일쑤였는데, 대부분 강호의 손이 미치지 않는 깊은 산중으로 갔다.

근본이 부지런했던 사천성 사람들은 땅을 가린 돌을 치우고 경작지를 만들기 시작했다. 산으로 둘러싸여 무릉인지 천공인지 모를 숨겨진 이 마을은, 오직 입소문만으로 사람들을 불러 모았다. 치우고 치워도 끝없이 드러나는 돌 때문에, 사람들은 이곳을 '돌마을[石里]'이라 불렀다. 어쩌다 한 번씩 조세를 피해 도망 온 이들이 자리를 잡았고, 가끔 험준한 산맥을 넘어와서 물을 찾는 라마승도 있었다. 마을 사람들은 욕심 대신 자비심을 간직한 라마승을 좋아했다. 일부의 마을 사람들은 라마승에게 경전을 배우기도 했다.


"저기 있다!"

막희(莫嬉) 패거리가 막당(莫糖)을 발견하고 손가락질했다.

막당은 꽃을 꺾고 있었다. 볼 살이 통통하고 복숭아빛이 남아 있어 십삼 세의 나이를 어렵지 않게 짐작할 수 있는 얼굴이다. 하지만 덩치는 결코 십삼 세라 할 수 없었다. 누가 보면 십팔 세라 여길 만큼 거구의 덩치가, 그 체격에 어울리지 않게 꽃을 꺾는 중이었다. 막당이 꽃을 꺾는 곳은 라마승이 마을을 찾을 때 항상 거치는 산중이었다. 일반 사람들이 지나기에는 너무 험준하여 여행자의 발에 짓이겨진 잡초마저 눈에 띄지 않는 곳이다.

"미친놈! 왜 여기까지 와서 날 힘들게 하는 거야?"

막희는 한 품 가득 꽃을 안고 있는 동생을 보고 아미를 찌푸렸다. 막희는 산중 마을에 사는 여인답지 않게 용모가 고왔다. 부모가 혼담을 걱정할 십육 세의 나이가 되었는데, 마을 사내들이 감히 청혼하지 못할 정도다. 마을 사내들은 대부분 막희를 사모했고, 마을 처녀들은 막희를 질투했다. 하지만 어떤 여자도 막희에게 해코지를 할 수 없었다. 막희의 신분도 그렇지만, 양끝으로 치켜 올라간 눈썹만큼이나 독한 성격을 가지고 있어서 감히 시비를 거는 여인이 없었다.

"야! 막당!"

막희가 눈썹 끝을 매섭게 세우며 고함쳤다. 우둔한 동생이 싫었다. 꽃을 한아름 안고 있는 저 동생은 마을에서 제일 멍청한 녀석이었다. 그것이 얄밉고 부끄러워 막희는 늘 동생을 찾아 괴롭혔다. 자신을 따르는 청년들은 신분의 차이를 염려하여 처음엔 막희가 하는 짓을 말린 적도 있었다. 하지만 지금은 막희의 분노를 두려워하여 똑같이 막당을 괴롭히는 존재가 되었다. 아니, 이제는 오히려 막희보다 더 심하게 막당을 괴롭히기도 했다. 막당은 언제나 친누나의 패거리에게 얻어맞기 일쑤였다.

"누님! 누님! 도와주십시오! 더 이상 꽃을 안을 수 없습니다!"

막당이 활짝 웃으며 막희를 반겼다. 불쾌감이 가중됐다. 집을 벗어나서 자신을 만나면 늘 얻어맞는다는 것을 알면서도 막당은 반가워한다. 마치 자신을 놀리는 것만 같아, 막희의 화가 더욱 치솟았다.

"여기서 뭘 하는 거니? 너 때문에 내가 얼마나 고생했는지 알아?"

막희는 표독한 눈매로 동생을 쏘아봤다. 막당을 괴롭힐 계획을 잡고 마을 전체를 이 잡듯 뒤졌으나 발견하지 못했었다. 경작하던 어르신이 막당을 봤다며 산을 가리키지 않았다면 끝내 찾지 못했을 것이다. 막당을 찾는 시간이 길어질수록 막희의 불쾌감은 극에 달했다. 분기가 머리끝까지 오를 즈음에 발견한 막당의 모습은 막희의 눈에 살기마저 일게 만들었다. 막당이 웃으며 답했다.

"꽃을 꺾고 있었습니다. 봄꽃입니다, 누님."

"왜 꽃을 꺾느냐고 묻는 거야, 이 멍청아!"

"어머님이 봄꽃을 보고 싶다 하셨습니다, 누님."

뒤늦게 막희는 아침의 일을 떠올렸다. 막당과 함께 아침 인사를 드리러 가는데, 전씨 부인이 '봄꽃 필 때가 되었는데 정원은 여전히 겨울이구나' 라며 혼잣말을 했었다. 막당은 그게 마음에 걸려 이곳 산중을 찾은 것이다. 막희의 화가 더욱 치솟았다. 어머니에게 혼자 잘 보이려고 수작을 부리는 것처럼 느껴졌다. 실제로 전씨 부인은 자신보다 막당을 더 좋아했다. 아니, 전씨 부인뿐 아니라 아버지인 막정균(莫正均)도 막당을 더 아꼈다.

퍽!

막희는 동생의 가슴을 걷어찼다.

"어이쿠! 누님, 잘못했습니다!"

막당은 울상이 되어 자신이 놓쳤던 꽃을 급히 주워 안았다. 막희의 눈이 더욱 악랄해졌다. 이렇게 울상이 되어 칭얼거려도 내일이면 또 활짝 웃겠지. 재수없는 자식! 아파서 용서를 비는 게 아니라 날 놀리려고 수작을 부리는 거야! 막희는 다시 한 번 걷어차려고 발을 들었다. 하지만 막당을 걷어차지는 않았다. 막당의 뒤쪽에 꽃밭의 끝이자 절벽의 시작이 되는 곳이 보였기 때문이다.

막희는 두 눈에 한기를 담고 미소 지었다. 이 멍청한 녀석이 난처해서 어쩔 줄 몰라 하는 꼴을 보고 싶어. 내가 화난 만큼 이 녀석도 괴로워야 해. 저렇게 거짓으로 괴로워하는 꼴이 아니라, 진짜 난처해서 괴로워하는 꼴이 보고 싶단 말야! 막희가 미소를 머금고 말했다.

"너 모르는구나. 엄마가 보려는 꽃은 그게 아냐."

"예? 이것은 봄꽃입니다, 누님."

막당이 놀라며 고개를 저었다. 막희는 검지를 뻗어 계곡의 끄트머리를 가리켰다.

"세상에 봄꽃이 한두 가지니? 세상 모든 봄꽃을 다 안고 가면 엄마가 좋아하실 것 같아? 가뜩이나 병중이신 엄마에게 수많은 꽃들을 헤치며 그 꽃을 찾게 할 셈이구나. 불효자 같으니. 엄마가 찾는 꽃은 저기에 있어, 멍청아!"

"멍청아!"

"멍청아!"

막희의 주변에 있던 녀석들도 함께 조롱했다. 누구보다 막희를 흠모하는 땅지기 놈은 막당을 발로 걷어차기까지 했다. 돌마을에 성을 가진 사람은 막씨 일가뿐이었다. 땅지기 말고도 막희 주변의 모든 청년들이 다 성을 갖고 있지 않았다. 출신이 천한 자들은 성을 가져야 할 이유가 없기 때문이다. 이 청년들의 부모는 모두 다 막씨 일가에게 땅을 빌려 쓰고 있었다. 막희, 막당의 아버지인 막정균은 돌마을의 지주였다.

"당장 저기로 가지 못해, 멍청아?"

"멍청아!"

"멍청이 녀석!"

사십여 년 전 막씨 일가가 이곳에 왔을 때 동행했던 다른 이들은 모두 다 하인이었다. 막정균의 아버지는 하인들을 부려 땅을 일궜지만, 라마승에게 감화된 아들은 달랐다. 막정균은 아버지가 죽자, 제일 먼저 하인들에게 땅을 주고 각각의 터전을 일구게 하였다. 그리고 돌을 치워 경작지를 만드는 법도 알려줬다. 시간이 꽤 흘렀지만, 여전히 마을 사람들은 막씨 일가를 주인 모시듯 했다. 마을에 새로 찾아와서 막씨 일가에게 땅을 빌린 자들도 공경심을 가졌다. 그 때문에 마을 사람들이나 그 자식들은 막씨 일가를 함부로 대하지 않았다.

유일한 예외가 있다면 그건 막당이었다. 막희와 막당을 저울질하던 아이들이 막희의 뜻을 존중했던 이유다. 막당은 멍청하고 고자질을 할 줄 모르니 그것이 현명한 선택이었다.

"저기에 어머님이 찾고 계신 꽃이 있단 말입니까?"

"지금 내가 너한테 거짓말을 한다고 생각하는 거니?"

"누님이 제게 그럴 이유가 없습니다."

막당은 품의 꽃을 모두 버린 채 막희가 가리킨 곳으로 다가갔다. 그리고 계곡 끄트머리에서 뒤통수를 긁적였다.

"이 꽃들도 모두 하나씩 꺾었습니다, 누님."

"바보야! 그 꽃이 아니라 아래쪽에 있는 꽃이야! 그 밑으로 내려가야 있다고! 엄마가 아무렴 아무 데서나 주울 수 있는 꽃 따위를 보고 싶겠니?"

"그렇군요, 누님! 미처 생각하지 못했습니다."

막당은 화색이 되어 절벽 아래를 보았다. 막희도 조심스레 막당의 뒤로 접근하여 절벽 아래를 살폈다. 급히 깎인 경사지만, 중간에 턱도 있고 완만한 부분도 언뜻 보였다. 그러나 한번 구르기 시작하면 가속도를 감당하지 못하여 끝까지 떨어지게 될 것이 자명했다. 막희는 보기만 해도 현기증이 나는 바위 무리의 바닥에 겁을 먹었다. 막희가 두 걸음 물러섰을 때, 막당이 울상을 지으며 고개를 돌렸다.

"너무 위험합니다, 누님."

막당의 울상에 막희는 속으로 쾌재를 불렀다.

"흥! 엄마의 소원보다 네 두려움이 앞서는 걸 보니 불효자구나!"

"무, 무서울 뿐입니다. 어머님에게 꽃을 드리고 싶은 마음은 변함이 없습니다."

"그런데 왜 내려가지 않지? 꽃은 그 아래 튀어나온 바위 밑동에 있어."

막당은 다시 절벽 아래를 보며 기겁했다.

"어이쿠! 저 바위까지 어떻게 내려가야 합니까?"

"네가 불효자라서 내려가지 못하는 거야. 이 바보 불효자야!"

"바보 불효자야!"

"몹쓸 불효자 녀석! 지금쯤 마님이 울고 계실걸?"

약속이라도 한 듯 주변 녀석들이 일제히 놀렸다. 막당의 얼굴이 더욱 일그러졌다. 막희가 마음속으로 어떤 말을 해야 막당이 더 괴로워할까 고민하다가 '네가 불효자라서 엄마의 병환이 더 심해지실 거야!' 라는 말을 떠올렸다. 하지만 그 말을 꺼낼 수가 없었다. 막당이 슬그머니 몸을 기울이더니 절벽 아래로 다리를 내려놓았기 때문이다. 생각지도 못했던 일인지라 막희는 기겁했다.

"그, 그만둬! 엄마는 이제 네가 꺾는 꽃을 보고 싶지 않을 거야!"

"꽃을 드리고 용서를 빌겠습니다."

“그만두라니까!”

“아니, 그래도… 어악!”

“꺅!”

발을 헛디뎠는지 막당의 모습이 절벽 아래로 급히 사라졌다. 막희는 비명을 지른 입을 두 손으로 막은 채 떨기 시작했다. 곁에 있던 녀석들도 마찬가지였다. 모두가 창백한 얼굴로 막당이 사라진 절벽을 응시했다. 막희가 오른쪽으로 곁눈질을 하자, 하얗게 질린 땅지기의 얼굴이 보였다. 땅지기는 덩치가 크고 힘이 세서 경작을 잘할 것 같기에 붙여진 이름이었다. 막희가 땅지기에게 명령했다.

“가, 가봐.”

“으… 응.”

땅지기는 저리는 오금을 억지로 주체하며 절벽으로 다가갔다. 미처 절벽 아래를 살피기도 전에 막당의 목소리가 들렸다.

“누님, 살려주십시오!”

앞섰던 땅지기뿐 아니라 막희까지 안도의 숨을 쉬며 주저앉았다. 땅지기가 절벽 아래로 고개를 내밀어보니, 막당이 위태로운 경사면에 손끝을 박고 울고 있었다. 다행히 발을 디딜 곳을 찾은 듯했다.

“땅지기 형님, 저를 살려주십시오.”

“이이이, 이 바보 같은 놈아! 왜왜, 왜 내가 너를 살려줘야

하지? 멍청하게 여길 뛰어내린 네가 잘못한 거다!"

"예, 죄송합니다. 죄송합니다! 다시는 이런 일이 없을 테니 저를 구해주십시오!"

땅지기는 막희를 돌아봤다. 막희가 스스로를 진정시키려는 듯 가슴에 손을 얹은 채 고개를 끄덕였다. 곧 땅지기는 막희 주변의 청년들에게 고함쳤다.

"뭘 해, 이 막당 같은 놈들아! 어서 줄이 될 만한 것을 찾아와!"

"그, 그래! 길이는… 어느 정도?"

"이 장쯤?"

땅지기의 말에 막희의 눈이 휘둥그레졌다.

"그렇게 많이 떨어졌어?"

"하, 하지만 걸칠 곳이 있어서 위험하지는 않아."

청년들이 흩어졌다. 땅지기는 절벽에서 물러나며 막희의 곁으로 다가갔다. 막희를 진정시킨다는 명목으로 수작을 걸려던 셈이었다.

덜걱.

"꺅!"

땅지기가 막희의 어깨를 두드리려던 찰나, 절벽 아래서 돌이 구르는 소리가 들렸다. 땅지기는 막희의 비명에 움찔하더니 급히 절벽으로 달려갔다. 그리고 절벽 끄트머리에 바짝 엎드린 채 아래의 상황을 확인했다. 땅지기가 창백한 얼굴로 소리 질렀다.

"뭐, 뭘 하는 거야!"

"아니, 여기 조금만 내려가면… 어머님 드릴 꽃이……."

막당의 목소리를 듣자마자 막희가 앙칼지게 고함쳤다.

"미, 미친놈아! 꽃은 내버려 두고 얌전히 매달려 있어!"

"하지만… 누님."

"하지만이고 나발이고 거기에 얌전히 있지 않으면 엄마한
테 이를 거야! 네가 한 짓을 듣게 되면 엄마는 놀라서 기절하
실걸?"

"헉! 어머님은 몸이 약하셔서 기절하시면 안 됩니다!"

"그러니까 가만히 있어!"

계곡 아래를 보지 않아도 알 수 있었다. 막당은 분명히 자
신이 가리켰던 바위를 향해 내려가고 있었을 것이다. 땅지기
가 계곡 아래로 손을 휘젓다가 길게 한숨을 쉬는 걸 보니, 아
마도 더 이상 내려가지 않는 모양이다. 막희는 가슴을 쓸고는
땅지기에게 말했다.

"또 내려가나 잘 감시해."

"응. 걱정하지 마. 억! 밑에 쳐다보지 마, 멍청아!"

막당은 바위 아래 감춰진 꽃이 못내 아쉬운 듯 자꾸 시선을
아래로 향했다. 막당이 포기했을 것이라고 여긴 땅지기는 또
한 번 한숨을 쉬고는 몸을 일으켰다. 그때 자신의 바로 뒤에
서 막희의 목소리가 들렸다.

“괜찮은 거지?”

“헉!”

“꺄악!”

막희의 목소리에 놀라 중심을 잃은 것은 둘째 치고, 땅지기의 엉덩이가 막희의 허벅지에 부딪치고 말았다. 땅지기는 정신없이 팔을 휘저으며 몸을 돌렸다. 막희를 향해 손을 뻗었지만, 겁먹은 여인은 두 손으로 자신의 입만 막고 있을 뿐 잡아주지 않았다. 땅지기의 몸이 뒤로 기울어졌다. 심장이 먼저 절벽 아래로 떨어진 것만 같았다. 죽는다! 죽을 것이다! 땅지기는 허공의 부름에 몸을 맡긴 채 파랗게 질려 있었다.

쿠두둑!

“으아아악!”

“땅아!”

빠르게 몸을 회전하여 절벽 끄트머리로 손을 뻗었으나 추락을 면치 못했다. 오히려 그 동작이 상황을 악화시켜서 거꾸로 떨어지는 꼴이 되었다. 막희의 비명과 땅지기의 비명이 끊임없이 터져 나왔다.

“으아아아아아!”

첩!

갑자기 모든 시간이 정지한 것처럼 땅지기의 추락이 멎었다. 땅지기는 멍한 얼굴로 하늘을 보았다. 추락을 모면한 것이 확실하다. 하지만 어떻게? 땅지기는 뒤늦게 통증을 느꼈다. 누군가가 자신의 발목을 잡고 있었다.

"땅지기 형님! 몸, 몸! 흔들면 안 됩니다! 제가 힘이 들어서……."

땅지기는 갑작스레 치솟는 눈물로 인해 코끝이 저렸다. 막당이 우수로 자신의 발목을 잡아채어 구명해 준 것이다. 안도의 눈물이 눈꺼풀을 벗어나기에 앞서 비명이 목구멍을 뚫었다.

"노, 놓지 마! 당아, 너… 내 발을 놓으면 죽여 버릴 테다!"

"왜 제가 땅지… 기… 형님의 발을 놓겠습니까. 하지만 힘이 듭니다!"

"놓지 마! 그래도 놓지 마!"

땅지기는 알고 있었다. 막당은 절대로 자신의 발목을 놓을 놈이 아니다. 그래도 불안했다. 나이보다 큰 덩치와 힘을 가진 막당임을 잘 알지만, 자신의 체중도 무시할 수 없었다. 고작 열세 살의 소년이 한 손으로 요철을 쥐고, 다른 한 손으로 십칠 세 장정의 체구를 감당한다는 것은 쉬운 일이 아니었다. 떨어지던 사람의 발목을 잡아채어 추락을 면하게 만든 것만으로도 기적이 아닌가. 땅지기는 정신없이 고개를 휘저으며 스스로가 잡을 수 있는 무언가를 찾기 시작했다. 그 행위는 막당에게 있어 고문이나 다름없었다.

"따, 땅지기 형님! 몸을 흔들지 말아주십시오! 부탁드립니다!"

"노, 놓지 마!"

"놓지 않겠습니다. 하지만 손에 땀이……."

"놓지 마! 놓으면 죽을 줄 알아!"

"놓지 않겠습니다!"

똑같은 말이 오고 갔다. 땅지기의 얼굴은 점점 창백해졌다. 주변에 자신이 잡을 만한 것이라고는 조금도 보이지 않았다. 비로소 땅지기는 막당을 향해 시선을 옮겼다. 괴이했다. 막당은 분명 꽃이 있으리라 여겼던 바위 쪽으로 몸을 이동시켰었다. 그곳은 절벽에서 우측으로 반 장가량 빠져나간 지역에 있었다. 자신이 세찬 바람에 휘말리지 않는 한 그곳으로 떨어졌을 리가 없다. 막당이 어떻게 자신을 잡을 수 있었을까? 게다가…….

"당아, 너 설마?"

"예! 절대로 놓지 않겠습니다!"

"아니, 그게 아니라……."

자신의 아래쪽에 바위가 없었다. 막당은 지금 전혀 다른 곳을 붙잡고 있는 것이다.

"너… 내가 떨어질 때 어떻게 잡았나?"

"뛰어가서 잡았습니다."

"그게 무슨 소리야!"

절벽을 뛰어간다는 말은 들어본 적이 없었다. 아마도 막당은 딱히 다른 표현을 찾지 못한 것 같았다. 어찌 되었든 막당은 자신을 구하기 위해서 몸을 날린 것이 분명했다. 떨어지면 죽을 것이 뻔한 절벽에서! 땅지기가 기가 막혀 고함쳤다.

"이 미친놈아! 꽉 붙잡고 있어도 시원치 않을 판에, 잡은 걸 놓고 나를 향해 뛰었다는 얘기냐?"

"손이 닿지 않을 것 같았습니다. 땅지기 형님, 용서해 주십시오!"

멍청함을 넘어서는 무모함에 입을 다물 수가 없을 지경이었다. 뭐라고 호통 치고 싶었지만, 머리에 피가 몰려서 말을 하기가 괴로웠다. 땅지기는 그저 고개를 한껏 숙인 채 자신의 가슴팍 너머에 있는 막당을 노려볼 뿐이었다. 그때였다.

툭!

"윽!"

뭔가가 땅지기의 눈을 때렸다. 급히 눈꺼풀을 닫아서 동공을 다치지는 않았으나 돌이라도 떨어진 듯하여 가슴이 철렁했다. 땅지기는 손을 들어 눈을 매만졌다. 축축한 느낌이 손가락에서 느껴졌다. 땅지기가 손을 펼쳐 얼굴 앞에 내밀자, 손끝에 고인 혈흔을 볼 수 있었다.

"뭐지? 내가 다쳤나?"

툭!

"어엇!"

정체불명의 물체가 또 한 번 땅지기의 볼에 떨어졌다. 땅지기는 아직 볼을 벗어나지 않은 그것을 잡아챘다. 딱딱하고 얇은 그것은 역시 축축했다. 손끝으로 집어서 무엇인지 확인한 땅지기는 뒤늦게 비명을 질렀다.

"흐악! 이게 뭐야!"

"무슨 일이십니까, 땅지기 형님!"

막당의 신음성이 들렸다. 땅지기는 가슴이 진정되지 않았다. 가슴의 두근거림으로 인해 전신이 크게 출렁일 것만 같은 기분이었다. 땅지기는 겁에 질린 목소리를 뱉었다.

"당아, 너 괜찮냐?"

"절대로 놓지 않겠습니다."

"아니, 너… 괜찮냐고?"

휘익.

또 한 개가 떨어지며 땅지기의 머리 위를 스쳤다. 손톱이었다. 피에 전 손톱이 절벽 아래를 종잇장처럼 팔락거리며 추락한다. 비로소 땅지기는 막당의 손이 어디에 있는지를 확인할 수 있었다. 이해가 가지 않았다. 막당의 손이 있는 곳은 도저히 잡을 만한 무언가가 있을 것 같지 않았다.

"설마……."

땅지기의 가슴이 다시 한 번 내려앉았다. 막당은 요철이라고도 할 수 없는 작은 굴곡에 손끝을 세우고 두 명의 무게를 지탱했던 것이다. 막당의 손목에 흐르는 선혈이 그것을 증명했다. 땅지기는 자신을 포함한 두 사람의 목숨이 경각에 달려 있음을 알고 겁에 질렸다. 절로 울음이 나오며 가슴이 들썩거렸다.

"다, 당아… 놓지 마. 놓으면… 안 돼."

"절대로 놓지… 않겠습니다!"

힘있는 대답이 들려오긴 했지만, 자신의 발목을 쥐고 있는 손에서 경련이 일어나는 것을 느낄 수 있었다. 땅지기는 죽음이 가까워졌음을 느꼈다. 곧 놓치겠지. 곧 내 발목을 놓겠지.

그때 절벽 위쪽에서 사람들이 웅성거리는 소리가 들렸다. 땅지기는 화색이 되었다. 줄을 찾으러 갔던 녀석들이 돌아왔구나! 살았다, 살았어! 땅지기는 피가 몰려 빨개진 얼굴에 힘을 잔뜩 주었다.

"살려줘! 어서 줄을 내려보내!"

"……."

"어서! 뭘 하고 있는 거야, 이 멍청이들아! 희야! 애들에게 줄을 보내라고 말해줘!"

"……."

땅지기는 불안해졌다. 잘못 들었던 것일까? 귀를 기울이니 여전히 웅성거리는 소리가 들렸다. 분명히 큰바위, 소몰이, 꼬맹이 녀석들의 목소리가 있었다. 막희의 앙칼진 목소리 때문에 제대로 들리지는 않았지만, 어린 시절부터 같이 놀았던 친구들의 목소리를 구별하지 못할 정도는 아니었다. 땅지기는 뒤늦게 저들이 무슨 대화를 나누고 있는지 집중하게 되었다.

“미친놈들아! 그게 말이 돼? 입 닥치고 어서 줄을 가져오란 말야! 저 멍청이가 죽으면 너희들은 무사할 줄 알아?”

“…니까 …에 없어.”

“닥쳐! 벗으려면 너희들이나 벗어! 또 한 번 그따위 소리를 하면 너희들이 먼저 이 밑으로 떨어져 죽을 줄 알아!”

“…잖아. 제발 부탁……”

짝!

절벽 위에서 뺨을 후려치는 소리가 들렸을 때, 땅지기는 상황을 깨달았다. 녀석들은 줄이 될 만한 것을 찾지 못한 게 분명했다. 궁여지책으로 옷을 벗어서 줄로 대용하겠다는 생각을 했으리라. 하지만 땅지기와 막당을 포함해서 돌마을의 사람들 대부분이 허름한 복식을 하고 있었다. 줄이 되기는커녕 사람의 무게가 실리자마자 바로 찢어져 버릴 것이다. 예외인 것이 막희의 옷이었다. 막희는 고집이 세서 자신이 원하는 고급 옷을 반드시 구했다. 막희가 입고 있는 옷이라면 분명히 사람 하나쯤의 무게는 감당할 수 있을 것이다. 하지만 막희는 지금 거부하는 중이다. 남자들이 가득한 곳에서 옷을 벗으라고 요구하는 것 자체가 무리였다. 땅지기는 막희를 원망하지 않았다. 막희가 구명을 위해 수치심을 외면하고 옷을 다 벗는다 해도 여기까지 그것이 닿을 리가 없다. 땅지기는 곧 죽음을 맞이하리라는 천명을 받아들이며 팔을 늘어뜨렸다.

툭!

또 하나의 손톱이 땅지기의 뺨을 때렸다. 요철이 거의 없는 곳에 손톱을 세우고 있었으니 엄지의 손톱은 무용지물일 것이다. 그 말은 곧 암벽에 걸친 막당의 손톱 모두가 빠져 버렸다는 의미였다. 땅지기는 눈을 감았다.

"……."

다시 눈을 떠 위를 확인했다. 막당의 턱이 보였다.

눈을 감았다.

돌마을의 땅은 언제나 돌이 많았다. 땅지기는 어려서부터 경작지의 돌을 파내는 일에 열성적이었다. 행여 비라도 오면 도구를 들고 바람처럼 경작지를 향해 달렸다. 땅이 축축할 때가 제일 돌을 파내기 쉬웠기 때문이다.

투툭!

쏴아아!

빗소리가 들렸다. 지칠 때까지 돌을 치우다 보면 질척한 땅에 몸을 눕히고 하늘을 보았다. 처음엔 눈조차 뜨기 어려웠지만 시간이 지날수록 빗방울이 선명하게 보였다. 땅지기는 빗방울이 고마웠다. 빗방울은 언제나 자신을 돕는 존재였고, 지켜주는 존재였다.

쏴아아아!

툭툭. 투투툭!

눈을 떴다. 위를 확인하니 막당의 턱이 보였다.

툭! 투툭!

방울이 떨어지고 있었다. 오랜 시간 하늘을 볼 때 찾을 수 있었던 물방울이다. 막당의 턱에서 끊임없이 흘러내리는 땀방울이 하늘에서 떨어지던 그것처럼 느껴졌다. 땀이 흐르고 있다. 막당의 전신이 땀으로 홍건하게 젖어 있다. 암벽에 걸쳐진 손가락도 땀에 젖어 있을 텐데. 내 발목을 쥐고 있는 손바닥에도 땀이 잔뜩 고였을 텐데. 어떻게? 어떻게 놓치지 않을 수 있는 거지?

스.

심장이 목구멍으로 튀어나와 절벽 아래로 추락할 것만 같은 낮은 소음. 분명 자신의 발목이 막당의 손에서부터 미끄러졌다. 죽는구나. 땅지기는 또 눈을 감았다.

"엿차!"

"혝?"

믿어지지 않았다. 아니, 불신은 둘째 치고 미쳐 버릴 지경이었다. 막당은 땅지기의 발목이 미끄러지자 팔을 힘껏 당겨서 다시 잡았다. 비록 일순간이지만 땅지기의 몸을 한 손으로 들어 올려서 허공에 띄웠던 것이다. 그리고 이전보다 더욱 안정적인 부분을 잡아챘다.

"죄송합니다! 죄송합니다!"

절로 열린 눈꺼풀이 막당의 울음 섞인 고함이 들리는 곳으로 시선을 던졌다. 또 하나의 놀라운 일이 땅지기의 시선을 사로잡았다. 막당의 턱에 기적이 일어나고 있었다. 땀방울.

땀방울이 하나도 없었다.

"괜찮냐… 당아?"

대답이 없었다. 그 대신 무서운 폭풍이, 바람이 전혀 없는 폭풍이 땅지기의 전신을 후려쳤다. 전신이 얼어붙을 것만 같은 이 기운의 정체가 무엇인지 가늠할 수 없었다. 힐끗 보이는 막당의 턱에 묘한 기운이 서렸다. 육안으로는 변한 것을 알 수 없다. 처음부터 지금까지 이를 악 문 것처럼 세차게 주름진 턱 근육만 보일 뿐이다. 하지만 뭔가 달랐다. 땅지기는 눈살을 찌푸리다가 결국 눈을 감았다. 그제야 막당의 턱에 새겨진 저것이 뭔지를 깨달았다.

땅에서 떨어지지 않기 위해 필사적으로 응전하던 돌덩이와 싸운 적이 있었다. 아버지와 어머니까지 말릴 정도로 오랜 시간이 지났지만, 땅지기는 포기하지 않고 돌덩이와 싸웠다. 무려 이틀이라는 긴 시간 동안 땅지기는 밥조차 먹지 않고 잠도 자지 않은 채 땅을 팠었다. 거의 돌을 파냈다 싶었더니 기형적인 모양으로 더 넓게 펼쳐진 놈의 밑동이 보였다. 땅지기는 좌절하듯 주저앉았다가 다시 연장을 들고 놈에게 덤볐다. 그때 있었다! 지금 막당의 턱에 서린 저것이! 자신이 살아오며 딱 한 번 만났던 저것이 막당에게 있었다.

"으……."

어지러웠다. 머리에 피가 심하게 몰린 데다 막당의 오기에 휘말리니 정신이 없었다. 땅지기는 잠시 눈을 떴다가 곧 감았

다. 이제 어떻게 되든 상관없었다. 죽을 테면 죽으라지. 전신
이 평온해졌다. 이제 곧…….

"어이쿠!"

막당의 목소리에 땅지기의 눈이 절로 떠졌다.

"무, 무슨 일이야?"

"아닙니다! 아닙니다! 갑자기 무거워져서… 아니, 죄송합
니다! 절대 놓지 않겠습니다!"

혼백이 돌아오는 소리였다. 미친 거냐, 땅지기! 막당은 싸
우고 있다! 손톱이 다 빠지고도 싸우고 있다! 열세 살짜리가,
나한테 늘 얼어맞던 저 애송이가… 저 멍청이가 나를 위해 싸
우고 있다! 땅지기는 시퍼렇게 날이 선 눈으로 주변을 돌아봤
다. 막당에게 피해가 가지 않도록 최대한 조심스레 고개를 돌
렸다. 여전히 자신을 구명할 것은 보이지 않았다. 땅지기는
마음을 고쳐먹었다. 보이지 않는 게 아니라 보지 않은 것이
다! 막당이 쥐고 있는 건 보이느냐? 보이지 않는다! 보이지 않
는 게 아니라 보지 않은 것이다, 이 멍청아! 눈을 떠라, 땅지
기! 눈꺼풀이 열렸다고 보고 있다 할 수 없다! 정신을 집중해
라!

"흐읍!"

땅지기가 숨을 들이키는 순간, 암벽의 줄이 눈에 띄었다.
잘하면 손끝을 박을 수도 있을 것 같은 줄이다. 손은 닿지 않
았지만 막당이 흔들어서 날려주면 가능할 것이다. 막당의 악

력을 믿어야 한다는 단점이 있기는 했으나, 지금 이 상황에 막당 이상으로 믿음직한 이가 어디에 있단 말인가! 땅지기는 결심했다. 실패해도 죽고 이대로도 죽는다! 그러나 내가 이것을 하면 저놈은 살 것이다! 이대로 가만히 있다가는 둘 다 죽는다! 막당아! 땅지기가 마음속으로 외쳤다. 내 목숨은 네 손톱 네 개의 값이다!

"당아야!"

"예, 땅지기 형님!"

"날 흔들 수 있냐?"

막당의 턱이 창백해졌다.

"따, 땅지기 형님! 나… 나중에 놀면 안 되겠습니까?"

"미친놈! 이 와중에 놀 생각을 하는 놈은 너밖에 없을 거다!"

"하지만 조금 전에 땅지기 형님께서……."

"놀자는 게 아니라 날 흔들어서 저 암벽에 손이 닿게 해달라는 얘기야!"

"예! 알겠습니다, 땅지기 형님!"

막당은 땅지기의 발목을 쥔 채 흔들기 시작했다. 조금씩 땅지기의 몸이 흔들릴 때마다 막당의 입술 틈으로 신음성이 흘러나왔다. 땅지기는 뒤늦게 후회했다. 뭔가를 제대로 잡은 것도 아닌 막당이 자신의 몸을 흔드는 게 쉬울 리 없다. 땅지기는 지금 생명의 은인을 더 괴롭히고 있었던 것이다. 그만두라고 말을 할까 고민했을 때, 땅지기의 신형이 탄력을 받고 크게 호를 그렸다. 이제 한 번만 더 흔들면 암벽의 요철에 손이 닿을 것만 같았다. 땅지기는 외쳤다.

"좋았어! 한 번만!"

휘익!

땅지기는 암벽의 요철을 향해 손을 뻗었다. 순간, 전신이 나른해졌다. 요철이 아니었다. 그것은 그저 색이 다른 암벽일 뿐이었다. 땅지기의 눈에서 절로 눈물이 나왔다. 여전히 흔들리는 자신의 몸과 여전히 들려오는 막당의 신음성. 땅지기는 마음속으로 결정을 내렸다. 더 이상 은인을 괴롭혀서는 안 된다. 땅지기는 울음 섞인 목소리로 말했다.

"이제 됐으니 손을 놔."

"놓으면 땅지기 형님이 떨어지십니다."

"알아. 놔."

"놓으면 땅지기 형님이 떨어지십니다."

"알아! 놔!"

"놓으면 땅지기 형님이……."

"이 자식! 죽고 싶으냐?"

"어헝!"

땅지기가 호통을 쳤을 때, 막당의 울음소리도 같이 터져 나왔다. 순간, 땅지기는 자신의 몸이 새털처럼 가벼워졌다고 느꼈다. 놓친 것이다. 아니, 놓은 것이다. 땅지기는 떨어지면서도 어이가 없었다. 그 손을 놓다니! 그 손을 놓다니, 이 멍청아! 막당은 끝내 땅지기의 발목을 쥔 채 또 다른 손을 펼친 것이다. 둘은 허공을 날았다.

후악!

죽겠지. 죽겠지. 땅지기는 마지막으로 눈을 감았다. 땅에 닿기 전에 기절하기만을 바랐다. 그러나 심장을 찌르는 아픔이 땅지기로 하여금 기절을 용납하지 못하게 만들었다. 그 손을 놓다니! 그 손을 놓다니! 막당, 네놈은 대체 어떻게 되어먹은 녀석이냐!

슈슈슈욱!

매서운 바람 소리가 들렸다. 자신의 귓불을 가르는 바람 소리는 아니었다. 막당에게서 들려오는 소리도 아니었다. 눈을 떠야 할까 고민하는 순간, 허리에 불같은 통증이 일었다. 벌써 떨어진 것일까? 땅지기가 고민하는 찰나 더욱 지독한 고통이 전신을 휘감았다. 땅지기는 비명을 질렀다.

"으아아아아악!"

그리고 땅지기는 기절했다.

"아픕니다! 어이쿠! 용서하십시오!"

막당이 고통을 참지 못하고 비명을 질렀다.

콰투투투투투투! 칵!

콰항! 쾅! 쾅!

법의가 바람에 펄럭일 때마다 암벽에서 폭음이 터져 나왔다. 막당과 땅지기, 그리고 법의인영은 암벽의 중간에서 갑자기 멈췄다. 그리고 다시 허공으로 치솟기 시작했다.

쾅! 쿵! 쿠웅!

"커허!"

"당아야!"

막희는 법의인영이 내려놓은 두 사람을 향해 몸을 날렸다. 엎어진 막당의 등 위로 선혈이 쏟아졌다. 막희가 뒤늦게 창백한 얼굴로 고개를 들며 말했다.

"법사님! 당아가 괜찮을까요?"

"살펴봐야 알 것 같습니다."

일심 법사(一心法師)는 기혈을 진정시키며 미소를 지었다. 그리고 반쯤 무릎을 꿇은 채 막당과 땅지기의 몸을 살폈다.

"땅 시주는 무고합니다. 하산하여 조금만 요양하면 별 탈이 없을 것입니다."

"당아는요? 당아는요?"

"막 시주께서는 손을 상하셨군요. 이대로 놔두면 상처로 인해 굴곡이 질 터. 손톱이 다시 자란다 해도 제 위치를 잡지 못하여 곤욕을 치를 것입니다. 서둘러 하산합시다. 쿨럭!"

가뜩이나 선혈이 낭자하던 막당의 손등 위로 핏덩이가 한 움큼 쏟아졌다. 막희가 대경하며 일심 법사의 안색을 살폈다.

"법사님! 많이 다치셨어요?"

"허허, 한낱 미물에 불과한 소승이 감히 자연의 섭리를 역행하였으니 이 정도 벌을 받는 것만으로도 천운입니다. 아직은 하산할 겨를이 있으니 속히 일어나십시오."

비로소 막희 일행은 몸을 일으켰다. 큰바위가 땅지기를 업고 소몰이가 엉덩이를 받쳐 주었다. 꼬맹이는 막희를 보호하듯 곁에서 얼쩡거렸고, 일심 법사는 막당을 등에 업은 채 제일 빠르게 신형을 날렸다. 도저히 두 번이나 피를 토한 사람 같지 않은 몸놀림이었다.

일심 법사가 막당의 집에 도착하자 막정균은 대경하여 맨발로 맞이했다. 막당을 안채에 눕힌 일심 법사는 서둘러 치료를 시작했다. 치료는 막희가 집에 도착했을 때까지 지속됐다.

"이제 됐습니다. 하루에 한 번씩 막 시주의 상처에 이 약초를 붙이고 천을 갈아주시면 별 탈이 없을 것입니다."

"감사합니다! 법사께서 제 아들을 구명해 주셨으니 저는 지장보살님의 덕을 받은 기분입니다."

"허허허, 그런 과분한 말씀을 들을 줄 알았으면 구명하지 않았을 것입니다."

일심 법사는 돌마을의 사람들 모두와 친분이 있었다. 가장 많이 돌마을을 지나쳤던 라마승이기 때문이다. 아무리 봐도 마흔의 나이를 넘긴 것 같지 않은 얼굴이었으나, 그 얼굴은 막정균이 젊었을 때 보았던 얼굴과 별 차이가 없었다. 일심 법사는 막정균에게 합장하며 몸을 일으켰다. 막정균은 일심 법사가 올 때마다 내놓았던 손님방으로 안내했다. 평소처럼 일심 법사가 손을 내미는 반찬만으로 상을 만들었지만 거부당했다. 일심 법사는 내상을 치료해야겠다며 너털웃음을 흘린 뒤 문을 닫았다.


다음날 막정균의 집 마당에서 소란이 일어났다. 땅지기의 아버지가 막정균의 집을 찾아와 무릎을 꿇고 통곡했던 것이다.

"어르신! 소인의 자식놈이 죽을죄를 졌습니다요! 자식을 잘못 키운 것은 아비의 잘못이니 당장 저를 죽여주십쇼!"

막정균은 옷치레도 제대로 못한 채 땅지기의 아비를 반겼다. 다섯 번이나 땅에 머리를 박으며 절을 하고 울부짖는 모습이 심상치 않았다. 비로소 막정균은 막당이 무슨 일로 저런 상처를 입었는지 묻지 않았음을 깨달았다. 안위를 걱정하느라 과정을 무시한 이유다.

"돌 어른은 어찌 제게 절을 하시오. 이런! 벌써 이마를 상하지 않았소?"

땅지기의 아비는 돌을 잘 치운다 하여 '돌'이라는 이름을 가지고 있었다. 땅지기를 낳자마자 막정균이 제일 먼저 돌 어른이라 불렀고, 그 이후로 땅지기의 아비는 사람들에게 돌 어른이라 불렸다. 돌 어른은 막정균에게 자초지종을 고했다. 그러자 막정균이 급히 무릎을 꿇고 이마를 다섯 번 땅에 박았다. 돌 어른이 대경하여 말렸지만, 막정균은 끝내 다섯 번을 채우고 말했다.

"돌 어른의 아들과 제 아들이 절벽 아래로 떨어졌소. 돌 어른의 아들과 제 아들이 절벽에 매달렸소. 돌 어른의 아들과 제 아들이 법사님의 구원을 받았소. 돌 어른이 제게 다섯 번 절하였으니 제가 다섯 번 절해야 이치에 맞소. 돌 어른이 이 문제로 죽음을 청하면 저도 죽음을 청해야 할 터인데 이를 어찌해야 한단 말이오, 저는 죽기 싫은 것을."

"허이구!"

땅지기의 아비는 막정균의 옷자락을 붙들고 통곡했다. 수십 번 고맙다고 외치며 절을 할 때마다 막정균도 똑같이 행했다. 결국 서로 웃음을 터뜨린 뒤에야 땅지기의 아비가 돌아갔다. 막정균이 희미하게 미소를 지으며 몸을 돌리니 일심 법사가 자신을 바라보고 있었다.

"소승이 백 년을 수행한들 막 시주의 발끝만큼이나 득도할 수 있을는지 모르겠습니다."

막정균이 어제 일을 떠올리며 농으로 받아쳤다.

"하하하! 그런 과분한 말씀을 들을 줄 알았으면 저 친구의 목을 쳤을 겁니다."

"어이쿠! 소승이 막 시주에게 불심(佛心)을 전하지는 못할 망정 살심(殺心)을 전했습니다. 이런 낭패가 어디에 있겠습니까."

"하하하하하!"

“그나저나 소승이 본의 아니게 막 시주에게 용건을 전해야
할 일이 생겼습니다.”

“허어, 무엇입니까?”

“일단…….”

일심 법사는 막정균에게 안채로 들어갈 것을 권했다. 막정
균이 흔쾌히 응하며 앞서자, 일심 법사가 주변을 몇 번 둘러
보더니 온화한 미소를 지으며 뒤를 따랐다. 일심 법사는 안채
에 들어가서 자리를 잡자마자 안색을 굳혔다.

“시주께서는 혹시 오 년 전의 일을 기억하십니까?”

“오 년 전의 일이라니오?”

“아드님…….”

“아! 혹시 제 아들놈이 강호에 연이 될 수 있는지 운을 점쳐
달라고 했던 것 말씀이십니까?”

일심 법사가 희미하게 미소를 지으며 고개를 끄덕였다.

“그것입니다. 당시에 소승은 앞일을 점칠 수 없다며 거절
을 했었지요.”

“어엇, 그럼 지금은 점을 치실 수 있으십니까?”

“그때도 말씀을 드렸지만, 천축의 땡초는 자신의 별을 찾
아 길을 만드는 재주만 있을 뿐입니다.”

“하오면…….”

“어제 이 아이에게 강호의 연을 보았습니다.”

일심 법사는 어제 있었던 일을 구체적으로 전했다. 돌 어른

에게 들었던 내용보다 더 세세한 부분이었다.

"소승이 암벽 아래로 뛰었을 때 막 시주의 아드님은 잡고 있던 것을 떨치던 중이었습니다. 풍압이 없었다면 큰 변을 당했겠지요. 소승이 놀란 것은 막 시주의 아드님이 그때까지 쥐고 있던 것입니다. 무엇을 쥐고 버텼는지 보시겠습니까?"

막정균이 고개를 끄덕이는 순간, 일심 법사의 우수가 바닥으로 향했다. 일심 법사는 검지를 곧게 뻗어 방바닥을 짓눌렀다. '그극' 하며 낮은 소음이 들리더니 단단한 바닥이 일심 법사의 검지를 따라 반 치가량 패었다.

"암벽에 있는 이 정도의 굴곡이었습니다. 범인이라면 끝이 뾰족하지도 않아서 금세 미끄러질 것이 자명합니다. 하나 막 시주의 아드님은 이걸 붙잡고 또 한 명의 명줄까지 감당했습니다. 강호에 연이 닿지 않은 자는 이것을 쉽게 이룰 수가 없으리라 봅니다. 게다가 범인이라면 손톱 하나가 빠져도 고통을 참지 못해 놓쳤을 것입니다. 손톱 전부가 빠질 때까지 버텼다는 게 범상한 일은 아닙니다."

"으으음……"

막정균은 고개를 숙인 채 일심 법사가 만든 홈을 오랫동안 노려봤다. 서로의 침묵이 길게 이어졌다. 한참 뒤에 막정균이 긴 한숨을 쉬며 고개를 들었다.

"외람되오나 법사님께 청할 것이 있습니다."

"말씀하시지요."

“제 할아버님께서는 한때 아미산에서 큰 땅을 이루고 계셨습니다. 그러나 동방성이 칼을 들면서부터 아미산에 강호의 피바람이 끊이지 않아 땅을 버려야 했지요. 할아버님은 친분이 두터웠던 상관세가(上官世家)의 가주에게 땅을 팔았습니다. 저희 가문이 기울 정도로 싸게 팔았지요. 그것도 사실은 무상으로 주려던 것을 상관세가의 가주께서 공짜로는 받을 수 없다 하시어 팔게 된 것입니다.”

“우정이 돈독하셨나 봅니다.”

“예, 그렇게 들었습니다. 마을을 떠나며 두 분께서는 혈약을 맺었습니다. 혼사로 다시 연을 맺자는 맹세였지요. 하나 하늘의 뜻이 닿지 않아서인지 두 분 모두 아들 하나만을 얻었습니다. 게다가 상관세가의 아드님께서는 검에 뜻을 두어 강호로 뛰어들었지요.”

“아아! 혹시 정의신검(正義神劍) 상관호(上官昊) 대협을 말씀하시는 것입니까?”

“그렇습니다.”

“상관문(上官門)을 말씀하시는 것이었군요! 큰 분이시지요! 현 무림맹주이신 동방 시주께서도 크게 아끼는 분이라 들었습니다. 막 시주의 가문이 그렇게 큰 연을 갖고 계신 줄은 미처 몰랐습니다.”

“부끄럽습니다.”

“그러면 막 시주의 부인께서는…….”

"아닙니다, 아니지요. 제가 강호에 연이 닿지 않아서 감히 혼사를 논할 수가 없었습니다."

"허어."

"큰 불효가 되겠으나 어쩔 수 없었습니다. 게다가 상관세가에서도 아무 연락을 취하지 않았으니 오히려 잘됐다 싶었지요."

"그러면 무엇이 문제입니까?"

막정균은 갑자기 땅이 꺼져라 한숨을 뱉었다. 그리고 반쯤 몸을 돌려서 합을 뒤적이더니 한 통의 서신을 꺼내 보였다.

"이것은 오 년 전에 상관세가에서 보내온 서신입니다. 저는 아직 답을 주지 못하였지요."

"흐음, 혹시……."

"혼약의 뜻을 묻는 내용입니다. 또한 제 아들에게 무공을 가르칠 셈이라는 글도 있었습니다."

"그렇군요. 그러고 보니 정의신검의 아드님이 큰 상처를 입어 자식을 가질 수 없다는 얘기를 들었습니다."

"예. 그분께 딸이 하나 있다고 하더군요."

"그럼 막 시주의 아드님을……."

"고민 중이었습니다. 비록 상관문이 속한 정도가 주도권을 잡았다고는 해도, 여전히 강호는 피바람이 부는 곳입니다. 행여 제 아들이 미숙하여 헛된 칼부림에 명을 잃으면 어찌해야 할지 걱정되었지요."

"소승이라면 거절하겠습니다. 강호는 함부로 발을 디딜 곳이 아닙니다."

"압니다. 그러나 이제 제 아들놈이 강호의 연을 갖고 있음을 안 이상 조부님의 뜻을 외면할 수 없는 일입니다. 적어도 제 아들놈을 그곳에 보내어 뜻을 묻는 성의만큼은 보여야 하지 않겠습니까?"

"으음… 이제야 막 시주께서 어떤 부탁을 하시는지 알겠습니다."

"강호가 하도 수상하여 여행 도중 끔찍한 변을 당할까 걱정됩니다. 부디 대사께서 길을 크게 잡으시더라도 제 아들놈이……."

"시주께서는 걱정 마십시오. 저도 마침 무림맹에 볼일이 있었으니까요. 허허허."

막정균은 화색이 되어 가슴을 쓸었다. 지금 같은 세상에 여행이라는 것은 목숨을 내놓는 것과 다를 바가 없었다. 정, 사, 마의 대전이 막바지에 이른 지금, 무림맹주 동방량은 전 지역의 혈풍을 외치며 사도와 마도의 불꽃을 짓밟는 중이었다. 위명을 떨치지 못한 사람들이 길을 가다가 변을 당하는 것이 비일비재했으며, 그중 강호인이 아닌 자가 죽는 경우도 많았다. 아니, 오히려 강호인보다 일반인이 더 많이 죽었다. 오래전부터 일심 법사를 지켜봤던 막정균은 허름한 법의를 걸친 이 라마승이 상상 외로 뛰어난 무공을 가지고 있다는 걸 눈치 챌 수 있었다. 자신의 식견이 과장된 것이더라도 걱정할 필요가 없었다. 비단길을 이용하지 않고 이 험준한 산맥을 관통하는 라마승이라면 보통의 수행을 이룬 자가 아닐 것이다. 이제껏 돌마을을 찾았던 라마승들은 대부분 뛰어난 무공을 가지고 있었고, 오랜 수행으로 인한 덕이 느껴지는 존재들이었다. 이제 막정균은 확신했다. 절벽에서 뛰어내려 두 사람을 안고 다시 올라오는 자라면 강호에서도 손꼽히는 고수이리라! 막정균은 안도하며 고개를 돌렸다.

"밖에 누가 있으면 당아를 불러오거라."

"허허허, 소승이 급한 전령을 받은 건 어찌 알고 이리도 서두르십니까?"

"하하하하하, 이심전심이 아닐까 합니다."


막당과 일심 법사는 상처가 채 낫기도 전에 돌마을을 떠났다. 막당은 처음으로 벗어나는 돌마을이 못내 아쉬운지 여러 번 고개를 돌렸다. 일심 법사가 막당의 아쉬움을 따라 고개를 돌리니 어슴푸레 보이는 지평선 너머로 누군가 손을 흔들고 있었다. 한 손으로 허리를 쥐는 모양새가 아무래도 땅지기 같았다.

2장

# 막당의 첫 싸움

# 막당의 첫 싸움

사천성은 하북성과 하남성 다음으로 지독한 강호의 격전 지였다. 과거에 동방성이 검을 들어 사도와 마도에게 무(武) 의 뜻을 합칠 것을 요구했을 때, 사도는 크게 저항했으나 마 도에게는 그만한 힘이 없었다. 그러한 마도를 이끌며 십 년 만에 강호의 판도를 뒤집었던 십삼대 마교주 낙랑(洛狼)이 사 천성 출신이었다.

낙랑의 죽음 이후 사도가 사천성에서 세력을 잡고, 이제는 또 정도가 세력을 잡았으니 격전지가 되는 것이 당연했다.

"힘들겠군요!"

일심 법사는 깨달음이라도 얻은 스님처럼 화들짝 놀라며

외쳤다. 스스로를 넷으로 나누어 문답하는 데 열중하느라 막당을 잊은 것이다. 반나절을 쉬지 않고 걷기만 했으니 분명 지쳤을 것이다. 이제껏 한마디도 하지 않았던 막당도 놀라며 외쳤다.

"예, 법사님!"

"쉽시다."

막당은 재빨리 주저앉았다. 일심 법사는 막당의 꼴을 보고 한숨을 쉬었다. 처음에야 잡스러운 마음을 품지 않고 시키는 것을 따르는 자가 더 빨리 정진하겠으나, 결국 무공은 자신의 의지와 뜻으로 대성하는 법이다. 일심 법사는 막당에게서 '자신의 뜻' 이라는 것을 좀처럼 찾을 수가 없었다.

"곧 마을이니 요기는 도착해서 하심이 좋겠습니다."

"예, 법사님."

일심 법사와 막당이 돌마을을 떠난 지 이 개월이 지났다. 아미산으로 향하는 길이 크게 험난하여 눈앞에 보이는 가까운 길도 돌아가야 할 형편이었다. 절반 지점이라 할 수 있는 대설산맥(大雪山脈)조차 접하지 못했지만, 일심 법사는 조급함을 보이지 않았다. 능사(能事)의 깨우침도 없이 조급함을 보이는 것은, 도박(賭博)의 길로 치부하는 자였다. 가끔 다른 사람과 동행할 때 조급한 기색이라도 보이면 일심 법사는 '길은 도망가지 않는다' 며 너털웃음을 터뜨리곤 했다.

툭. 투툭.

"비가 오는군요."

"예, 법사님. 비를 맞고 있습니다."

"어서 우의를 걸칩시다."

"예, 법사님."

막당에게는 충고를 하지 않았다. 조급함이 없다. 일심 법사는 가끔씩 막당에게 라마승의 수행을 시켰다. 마음으로 허기를 채우는 법과 보이지 않는 것을 보는 법을 가르쳤다. 보살피고 싶은 욕구를 불러일으키는 괴이한 소년이었다.

막당과 이렇게까지 오랜 시간을 함께한 적이 없었던 일심 법사는 큰 난관을 겪는 중이었다. '이것은 내 재주를 자랑하는 것이 아니다' 라고 몇 번이나 스스로를 다스렸지만, 시간이 지날수록 변명처럼 느껴졌다. 가진 것을 하나라도 더 주고 싶은 소년. 주는 것을 이렇게까지 고맙게 받아들이는 존재는 없으리라. 법의에 달라붙은 먼지를 주더라도 막당에게는 피가 되고 살이 될 것만 같은 기분이었다.

빗살이 점점 거세질 무렵에 일심 법사와 막당은 앞에 놓인 지평선을 넘어설 수 있었다. 보통 사람은 호흡조차 제대로 못할 만큼 높은 지대의 초원이었는데 서른세 개의 천막과 다수의 가축들이 보였다. 일심 법사는 미소를 지었다.

"마을이군요. 때가 지났는데 아직 아무도 옮기지 않았으니 다행입니다."

사천성 서역의 땅은 대부분 유목민이나 화전민들이 자리

를 잡았다. 돌마을처럼 논밭을 일구는 사람들은 대부분 사천성 중부나 동부에 터를 두었다. 서역행을 하는 라마승이나 상인들은 유목민들이 터를 잡는 날짜를 모두 기억할 필요가 있었다. 자연의 커다란 변덕이 없는 한, 유목민들이 터를 잡는 주기가 변하지 않았다.

목장(牧長) 구동준(俱東俊)이 이끄는 유목민들은 항상 대설산맥의 초입을 전전했다. 일심 법사가 돌마을의 모든 사람과 친분을 다졌듯 이곳 유목민들도 초면이 아니었다. 이곳 유목민들은 자주 웃었고, 자주 떠들었다. 서로를 보살피는 자비심이 많아 일심 법사를 흡족하게 만드는 사람들이다. 하지만 구동준 목장이 이끄는 유목민들처럼 몇몇의 무리들은 싸움에 대해서만큼은 호전적이기도 했다. 이들은 싸움으로 인해 목숨을 잃는 것을 슬퍼하지 않는 괴이한 풍습이 있었다.

"법사님이 아니신가!"

일심 법사를 알아본 노인이 두 개 남은 누런 이를 드러내며 웃었다. 노인은 마소가 도망가지 못하도록 목책을 점검하던 중이었다. 일심 법사의 합장과 마주하던 노인이 막당에게로 시선을 옮겼다.

"호오, 그 나이를 먹도록 반반한 얼굴이 수상하더니, 결국은 이런 아들을 얻었군."

"그럴 리가 있겠습니까. 부탁을 받고 동행하는 아이입니다."

"아이야, 성과 이름이 있느냐?"

"막당입니다."

"오는 길이 쉽지 않았을 텐데 대견하구나. 인내는 네 아버지를 쏙 빼닮았군."

"제 아버님을 아십니까?"

"일심 법사를 모르는 사람이 누가 있을까?"

"법사님은 제 아버님이 아니십니다."

"허허허, 아니라고 하지 않았습니까."

노인은 일심 법사에게 손을 저으며 막당과 가깝게 대면했다.

"교육을 철저히 받았구나. 법사님이 네게 인자하시냐?"

막당은 노인의 속도 모른 채 웃으며 답했다.

"예, 인자하십니다."

"허어, 그렇구나. 너를 잘 보살펴 주셨겠다?"

"예, 저를 잘 보살펴 주셨습니다."

"여기까지 오는 동안 너에게서 눈을 떼어 위험에 빠진 것을 경시하지는 않았느냐? 만약 그런 일이 있었다면 노랑(老狼)이 크게 혼쭐내 주마."

"그런 일이 없었습니다. 법사님께서는 저에게서 한시도 눈을 떼지 않으셨습니다."

노인이 껄껄 웃으며 막당의 머리를 쓰다듬었다.

"네가 참 영특하고 참하여 마음에 든다. 필시 네 아비에게

많은 것을 배웠을 터. 참으로 바르게 자랐으니 네 아비는 분
명 인자하고 널 잘 보살피셨으며 한시도 네게서 눈을 떼지 않
았을 듯하구나.”

“예, 그렇습니다.”

일심 법사가 고개를 저으며 중얼거렸다.

“당했군요, 막 시주.”

“케케케헤! 아버님이 네게 인자하고 잘 보살피고 한시도
눈을 떼지 않았다 하니 결국은 일심 법사를 두고 하는 말이
아니냐! 노랑의 눈은 속이지 못한다! 어서 불게나, 법사! 어디
에서 오입하여 얻은 자식인가!”

“시주께서는 참 짓궂으십니다. 하하하.”

노인과 농담을 나누는 동안, 비를 피해 천막 안에 들어갔던
사람들이 하나둘씩 나왔다. 모두 다 일심 법사와 막당의 주위
에 몰려서 함박웃음을 터뜨렸다. 막당은 노인의 말에 당황하
여 붉어진 얼굴로 주변을 둘러보고 있었다. 사람들의 얼굴이
밉살스럽지 않았다. 막당 또래의 사내와 계집들도 제법 보였
는데, 호기심과 반가움이 볼과 눈꺼풀에 덕지덕지 붙어 있었
다.

“법사님이 오셨군요.”

짙게 그을린 살갗이 인상적인 사내가 합장했다. 일심 법
사는 사내에게 합장한 뒤 막당을 소개했다. 막당에게도 ‘유
목민들의 규율과 행사 일을 정하는 분’이라고 사내를 소개

했다.

"안녕하십니까, 목장님."

"구 아저씨라고 불러라. 내 이름은 구동준이다."

구동준은 수염을 쓸며 호탕하게 웃은 뒤 막당의 어깨를 두드렸다. 일심 법사가 우의를 벗으며 하늘을 보았다. 조금 전까지만 해도 폭우로 변할 듯 시커멓게 가려졌던 하늘이 옅은 빛을 내밀었다. 변덕이 심한 날씨를 한두 번 겪는 일이 아니다. 고마운 비였다. 초목은 생기가 돌았고, 흙은 갈증을 해소한 것이 좋은지 밟을 때마다 춤을 췄다. 인사를 마친 사람들이 마을 중앙으로 몰려가며 일을 시작했다. 일심 법사가 보기에 생소한 작업인지라 묻지 않을 수가 없었다.

"행사가 있습니까?"

구동준이 답했다.

"곧 좋은 구경을 하게 되실 겁니다. 하하하, 어제 다섯 마리의 가축을 제사 지냈습니다. 밤에 불을 밝혀 어른들끼리 싸웠으니 이제 한 마리의 가축은 아이들 몫입니다."

"병마가 있었군요."

"예. 제사로 병마를 떠나보냈으니 더 이상 찾지 않을 것입니다. 한 마리는 어제 죽어서 포식했고, 세 마리는 싸워 이긴 어른이 오늘 배를 가를 것입니다. 그리고 나머지 한 마리는……."

"음, 저 축생이로군요."

막당은 일심 법사가 돌아보는 곳으로 시선을 옮겼다. 처음 보는 동물이었다. 핏기가 가신 오소리를 닮은 것 같기도 한데 도약하며 달리지를 못했다. 체구가 작고 가냘파서 당장 죽을 것같은 모양새다. '끼이, 삐이' 하며 괴상한 울음소리를 내는 꼴이 제법 겁먹은 듯싶었다. 막당은 가축과 눈을 마주했다. 흰자위가 보이지 않았다. 눈매는 불안정하게 꿈틀거린다. 목에 걸린 줄이 불편한지, 아니면 몸이 아파서인지 몇 번이나 무릎을 굽혔다. 놈이 불쌍했다.

"왜 그렇게 보고 계십니까? 그러고 보니 막 시주께서는 돌 마을에서만 살아오셨군요. 돼지를 처음 보십니까?"

"예, 법사님."

"멧돼지는 보셨을 것 아닙니까?"

"다르게 생겼습니다."

"그렇지요. 멧돼지는 어금니가 길고 털이 무성하지요. 게다가 저 새끼 돼지는 병이 나서 허약한 체구를 지녔으니 몰라볼 수도 있겠습니다."

"처음 보지만 정이 가는 모습입니다. 기둥 아저씨를 해친 멧돼지처럼 흉악하지는 않을 듯싶……."

"하하하하하! 흉악하다니! 정말로 돼지를 처음 보는 아인가 보구나."

일심 법사와 막당의 대화를 듣던 구동준이 웃음을 터뜨렸다. 구동준은 막당의 머리를 쓰다듬으며 말했다.

"좋다! 저 돼지는 너도 먹게 해줄 테니 신녀님께 가서 약을
받아오너라. 약을 먼저 먹지 않으면 병마가 너를 찾을지도 모
른다."

"먹다니오?"

막당이 놀란 얼굴로 구동준을 돌아봤다. 돼지를 끌고 온 여
인에게서 줄을 넘겨받은 구동준이 손을 치켜들었다.

"제사를 지내어 병을 쫓기는 했으나 이미 허약하여 연명하
기 힘들다. 병문(病門)이 열린 가축을 계속 키울 수야 없지.
그래서 지금 아이들끼리 결투하여 승자가 배를 가를 것이다.
오늘 저녁이면 포식하겠지."

구동준이 치켜든 손에는 돼지의 목과 연결된 줄이 쥐어져
있었다. 돼지는 목이 이끌려 허공에 몸을 띄운 채 바둥거렸
다. 괴상한 울음소리조차 제대로 내지 못하고 몸을 뒤트는 꼴
이 곧 죽을 것만 같았다. 막당은 황급히 몸을 기울여 돼지를
안았다.

"아직 살아 있는데 어찌 죽이려 하십니까?"

모두가 놀란 얼굴로 막당을 보았다. 순간, 일심 법사가 미
소를 짓더니 법의 소매에서 은자를 꺼냈다.

"아미타불. 소승의 덕이 부족하여 막 시주와 동행하는 동
안 욕심을 떨치는 법을 가르치지 못한 듯싶습니다. 그래도 살
생에 고개를 젓는 흉내만큼은 배운 듯하니 거래를 하심이 어
떻겠습니까?"

구동준은 고개를 저으며 은자를 물렸다.

"법사님의 뜻을 모르는 바는 아니나, 이 돼지는 이미 제사를 지냈습니다. 병마를 보냈으면 무리가 대결하여 남은 찌꺼기를 받아들이는 자를 정해야 합니다. 법사님께서도 저희 풍습을 아시지 않습니까. 제가 다른 돼지를 하나 드릴 테니……."

"허허허, 무릇 거래란 뜻이 맞아야겠지요. 승자를 가리는 것을 막을 생각은 없습니다. 그저 막 시주를 대결하는 아이 속에 넣어달라는 부탁을 드릴 뜻으로 거래를 청한 것입니다."

구동준은 역시 고개를 저었다.

"제가 일심 법사님을 모른다면 응했겠지요. 하나 이 마을 사람들 모두가 법사님을 잘 알고 있습니다. 아무리 어린아이라고는 하나 일심 법사님과 동행하는 이를 우리 애들이 무슨 수로 감당하겠습니까? 마을 사람 전부가 달려들어도 어림없는 일입니다."

"이 아이에게 무공을 가르친 적은 없습니다. 그저 부탁을 받아서 동행하는 것이지요. 제가 이 아이에게 가르친 것은 정신력으로 허기를 참는 법과 보이지 않는 것을 보는 법. 그것은 여기 계신 다른 분들에게도 가르친 내용이 아닙니까."

"정말입니까?"

"허허허."

웃음으로 답을 대신하는 일심 법사를 보며 구동준은 말실수를 했음을 깨달았다. 일심 법사가 돼지 한 마리 때문에 거짓말을 할 리가 없다. 구동준은 왼손을 뻗어 막당의 몸을 이곳저곳 주물러 보았다. 단련된 몸이기는 했으나, 무공을 익혀 얻은 신체는 분명 아니었다. 아무리 살펴봐도 무공을 배운 경험 자체가 없는 신체다. 구동준은 곤혹한 표정으로 일심 법사를 보았다. 이제는 반대되는 뜻을 갖고 고개를 저었다.

"이 정도 수준이면 더욱 불가합니다. 우리 아이들이 어떻게 자랐는지 법사님께서 더 잘 아실 텐데요. 일 합도 견디지 못할 겁니다."

"돼지를 취하는 것을 목적으로 하지 않습니다. 이 아이를 목적지에 데려가기 전에 꼭 가르쳐야 할 것이 있어서 이런 거래를 청하는 것이지요."

구동준은 아이들이 모여 있는 곳을 돌아봤다.

"너희들의 생각은 어떠하냐?"

아이들은 흔쾌히 고개를 끄덕였다. 일심 법사의 수제자라고 해도 고개를 끄덕일 녀석들이었다. 어려서부터 그러한 호기를 배우며 자랐기 때문이다. 구동준은 한숨을 쉬며 막당을 돌아봤다.

"묻겠다. 너도 저 아이들과 싸우고 싶으냐?"

"싸우고 싶지 않습니다."

"엥?"

구동준이 검지로 막당을 가리키며 일심 법사를 응시했다. 법사가 막당에게 합장하며 물었다.

"막 시주께서는 저 돼지가 죽지 않기를 바라십니까?"

"예."

"저 어린 시주들께서 싸움하여 승패가 갈리면 누가 이기든 돼지의 배를 가를 것입니다."

"아직 살아 있는데 어찌 죽이려 하십니까?"

"돼지가 죽지 않기를 바라신다면 시주들과 싸움하여 끝까지 남으시면 되지 않겠습니까?"

"제가 싸우지 않으면 돼지가 죽습니까?"

"그렇지요. 막 시주께서 한 번이라도 패하신다면 역시 돼지는 죽습니다."

막당은 고개를 끄덕였다.

"그렇다면 싸워서 이기겠습니다."

구동준이 미소를 지었다. 일심 법사가 막당에게 무엇을 가르치고 있는지 알게 된 듯한 미소였다. 일심 법사는 막당에게 대답을 듣고서도 또 질문했다.

"만약 싸워서 지면 어찌할 생각이십니까?"

"다시 싸워서 이기겠습니다."

"그것은 불가합니다. 떨어지는 빗방울이 땅에 닿는 것이 싫다면 손으로 잡아야겠으나, 그것이 실패하면 필히 땅에 닿습니다. 기회는 한 번뿐입니다."

“예, 법사님. 잘 알겠습니다.”

“만약 싸워서 지면 어찌할 생각이십니까?”

“다시 싸워서 이기겠습니다.”

사람들이 일제히 웃음을 터뜨렸다. 몇몇 아이들이 막당에게 손가락질하며 ‘바보잖아!’ 라고 떠들었다. 손을 들어 주변 사람들의 웃음을 제지한 구동준은 막당의 머리를 쓰다듬으며 위협했다.

“죽은 자는 다시 일어설 수 없다. 한 번 지면 그것으로 끝이다. 다시 묻겠다. 싸우겠느냐?”

막당은 고개를 끄덕였다.

“싸우겠습니다.”

“왜 싸우겠다는 것이냐?”

“돼지를 살리기 위해서 싸우겠습니다.”

“그래, 그렇지.”

구동준이 웃었다.

“네 싸움은 살리기 위해서 하는 것이다. 이것은 활인권(活人拳)이라 할 만하구나. 살리기 위해서 싸워야 한다는 것을 잊지 말아라.”

막당이 여러 번 고개를 끄덕였다. 구동준은 막당의 머리를 쓰다듬다가 힘껏 등을 밀었다.

“자! 싸우겠다고 마음먹었다면 주먹을 쥐거라. 그리고 패배를 인정할 각오를 다졌으면 저 아이들이 있는 곳에 가서 인사를 나눠라."

막당은 주먹을 쥐고 아이들이 모인 곳을 향해 걷기 시작했다. 구동준이 일심 법사를 돌아보며 웃었다.

"특이한 아이로군요."

"누구보다 정도의 길을 걷는 마음을 가진 시주일 듯합니다. 하여 자신의 뜻을 갖는 것이 필요하리라 여겼습니다. 하나 이미 갖고 있군요. 소승이 부덕하여 볼 수 없었을 뿐입니다. 그러니 새로운 것을 가르치려 합니다."

"힘이 없으면 지킬 수도 없다?"

"그렇습니다. 소승의 제자는 아니 되겠으나, 머잖아 강호의 길을 걷게 될 시주입니다. 우직하여 배움에 무리는 없겠지만 목표조차 없다면 곤란하지요."

"지금 봐서는 앞으로도 활인권을 쓸 아이처럼 보입니다."

"그리되기를 바라야겠지요. 허허허."

막당이 무리 속에 들어가는 모습을 지켜보던 두 사람은 약속이라도 한 듯 한 방향으로 시선을 돌렸다. 누군가 있었다. 구동준만큼이나 그을린 살갗을 지닌 아이가 어느새 두 사람 사이에서 미소를 짓고 있었다. 비록 살갗은 검었으나 용모가 곱상하고 늘씬한 체형인지라 무인보다는 학자가 되는 것이 더 어울릴 듯한 아이였다. 그러나 마을에서 가장 뛰어난 무공을 가진 아이가 바로 이 한보(韓步)라는 녀석이었다. 한보는 두 손을 가슴에 모은 채 웃고 있었다.

“무슨 일이냐, 한보?”

“나, 나도 싸울래!”

한보가 힘껏 외쳤다. 구동준이 깜짝 놀라며 물었다.

“너는 싸우지 않겠다고 했다. 어째서 갑자기 마음이 바뀐 것이냐?”

한보는 대답 대신 아이들 무리 속 막당에게로 손을 뻗었다. 한보의 얼굴에 웃음이 가득 담겨져 있었다.

“쟤가 이기면… 돼지를 살린다고 했잖아! 내가 이겨도 살릴 수 있는 거 맞지? 아니, 맞아야 해. 내가 이겨도 돼지는 살아날 거야!”

“하하하! 네 녀석도 활인권이냐?”

구동준이 한보의 머리를 쓰다듬으며 웃었다. 한보는 막당에게 시선이 머문 채 미소 짓고 있었다. 막당이 잠깐 고개를 돌려 한보의 눈과 마주했다. 한보가 손을 흔들며 웃었는데, 막당도 똑같은 행동으로 답했다. 그러자 한보가 혼잣말처럼 중얼거렸다.

“그리고 손님을 맞이할 필요도 있겠고.”

구동준은 한보에게 고개를 끄덕이며 웃었다.

“좋은 뜻이다. 우리를 대하는 손님인데 최선을 다해야겠지.”

한보는 두 팔을 휘저으며 아이들 무리를 향해 걷기 시작했다. 어른들과 함께 목책을 만들고 있던 또 한 명의 아이가 대경했다. 아이는 한보를 향해 달려가 소리를 지르더니, 곧 구동준에게 뛰어왔다.

"한보가 싸우면 저도 싸울래요!"

다른 아이들보다 덩치가 두 배는 됨 직한 아이였다. 어지간한 장정만큼이나 크지만 얼굴에 앳된 기가 가시지 않아서 한눈에도 십팔 세가 못 되었음을 짐작할 수 있었다. 막당도 나이에 비해 큰 체구를 가지고 있었지만, 이 소년과 비교할 정도는 못 되었다.

"그러려무나."

구동준의 답을 듣자마자 녀석도 급히 아이들 무리 속으로 달려갔다. 일심 법사가 너털웃음을 터뜨리며 중얼거렸다.

"한보 시주와 태목구 시주는 여전하군요."

"앙숙이지만 서로에게 큰 도움이 되고 있습니다. 아직 태목구가 한보를 한 번도 이겨보지 못했지만, 언제 이기더라도 이상할 게 없을 지경이지요. 둘 중 하나가 분명히 제 뒤를 잇게 될 것입니다."

"다른 어린 시주들은 어떻습니까?"

"아직은 부족한 점이 많습니다만, 법사님께서 데려온 아이가 걱정할 정도는 됩니다. 하하하."

"허허허허허."

대진표가 정해졌는데, 막당의 상대는 동갑내기 소년으로 이름이 '복귀(福句)'라 했다. 막당보다 키가 작고 깡마른 체격이었으나 상하체에 고집이 느껴지고 움직임이 가벼웠다. 막당은 복귀와 나란하게 목책 앞에 섰다. 목책은 약 한 평 반쯤 되는 공간을 남기고 세워져 있었다. 조금 전에 왔던 비로 인해 바닥이 질척해서 땅에 자빠져도 충격이 덜할 것 같았다. 첫 번째로 싸울 아이들이 목책 안으로 들어갔다. 아이들이 서로 마주 봤을 때, 막당은 몸을 돌려 일심 법사에게 손짓했다.

"무슨 일입니까? 마음이 바뀌었나요?"

"아닙니다, 법사님. 묻고 싶은 게 있습니다."

"무엇입니까?"

"이긴다는 게 무엇입니까?"

곁에 있던 복귀가 웃음을 참지 못하고 입술 틈으로 바람을 뿜었다. 일심 법사가 답했다.

"상대에게 '졌다' 는 말을 들으면 됩니다."

막당이 곧 고개를 돌리며 곁에서 웃음 짓는 이를 보았다.

"제게 졌다고 말해주시겠습니까?"

"푸하하하하!"

결국 복귀가 배를 잡고 뒹굴기 시작했다. 일심 법사도 고개를 설레설레 저으며 막당에게서 멀어졌다. 구동준의 곁을 향하던 일심 법사는 갑자기 뭔가 생각난 듯 막당 쪽으로 되돌아왔다. 막당이 기대감에 찬 얼굴로 바라보았지만, 법사의 목적은 죽을 듯 웃음을 터뜨리는 복귀에게 있었다.

"시주께서는 속지 마십시오. 여기 계신 막 시주가 방심을 하게 만드는 수일지도 모릅니다.”

그러자 복귀는 거짓말처럼 웃음을 그치고 경멸의 눈으로 막당을 노려봤다. 막당이 이유를 모른 채 다시 말했다.

“졌다고 말해주셨으면 고맙겠습니다.”

“너, 두고 봐.”

복귀는 막당의 턱에 주먹을 견주며 쓰게 웃었다. 그동안 목책 안에서는 싸움이 시작되었다. 처음에는 탄성이 나올 정도로 화려한 발차기와 주먹이 오가더니, 서로의 팔이 엮인 뒤로는 진탕 싸움으로 번졌다. 결국 ‘동락’이라는 아이가 항복을 받아냈다. 온몸에 진탕질을 한 채 숨을 헐떡이면서도 환히 웃는 모습이 막당에게 호기심을 불러일으켰다.

“저것이 이긴 겁니까?”

“너랑 말 안 할 거야. 염불이나 외워둬.”

막당과 복귀는 두 번째로 목책에 들어가는 무리였다. 먼저 복귀가 목책 안으로 들어가서 막당에게 손짓했다. 막당이 목책 안으로 들어가자 구동준이 나서서 직접 목책의 입구를 막았다. 그리고 두 소년을 향해 고함쳤다.

“싸워라!”

빡!

막당의 무릎이 반쯤 굽어졌다. 막당은 무슨 일이 벌어진 것인지 이해할 수 없었다. 싸우라는 소리를 듣기는 했으나 그 직후의 자신은 무릎을 굽힌 채 땅을 보고 있었다. 애써 무릎을 세우는 순간 바람 소리가 들렸다. 앞을 보았는데 보여야 할 것이 한정되어 있다. 주먹. 복귀의 우권만 보였다.

빠극!

고개를 급히 뒤틀었으나 광대뼈에 맞아 고통스러웠다. 땅지기의 발길질과 비교할 바가 아니었다. 상체가 절로 중심을 잃고 흔들린다. 때마침 구름이 묵빛을 잃어 흐트러진다. 고원의 따가운 햇살이 눈부시다. 고맙게도 그림자가 드리워 시야를 가린다. 복귀가 우각을 허공에서부터 세차게 내리찍는 중이었다.

촤카하!

하마터면 목을 당할 뻔했으나, 막당이 바닥을 뒹굴어서 위기를 모면했다. 질척한 땅을 후려쳤던 내리찍기에 의해 잡초 덩이가 막당의 키보다 높게 숏구쳤다. 내리찍은 발이 땅에 박힌 채 미동도 하지 않았다. 안정적인 디딤이 이루어지자 복귀의 또 다른 발이 힘껏 앞으로 나아갔다.

쑤억!

정권 지르기였다. 몸을 일으키던 막당의 행동을 예상한 상태에서 가슴이 나아갈 곳을 미리 후려친 것이다. 막당은 다시 주저앉아 정권을 피했다. 매서운 바람 소리가 머리칼을 후려쳤다. 진탕에 엉덩방아를 찧은 채 앉아 있던 막당 앞으로 복귀의 발길질이 날아들었다. 조금 전까지 땅에 박혔던 발이 날아오는 중이었다. 숨조차 쉴 틈이 없다. 막당은 두 팔을 안으로 당겼다.

퍽!

교차한 팔목 사이로 복귀의 발끝이 파고들었다. 막당은 복부를 찌르는 발끝이 이리 잡이 할아버지의 화살처럼 느껴졌다. 너무 아파서 복귀의 발을 치워야겠다고 생각하며 고개를 숙였다. 발이 보이지 않았다. 어느새 복귀는 발을 뒤로 물려서 활시위처럼 팽팽하게 당긴 상태였다. 막당은 스스로를 끌어안듯 급히 배를 감쌌다.

부억!

복귀가 노린 것은 얼굴이었다. 막당이 두꺼비처럼 웅크리지 않았다면 코가 박살났을 것이다.

"와아아아!"

사람들의 환호성이 들렸다. 유목민들은 목책 안의 싸움에 자신들이 감추고 있던 호전적 성격을 아낌없이 퍼부었다. 어쩌면 그로 인해 평소 생활이 다정했을지도 모른다.

"제법 잘 피하는군요."

지켜보던 구동준이 너털웃음을 흘리며 중얼거렸다. 일심 법사도 고개를 끄덕이며 당혹감을 비추었다. 놀라운 일이었다. 지금 자신의 옆에 있는 구동준은 한때 강호에서 우권 하나만으로 이름을 크게 알리던 무재(武才)였다. 그런 구동준이 모든 영화를 떨친 채 고향으로 돌아와 제일 먼저 한 일이 아이들에게 무공을 가르치는 것이었다. 구동준이 어렸을 때도 그랬지만, 이곳의 유목민들은 때마다 터를 옮기면서 다른 유목민과 충돌하곤 했다. 일 년에 여섯 번을 주기적으로 '터 다툼'을 했는데, 구동준이 온 이후로는 한 번도 진 적이 없었다. 구동준은 자신의 다음 세대도 편하게 터를 잡을 수 있기를 바랐다. 그렇기에 최선을 다하여 무공을 가르쳤고, 그 결과물로 이곳 아이들은 다른 지역의 유목민 아이보다 월등히 뛰어난 무공을 가지고 있었다.

일심 법사는 막당이 복귀와의 싸움에서 두 번 이상의 타격을 견디지 못할 것이라 예상했던 터였다.

픽!

이번에는 옆구리를 맞았다. 막당이 크게 괴로워하며 무릎을 꿇었다. 숨을 쉬기가 힘들었는지 공기를 크게 들이키는 시늉을 한다. 복귀가 내버려 두지 않았다. 화려한 동작을 좋아하는 복귀였기에, 그만큼 한 방 한 방의 위력이 컸다. 무릎을 꿇은 채 호흡하려고 애를 쓰는 막당의 머리 위로, 복귀가 전신을 허공에 띄우며 팔꿈치로 찍으려 했다.

"어이쿠! 어이쿠!"

막당이 낌새를 채자마자 지레 겁먹고 비명을 지르며 두 팔을 치켜들었다. 덕분에 팔꿈치 찍기의 효과가 제대로 발휘되지 못했다. 복귀가 원하는 타격점보다 막당의 손이 더 앞서 나갔기 때문이다.

뻑!

복귀의 체중이 실린 팔꿈치를 손바닥으로 막은 꼴이다. 하지만 막당은 막은 것도 고통스러웠는지 인상을 찌푸렸다. 막당이 일심 법사를 돌아보며 울상을 지었다.

"이를 어째야 합니까, 법사님?"

복귀가 막당 앞에서 자세를 바로잡고 웃었다.

"졌다고 말하면 돼."

"그렇습니까? 그럼 제가 이긴 겁니까?"

"이게 초면에 장난치나!"

복귀가 다시 공세를 펼쳤다. 우권을 뒤로 시위 당기듯 하여 몸과 함께 쏘았다. 체중이 실린 우권이 포물선을 그리며 막당의 귀밑을 노렸다. 그러자 막당이 복귀에게 달려들어 끌어안았다.

"억!"

"오호!"

복귀는 놀라고 구동준은 탄성을 질렀다. 싸움을 두려워하는 자라면 몸을 움츠리거나 뒤로 물러서는 게 정상인데, 막당은 앞으로 달려들어 상대의 공격을 무용지물로 만든 것이다.

"그래도 예전에 살던 곳에서 싸움을 제법 한 듯싶습니다."

구동준이 웃으며 일심 법사를 돌아봤다. 그리고 눈매를 찡그렸다. 일심 법사가 입을 반쯤 벌린 채 목책 안을 보고 있었기 때문이다. 일심 법사는 뒤늦게 구동준을 돌아보며 고개를 저었다.

"싸움을 했을 리가 없습니다. 막 시주는 성정(性情)이 순수하여 싸우는 법을 전혀 모릅니다."

"그렇다면 제법이로군요."

구동준이 입가에 흥미를 담고 고개를 돌렸다. 막당이 복귀를 끌어안고 놓아주지를 않았다. 구동준은 자신도 모르게 중얼거렸다.

"덩치를 감안하면 좋은 수이긴 하나, 이곳 아이들에게 통할 재주는 아닌데……."

퍽! 퍼억! 퍽퍽!

복귀는 막당에게 안긴 채 주먹질을 했다. 악 쥔 주먹에서 중지만을 내세운 채 막당의 날갯죽지 오목한 곳을 사정없이 후려쳤다. 또한 막당이 상체를 굽히기라도 하면 가차없이 귀를 내질렀다. 막당은 비명을 지르면서도 복귀를 놓으려 하지 않았다.

"죽어도 놓지 않을 생각인 것 같기는 한데…… 그 가상한 뜻을 몸뚱이가 따라줄까 모르겠군."

구동준은 아이들의 싸움을 즐기는 듯 혼잣말을 그치지 않았다. 그때 갑자기 막당의 손이 복귀의 몸을 풀었다. 본의는 아니었다. 날갯죽지를 맞는 순간부터 팔의 힘이 계속 빠지더니 마음과는 상관없이 스스로 늘어진 것이다. 복귀는 짐작했다는 듯 막당에게서 급히 물러서더니 전신을 회전시켰다. 돌려차기였다.

부웅!

"얼씨구!"

"하하하하하!"

복귀의 얼굴이 새빨개졌다. 마무리를 하기 위해 날렸던 돌려차기였는데 막당이 뒤로 엉덩방아를 찧으며 피해 버린 것이다. 주위 사람들의 웃음소리가 커질 때마다 복귀의 분기가 탱천했다.

"그래. 너, 졌다고 하지 말아라. 귀신을 보게 해줄 테다!"

막 몸을 일으키려던 막당의 뺨으로 주먹이 날아들었다. 막당이 아예 바닥에 누워버렸다. 또다시 헛방질이 되자, 복귀가 힘껏 발을 치켜들었다.

철퍽!

퍼어헉! 퍽! 퍽! 퍽!

서서 발로 찍어대는 복귀보다 데굴데굴 구르는 막당이 더 빨랐다. 사람들은 아예 배를 잡고 웃기 시작했는데, 유독 한 사람만이 인상을 찌푸리고 있었다. 뒤늦게 돼지 쟁탈전에 참여한 한보가 바깥에서 목책을 흔들며 성질을 부렸다. 결국 한보가 참지 못하고 외쳤다.

"이 멍청아! 넌 맞고만 있을 거냐? 사내자식이 주먹 한 번 쓰지 못하고 도망을 치는구나! 수레바퀴도 너만큼 잘 구르지는 못할 거다!"

발로 찍어대던 복귀가 한보를 돌아보며 윽박질렀다.

"넌 우리 마을 첩자냐?"

"그래, 첩자다! 하도 속이 타서 첩자나 하련다! 너야말로 뭘 하는 거냐! 주먹을 내미는 법도 모르는 놈을 붙잡고 밤을 새는구나. 네가 이길 때쯤엔 돼지가 늙어 죽겠다!"

"하하하하하!"

목책 바깥은 완전히 웃음바다가 되고 말았다. 그때 막당이 구르던 방향을 갑작스레 바꿨다. 목책 바깥의 상황에 신경 쓰느라 곁을 감지하지 못했던 복귀는 막당의 몸뚱이에 발이 걸려 넘어지고 말았다. 사람들이 더 크게 웃을 것만 같아 재빨리 일어났다. 그 순간 하늘에 먹구름이 드리워졌다. 짙은 그림자. 복귀는 자신의 눈을 의심했다. 목책 바깥의 모든 사람들도 일시에 웃음을 멈췄다. 막당이 복귀를 향해 추락하고 있었다.

터펍!

"억!"

복귀는 막당의 몸뚱이에 부딪치자마자 무너지듯 자빠졌다. 막당과 복귀를 구박하던 한보가 입을 반쯤 벌린 채 굳어버렸다. 한보의 곁으로 막당보다 더 짙은 그림자가 다가왔다. 언제나 한보를 호적수로 여기고 있는 태목구였다. 한보보다 머리 하나는 더 큰 놈이 계집처럼 가느다란 목소리로 속삭였다.

"봤냐, 한보?"

“응, 으응.”

“너, 방금 저 녀석만큼 도약할 수 있어?”

“아무래도 불가능하겠지.”

“저거, 의외로 재미있는 놈인데?”

놀란 사람은 한보와 태목구뿐만이 아니었다. 목책 바깥에 있던 모든 사람들이 눈을 치켜뜨고 막당을 주시하고 있었다. 방금 본 것을 믿을 수 없었는지 구동준이 일심 법사에게 눈살을 찌푸렸다.

“법사님은 제게 하실 말씀 없으십니까?”

“정말… 정말로 저는 막 시주에게 무공을 가르쳐 준 적이 없습니다.”

“으음.”

“허허허, 정말입니다.”

“하하, 너무 기가 막혀서 물어봤을 뿐, 의심했던 것은 아닙니다. 게다가 제가 보기에는 경공을 펼친 것 같지도 않았고요.”

“예, 소승이 보기에도 경공이 아니라 다리질이었습니다.”

“몸질이죠.”

“예예, 몸질. 하나 몸의 탄력을 이용하여 뛰었더라도 장정의 키만큼이나 높이 뛴다는 것은…….”

“이거 몸이 근질거립니다. 저런 아이를 보면 제가 가진 무공을 티끌 하나 남기지 않고 가르쳐 주고 싶어서 말이죠.”

“허허허허, 그나저나 지금도 만만찮게 놀랍습니다.”

“그러게 말입니다.”

사람들은 입술을 굳게 붙인 채 목책 안의 상황을 구경하고 있었다.

“비켜!”

“……”

“놔!”

“……”

“이 자식! 안 비켜?”

복귀의 고함 소리가 목책 안을 맴돌았다. 막당은 이를 악문 채 복귀를 짓누르고 있었다. 자신의 이마로 복귀의 이마를 짓눌렀고, 쌍수가 복귀의 손목을 잡아 눌렀고, 정강이가 복귀의 무릎을 각각 짓눌렀다. 복귀가 발악하며 온몸을 뒤틀었으나, 막당은 미동도 하지 않았다.

삐익! 끼이익!

새끼 돼지가 울었다.

“비켜! 비키라고!”

휘이잉! 하고 고원의 바람이 몇 번 불었다. 먼젓번에 싸웠던 아이들의 옷에 달라붙은 진흙이 이제는 굳어서 바람에 밀려 떨구어졌다. 풀잎이 여러 번 춤을 추고 변덕스러운 구름들이 백의를 걸친 채 점점 흩어졌다.

“비키라고오!”

따끔한 햇살이 사람들의 가슴과 얼굴을 지졌다. 땅이 굳기 시작했다. 막당의 옷에 가득한 진흙들도 하나둘씩 굳어서 가뭄의 땅바닥처럼 갈라졌다. 복귀가 작게 속삭였다. 그리고 곧 크게 외쳤다.

"내가 졌다니까! 빨리 비키란 말야, 후레자식아!"

"쿨럭!"

지켜보던 아이들이 헛기침을 했다. 한보가 이마를 감싸 쥐며 웃었다.

"세상에! 미쳐 버리겠군. 한 대도 안 때리고 이기는 녀석을 보게 되다니."

막당은 아직도 복귀의 압박을 풀지 않은 채 어쩔 줄을 몰라 했다. 뒤늦게 일심 법사가 막당을 향해 외쳤다.

"막 시주께서 이기셨습니다! 이제 일어서십시오."

그제야 막당이 몸을 일으키며 환히 웃었다. 막당은 즐거움을 참지 못하고 몇 번 몸을 움츠리더니 몸을 펄쩍 띄웠다. 그리고는 새끼 돼지를 향해 달려갔다. 마치 예상이라도 한 듯 새끼 돼지의 앞에 구동준이 팔짱을 끼고 서 있었다.

"여긴 왜 왔나?"

"제가 이겼습니다."

멍한 얼굴의 막당을 향해 구동준이 억지로 웃음을 참는 듯한 얼굴을 보였다. 구동준은 터질 것 같은 웃음을 보이지 않으려는 듯 급히 검지를 뻗었다. 다행히 막당은 구동준이 가리키는 곳으로 시선을 옮겼다.

"저기 있는 아이들은 사람도 아니냐?"

"예?"

"저 아이들도 이 새끼 돼지를 원한다. 네가 이 돼지를 얻으려면 저 아이들에게도 졌다는 말을 들어야 할 것이 아니냐. 살리기 위해서는 모두와 싸워 이겨야 한다."

"잘 알겠습니다."

막당은 금세 시무룩해져서 아이들이 모인 곳으로 걸어갔다. 그리고 아이들 하나하나를 일일이 바라보며 물었다.

"제게 졌다고 해주실 분 안 계십니까?"

"와하하하하!"

아이들은 배를 잡고 웃기 시작했다. 그사이에 두 명의 아이들이 목책 안으로 들어갔다. 한 명은 한보였고, 또 한 명은 마른 체구에 키가 큰 통구라는 놈이었다. 반 장의 거리를 두고 둘이 마주하는 순간, 구동준이 외쳤다.

"싸워라!"

툭.

턱.

"……."

"뭐야, 뭐야? 벌써 끝났어?"

막당은 목책에서 등을 돌리고 있던 중이었다. 아이들이 떠드는 소리를 듣고 뒤늦게 고개를 돌려 목책 안을 보니, 한보가 스스로의 팔꿈치를 문지르는 것이 보였다. 그리고 통구는 무릎을 꿇은 채 땅에 코를 박고 있었다. 한보는 막당을 향해 손을 흔들었다. 막당도 손을 흔들어 화답하고는 옆의 아이를 돌아봤다.

"누가 졌다고 했습니까?"

"바보야, 통구가 기절했잖아. 그럼 무조건 진 거야."

한보는 통구를 들쳐 업고 유유히 목책을 나왔다. 구동준이 곁으로 다가가 통구를 전달받고는 한보의 어깨를 몇 번 두드려 격려했다. 가장 긴 시간의 대결 뒤에 벌어진 가장 짧은 시간의 대결이었다. 목책 안으로 네 번째의 대결자들이 들어갔다. 싸울 아이들이 준비 운동을 하는 동안 한보는 대기자들이 있는 곳으로 걸어와 막당 옆에 섰다. 그리고 노래를 흥얼거리듯 중얼거렸다.

"네가 끝까지 올라오면 좋겠다, 누가 이겨도 돼지가 살아날 테니."

"예?"

"아니, 신경 쓰지 마. 너랑 나랑 싸울 일이 거의 없다는 얘기를 했을 뿐이야. 우린 만나게 된다고 해도 맨 마지막에 만나거든."

"아, 그렇습니까?"

"응. 그리고 나를 만나기 위해서는……."

한보는 막당 너머에 있는 녀석을 손가락질하며 미소 지

었다.

"저놈을 이겨야 돼."

막당이 고개를 돌리니 태목구가 목을 옆으로 기울이며 '뚝뚝' 소리를 냈다. 힐끗 시선을 돌렸는데 막당이 아닌 한보를 보고 있다. 태목구는 막당이 안중에도 없는 것 같았다. 한보가 손가락질을 하여 막당을 가리키자, 태목구의 입술 틈에서 쉿소리가 나왔다.

"시익! 도약력이 좋은 거 빼면 끝인 놈. 날아서 목책 바깥으로 도망이나 가지 않으면 다행이지."

"그렇게 하면 이기는 겁니까?"

"그럴 리가 없잖아, 멍청아!"

가슴을 치며 분통을 터뜨리는 태목구의 꼴이 우스웠는지 한보는 바닥에 주저앉아 땅바닥을 치며 웃기 시작했다.

"네가 너무 마음에 들어!"

한보의 웃음이 담긴 외침에 구동준의 '싸워라!' 하고 명령하는 소리가 섞였다. 격렬한 타격음이 바람을 타고 널리 퍼졌다. 화려하지는 않았으나 절도있게 공수하며 어른들의 감탄사를 자아내던 싸움이었다. 그러나 시간이 흐를수록 둘은 혀를 내민 채 뒹구는 싸움으로 진행했다. 결국 마지기라는 녀석이 초주검이 되어 손을 치켜들었다. 두 아이가 서로 비슷한 실력인 탓도 있지만, 한보와 태목구처럼 서로를 경쟁 상대로 여겼기에 벌어진 결과였다. 마지기는 혼자서 목책을 나오지도 못할 만큼 탈진하여 어른들의 도움을 받았다. 그 다음은 태목구와 초치기라는 녀석의 대결이었다.

"싸워라!"

구동준의 외침이 터져 나오자, 초치기란 녀석이 빠르게 뒤로 이동했다. 예상대로 태목구는 단숨에 끝낼 듯이 앞으로 치달고 있었다. 초치기가 공처럼 몸을 여러 번 띄우면서 비릿하게 웃었다.

"헹, 그럴 줄 알았지. 네 눈엔 한보밖에 보이지 않으니까 한보처럼 날 단숨에 끝장내려고 했던 거지?"

"알면 빨리 이리 와."

태목구가 쇳소리 섞인 말투로 불쾌감을 드러냈다. 초치기는 제자리에서 발을 이리저리 놀리며 고개를 저었다.

"너랑 접근전을 벌이는 바보가 있다면 한보 옆에 있는 녀석뿐일걸? 둔한 놈을 상대하는 건 내 특기지. 자아! 오늘이야말로 나의 숙적이 땅에 코를 박는 날이다."

"하아아아아."

태목구와 한보가 동시에 한숨을 쉬었다. 한보는 곧 입을 다물었지만, 초치기와 마주한 태목구는 달랐다.

"숙적? 내가 너의?"

"나, 초치기를 우습게보지 않는 게 좋아."

"숙적이 되든 숙제가 되든 말리지는 않겠는데……."

태목구는 오른쪽 무릎을 약간 굽히며 중얼거렸다.

"그 숙적에 대해서 대충 알아보기라도 해라!"

쿠욱!

초치기는 스스로의 눈을 믿을 수가 없었다. 자신은 지금 발놀림이 굳는 것을 방지하기 위해 낮고 빠른 도약질을 하던 중이었다. 그런 짤막한 도약 한 번의 틈을 이용하여 태목구가 달려들었다. 적게 잡아도 일 장의 거리는 됨 직했는데 자신의 발이 땅에 닿기도 전에 주먹이 날아오고 있었다.

"빠르다!"

쾅!

초치기는 팔을 교차하여 최선의 방어로 태목구의 우권을 막았다. 아직도 발이 허공에 있었기에 충격을 완화시킬 수는 있었으나 뒤로 날아가는 것만큼은 막기 어려웠다. 몸이 다시 허공으로 치솟으면서 중심이 흐트러졌다. 태목구가 연계 동작으로 두 번 진각(震脚)했다. 첫 번째로 떨치는 다리는 몸을 앞으로 강하게 내밀기 위함이며, 두 번째로 땅을 치는 다리는 대지의 탄성으로 체중을 높이기 위함이었다. 태목구의 육중한 체구에 진각의 힘을 더한 위력이 쌍장에 몰렸다. 아직까지도 허공에 머물러 있던 초치기로서는 쌍장을 피할 여력이 없었다.

퍼헝!

"어우욱!"

최대한 몸을 굽혀 위력을 감쇠시키긴 했지만, 방어 없이 정타를 맞은 것만큼이나 큰 충격을 입었다. 초치기는 목책에 등을 부딪치더니 곧 앞으로 고꾸라졌다. 이미 말라 버린 바닥의 흙 무리가 입술 틈으로 파고들었다. 힘겹게 고개를 들어보니 태목구가 자신의 요혈에 권을 들이대는 중이었다. 초치기는 고개를 저으며 '졌다' 라고 말했다.

"어떠냐? 할 만하겠어?"

한보가 막당을 돌아보며 웃음 짓는다. 막당도 따라 웃었다. 한보는 내심 실망했다. 막당이 태목구의 두려움을 전혀 모르는 눈매를 하고 있었기 때문이다.

"자아! 모두 모여라!"

첫 번째 싸움이 모두 끝나자 구동준이 호방한 웃음을 터뜨렸다. 구동준이 서 있는 곳에는 두 개의 커다란 통이 있었다. 싸움에 이긴 아이들은 구동준이 내미는 그릇을 받아 들고 통안의 술을 마셨다. 개중에는 어른 흉내를 내어 장탄식을 하듯 술맛을 표현하는 녀석도 있었다. 막당은 한 모금을 마시자마자 물이 썩은 것 같다며 일심 법사를 돌아봤다. 구동준과 한보가 동시에 웃었다. 한보는 막당에게 그릇을 내밀며 어른들의 물이니 어서 마시라고 권했다. 막당이 몇 번 마시더니 '달아서 맛이 있습니다' 라며 좋아했다.

"자아! 이제 모이거라."

해가 기운을 잃기 시작할 무렵이 되어 두 번째 싸움이 시작됐다. 마지기가 특별히 부탁하여 한보와 동락이라는 녀석이 먼저 싸우게 되었다. 원래 두 번째 싸움의 시작은 마지기와 막당이 해야 옳았는데, 둘 다 오랜 싸움을 했기 때문에 체력을 배려한 것이다. 그것은 마지기의 뜻이었고, 막당이 이를 수락했다.

"싸워라!"

툭.

턱.

이번에는 막당도 한보의 싸움을 볼 수 있었다. 한보가 보폭을 크게 하여 동락에게 접근한다. 동락이 지레 겁먹고 한 발 물러섰는데 한보의 보폭이 너무도 넓어 도움이 되지 않는다. 한보의 주먹이 반쯤 굽혀지더니 동락의 가슴으로 향한다. 동락이 이를 막기 위해 두 손을 치켜든다. 그 순간 한보의 주먹이 기괴한 곡선을 그리며 상대의 십자 방어를 뚫어버리고 명치에 닿았다. 동락은 무릎을 꿇고 넋이 나갔다.

그 과정이 끝났을 때 소리가 들렸다. '싸워라'. 고원에 떨쳐진 구동준의 외침이 진공의 덕을 받아 마지막으로 되돌아온 소리였다. 산울림의 여운이 끝을 맺기도 전에 한보는 승리했다.

"미치겠군."

막당의 곁에서 마지기가 불평했다. 최대한 쉴 계획이었는데 한보가 방해한 셈이다. 마지기가 기대감에 어린 표정으로 구동준을 보았다. 구동준이 말했다.

“네가 약한 마음을 먹었구나. 네 마음이 가상하여 선물을 주마. 막당과 싸우겠느냐, 태목구와 싸우겠느냐?”

막당과 태목구를 먼저 싸우게 할 심산이었던 마지기는 한숨을 길게 뱉었다. 마지기는 먼저 목책으로 들어가며 막당에게 손짓했다. 막당이 일심 법사의 눈치를 보다가 목책 안으로 들어갔다.

“싸워라!”

구동준의 외침이 터지자, 마지기는 뒤로 일 보 물러서며 심호흡을 했다. 아직도 숨이 턱에 차오르고 있었다. 마지기는 스스로에게 뜻을 묻듯 고개를 주억거렸다. 일격필살(一擊必殺)! 첫 싸움에서 막당이 보여준 것 중 가장 인상적인 모습은 회피술과 맷집이었다. 그것이 감당할 수 없을 정도의 확실한 일격을 펼쳐야 한다. 마지기는 이를 악물며 막당의 몸에 드러난 허점을 찾기 시작했다.

“젠장.”

마지기는 불평했다. 허점이 너무 많아서 뜻을 정하기가 곤란했다. 막당은 싸움이 시작된 순간부터 미동도 하지 않은 채 자신의 눈치만 보고 있었다. 방어세도 아니었다. 어릴 때의 기억이 났다. 나도 분명히 처음 싸울 때는 저놈처럼 ‘하다 보면 뭔가 되겠지’ 라는 모양새를 취했었지. 화가 났다. 저런 놈에게 일격필살의 고민을 할 수준이면 다음 상대가 태목구든 한보든 단숨에 패배하지 않을까? 마지기는 막당의 명치로 시선을 모았다. 숨을 쉴 수 없도록 고통을 주게 되면 분명히 항복하거나 기절할 것이다! 최대한 빨리 끝내고 휴식을 취해야 다음을 상대하기 쉽겠지. 마지기는 길게 숨을 들이킨 뒤 발을 슬쩍 내밀었다. 도약을 위한 동작이었다.

"하아앗!"

마지기가 일순간 몸을 띄우며 막당에게로 날아들었다. 두 걸음! 첫걸음은 높게 도약하여 상체 방어에 정신을 몰아넣도록 하고, 두 번째 걸음은 낮게 진행하여 막당의 명치를 확실히 노려야 한다. 마지기는 주먹에 확신감을 심고 두 번째 진각을 펼쳤다. 예상대로 막당의 두 손이 얼굴을 막고 있었다. 두 번째도 높게 도약하여 자신의 상체를 노리리라 여긴 것이 분명하다. 그것은 반사 작용일 테니까.

퍼어억!

"우업!"

막당이 토악질이라도 할 것처럼 혀를 길게 뺐다. 마지기의 주먹이 정확하게 명치를 파고든 상태였다.

"끝났군."

한보의 곁에서 태목구가 혼잣말로 중얼거렸다. 한보도 고개를 끄덕였다. 막당의 상체가 앞으로 숙여지며 두 팔을 마지기의 어깨 위로 늘어뜨렸다. 마지기가 회심의 미소를 지으며 뒤로 물러서려는 찰나였다.

털썩.

“어?”

“어엇?”

주변 사람들이 멍한 얼굴로 눈을 끔뻑거렸다. 마지기가 막당과 함께 뒤로 자빠진 것이다. 구동준과 일심 법사를 제외한 모두가 같은 생각을 하고 있었다. ‘마지기 놈은 너무 지쳤구나. 다음 싸움은 좀 더 늦게 시작해야겠다’ 라는 생각을.

“윽! 엽!”

마지기의 고함이 터졌다. 상황이 이상하게 돌아가고 있었다. 마지기는 몸을 뒤틀기 위해 안간힘을 쓰는 중이었다. 그때 막당의 고개가 기절하는 사람의 그것처럼 앞으로 꺾였다. 한보와 태목구가 뒤늦게 탄성을 질렀다.

“저럴 수가!”

막당의 이마가 마지기의 이마에 닿았다. 이것은 막당이 복귀에게 취했던 것과 똑같은 자세였다.

마지기는 발악을 시작했다. 숨이 턱에 차오르고 하늘이 노래졌다. 손과 발과 머리가 뜻한 대로 움직이지를 않았다. 사람들의 너털웃음 소리가 들렸다.

마지기는 쓰게 미소 지었다. 복귀는 이 상황에서 좌절했지만, 나는 다르다! 이것은 내게 오히려 기회가 될 것이다. 마지기는 빙긋 웃으며 몸에 남은 힘을 갈무리했다. 막당은 묵묵히 있었고, 마지기는 지금의 상황을 체력 축적에 이용하고 있었다.

“……”

시간이 또다시 흘렀다. 몇몇 사람들이 하품을 했다. 구동준도 참지 못하고 마지기에게 물었다.

“졌다고 말할 셈이냐?”

“아닙니다.”

마지기가 느긋하게 답했다. 광경을 지켜보던 한보가 곁의 태목구를 돌아보며 물었다.

“확실히 저 기술은 조심해야겠다. 난 저 꼴로 늙고 싶지는 않거든.”

“시익! 너한테나 통할 기술이지. 저 따위 모양새가 나에게도 가능할 거라고 보냐?”

“하긴… 태목구는 덩치가 있어서 저것이 가능할 리 없지.”

한보가 머리를 뒤로 젖히며 웃음을 터뜨릴 때였다.

“이여어어업!”

갑자기 마지기가 기합성을 터뜨렸다. 그리고 배를 힘껏 띄우며 몸을 뒤틀었다.

“허이야!”

두 번의 기합성이 끝나자 마지기의 몸이 다시 잠잠해졌다. 상황은 그대로였다. 마지기는 잠시 후에 또 한 번 고함을 지르며 몸을 뒤틀었다. 그리고 잠잠해졌다. 그 과정을 여러 번 거쳤지만 둘의 자세가 바뀌지는 않았다. 바뀐 것이 있다면 마지기의 얼굴색이다. 마지기의 얼굴은 창백해진 상태였다.

“이런 젠장.”

마지기가 중얼거렸다. 고함, 그리고 또 고함. 발이 뒤틀리고 어깨가 들썩였으며 머리가 좌우로 돌아가기 위해 안간힘을 쓴다. 하지만 그대로였다. 그 광경을 지켜보던 태목구가 비로소 안색을 굳혔다.

“졌다.”

한참 뒤에 마지기가 비로소 말했다.

3장

# 눈을 감는 막당

# 눈을 감는 막당

　해가 중천에서 벗어났다. 따갑게 살을 건드리는 빛살이 무뎌졌고, 바람에 한기가 서리기 시작했다. 이따금 천막이 바람을 이기지 못하고 '푸거덕' 하며 괴성을 질렀다. 한보와 태목구가 한 통의 술을 모두 비웠을 즈음에 초록이 짙어졌다.

　"모여라."

　구동준이 결정하는 강자의 권한에 따라서 최종 싸움의 몫은 한보가 가져갔다. 막당과 태목구가 먼저 싸우게 된 것이다. 일심 법사는 땅바닥에 앉은 채 발을 주물렀고, 목책 바깥에서 춤을 추는 사람들이 하나둘 늘었다. 어제의 싸움에서 승리한 어른들은 칼을 갈기 시작했다. 세 마리의 돼지가 힘겹게 울었다. 막당이 눈길을 주는 새끼 돼지는 우는 것조차 힘에 겨운지 잡초에 턱을 묻고 엎드려 있었다. 막당은 불안한 눈길로 새끼 돼지를 바라보며 목책 안으로 들어갔다.

막당의 시선이 새끼 돼지를 떠났다. 발을 주무르던 일심 법사가 시선의 낌새를 채고 고개를 들었다. 일심 법사는 막당에게 눈짓했다. 한보와 태목구가 술을 마시는 동안 자신이 가르쳐 준 것을 잊지 말라는 의미다. 일심 법사가 막당에게 가르친 것은 곁에서 듣고 있던 구동준조차 실소할 정도로 간단한 내용이었다.

"상대를 아프게 하십시오. 막 시주께서 맞으면 아프듯 상대도 맞으면 아플 겁니다. 저 목책 안으로 들어간 사람은 아픔을 주고받는 것을 원하는 사람입니다. 이긴다는 것은 상대에게 더 많은 아픔을 주거나 아픔을 더 오래 참을 때 얻을 수 있습니다."

막당의 성정으로 보아 고개를 저을 것만 같았다. 하지만 의외로 막당은 고개를 끄덕였다. 오히려 '어떻게 해야 더 큰 아픔을 줄 수 있습니까?' 라고 물음으로써 두 사람을 당혹스럽게 만들었다. 일심 법사는 고민했지만, 싸우는 법을 오래 가르쳐 봤던 구동준은 단숨에 대답했다. '때리거라'. 곧장 '때리는 것이 뭡니까?' 라는 반문이 나왔기 때문에 구동준은 친절한 마음으로 막당을 한 대 쳤다. 덕분에 막당은 때리는 법을 배운 성숙한 무인이 되어 목책 안으로 들어갈 수 있었다.

"싸워라!"

구동준이 외치자 태목구는 목을 좌우로 꺾어 소리를 냈다. 그리고 준비 운동을 하듯 팔을 몇 번 젓더니 막당에게 접근했다. 그때까지 막당은 걸음을 옮기지 않았다. 태목구가 반쯤 늘어뜨렸던 우수를 휘저었다.

촤!

매서운 단타가 막당의 콧잔등을 후려쳤다. 막당이 멍한 정신을 추스르기도 전에 코피가 인중을 타고 내려와 입술을 적셨다.

"입술이 붉으니 곱구나."

씨익.

퍽! 퍽!

태목구는 막당을 조롱하듯 난타만을 날렸다. 그것만으로도 막당은 두 걸음이나 뒤로 물러섰다. 광대뼈 부분이 붉어졌다. 너무 빠른 공격이라 피하기도 난감할 정도다. 막당은 머리를 반쯤 숙인 채 앞으로 한 걸음 내디뎠다. 곧바로 태목구가 반응했다.

뻑!

막당이 하늘 높이 고개를 쳐들었다. 길게 올려치는 발차기에 이마를 맞은 것이다. 이마가 붉어진 대신 조금 전까지 붉게 물들었던 광대뼈가 짙은 보라색으로 변색됐다. 막당은 쓰러질 듯 휘청거리며 물러섰다가 목책을 붙잡고 간신히 중심을 잡았다. 태목구가 느릿느릿 다가오고 있었다.

"나와도 운우지락(雲雨之樂)을 나눌 셈이야?"

앞선 두 명을 짓눌러 이겼던 광경을 조롱하는 것이다. 막당은 의미를 알아듣지 못했다. 아니, 아예 듣지 못한 듯 스스로의 정신을 추스르는 데 여념이 없었다. 태목구가 주먹을 불끈 쥐고 힘껏 뒤로 당겼다. 그리고 막당의 안면을 향해 가차없이 휘둘렀다.

투!

"윽! 이것 보게?"

막당은 어느새 좌수를 들어 태목구의 우권을 막고 있었다. 또한 우수가 태목구의 목을 끌어안을 듯 날아들었다. 태목구는 반사적으로 좌수를 뻗어 상대의 오른쪽 어깨를 밀쳤다. 뒤이어 태목구의 상체가 세차게 비틀어지면서 빠르게 좌수를 꺾었다. 태목구에 의해 어깨가 밀린 막당은 상대의 팔꿈치가 목을 향해 날아드는 것을 보았다. 빠른 속도였다. 몸을 급히 뒤로 눕혀 피할 생각이었지만, 태목구의 우권이 등쪽에 머물러 있어서 움직이기 어려웠다.

뻑!

막당은 급히 고개를 숙여 목 대신 이마를 줬다. 머리가 쪼개진 것처럼 고통스러웠다. 막당이 두 손으로 이마를 감싸 쥐고 무릎을 꿇는 동안, 태목구는 태목구 대로 인상을 찌푸리고 있었다. 뜻밖의 박치기를 만난 팔꿈치가 통증을 호소했다.

“아이고, 저려라. 머리가 어떻게 거기까지 굽혀지냐? 명색이 천축 사람이다, 이거냐?”

“저는 천축 사람이 아닙니다.”

막당이 이마를 매만지며 울상 지었다. 태목구로서는 알 바 아니었다. 적당하게 손을 보고 끝낼 생각이었는데 상대가 그 마음을 몰라주고 있다. 태목구는 일심 법사 쪽으로 고개를 돌렸다.

“다쳐도 제 잘못 아녜요.”

일심 법사가 합장하며 응수했다.

“소승이 의술을 조금 익혔으니 괘념치 마십시오.”

“좋아. 즉사만 아니면 된다 이거군. 하긴, 그래야 우리 마을 싸움답지.”

쿵!

태목구는 혼잣말을 중얼거리며 자세를 달리했다. 십오 세의 어린아이가 펼칠 만한 동작이 아니다. 그저 우장을 뒤로 당겼을 뿐인데, 주변에 흐르는 바람 소리가 활시위를 당기는 소리처럼 맑게 울렸다.

“공렬장(空熱掌)이군요!”

일심 법사가 감탄하며 말했다. 곁에서 구동준이 고개를 끄덕이며 ‘저 아이에게 적당한 무공이지요’ 라고 답했다.

“허이!”

아직까지 이마를 매만지던 막당에게 태목구의 우장이 일

직선으로 날아갔다. 뜻밖의 쾌속에 놀란 막당이 쌍수를 급히 내밀어 앞을 막았다.

퍼어엉!

둔탁한 소리와 함께 막당의 등을 지탱하던 목책에서 '우지직' 소리가 났다. 곧 '뼈억!' 하는 굉음이 터지며 막당과 목책의 조각들이 바깥으로 튕겨 나갔다. 몇몇 사람들이 낮게 신음하며 막당을 걱정했으나, 구동준은 표정의 변화도 없이 가볍게 우수를 치켜들었다.

"들어가겠느냐?"

목책 안으로 들어가서 싸우라는 소리다. 이미 누군가가 새로운 목재를 들고 부서진 것을 대신할 준비를 하고 있었다. 막당은 가슴을 부여잡고 괴로워했다. 분명히 두 팔로 막았건만 가슴뼈가 모두 부서진 것처럼 고통스러웠다.

"당장 들어가지 않으면 진 것으로 간주하겠다."

구동준의 목소리가 냉랭해졌다. 막당은 일어섰다.

"저럴 수가!"

이제까지 무표정하던 구동준이 누구보다 먼저 눈을 치켜뜨며 경악했다. '싸우려면 들어가라'고 말을 한 것은 정말로 들어가라는 말이 아니었다. 그저 싸움을 끝내기 위한 과정이었을 뿐이다. 막당이 비록 막긴 했으나 일어설 수 있을 만큼 뛰어난 방어는 못했을 것이다. 공렬장의 파해법은 피하는 것이지 막는 것이 아니었다. 신체의 어떤 부위로 막더라도 진공의 힘을 이용해 똑같은 충격을 신체의 마지막 부분까지 전달하는 것이 공렬장이다. 손속에 정을 두지 않은 공렬장을 정통으로 맞은 사람이 저렇게 빨리 몸을 일으킨다는 것은 불가능했다. 하지만 막당은 분명 일어서서 걷고 있었다.

"어이구, 어이구."

막당이 낮게 곡하며 목책의 부서진 부분으로 들어갔다. 태목구는 멍한 얼굴로 막당이 들어오는 모습을 지켜봤다. 구동준이 뒤늦게 정신을 차리고 외쳤다.

"싸워라!"

휙!

태목구가 저도 모르게 움찔했다. 막당의 손이 날아들었기 때문이다. 하지만 파리를 쫓듯 휘젓는 손이 가슴 앞을 지나갔을 뿐이었다. 이것이 무슨 수작일까 싶어 당황한 태목구는 막당이 펼치는 두 번째 공격에 흠칫했다. 그러나 막당은 똑같은 짓을 했을 뿐이었다.

"울화통이 터져 죽으란 얘긴가?"

태목구는 불평하며 다시 우장을 뒤로 당겼다. 그때 뭔가 중얼거리는 막당의 입술이 보였다. 불안했다. 어쩌면 막당은 일심 법사에게 천축국의 기괴한 요술이라도 배웠을지 모른다는 생각이 들었다.

"저것이 뭘 하는 짓입니까?"

싸움을 구경하던 구동준이 참지 못하고 일심 법사에게 속삭였다. 일심 법사가 합장하며 답했다.

"처음으로 막 시주가 공세를 취하였습니다. 이기고 싶은 욕심이 고통보다 큰 듯합니다."

"방금 그게 공격이었단 말입니까?"

"태어나서 처음으로 공세를 취했다는 말을 하는 것입니다."

"아아."

뒤늦게 이해가 간 듯 구동준이 고개를 끄덕였다. 당장이라도 웃음소리가 입술 틈을 비집고 나올까 걱정됐다. 정말로 막당은 주먹을 뻗는 법을 모르는 것 같았다. 주먹을 쥐는 법도 엉망이었고, 내미는 법은 더욱 엉망이었다. 냉큼 이 싸움을 중지시키고 주먹 쓰는 법만이라도 가르쳐 주고 싶었다.

막당이 주먹을 몇 번 더 내밀며 중얼거리는 동안, 태목구는 공격하지 않았다. 아니, 오히려 한 발 물러섰다. 의미를 알 수 없는 주먹질과 끊임없는 중얼거림에 대한 경계의 의미였다.

"이걸로는 안 아파."

막당이 울상이 되어 중얼거렸다. 다시 한 번 주먹을 휘둘러 보고는 '이런 것도 안 아팠어'라고 스스로에게 속삭였다. 주변이 소란스러워졌다. 싸우지 않는 두 소년들을 질책하는 의미였다. 태목구가 긴장을 늦추지 않은 채 뒤로 당겼던 우장을 날렸다. 두 번째 공렬장이었다.

"저거야!"

막당이 고함치며 오른손을 펼쳤다. 그리고 태목구를 향해 힘껏 뻗으려다가 공렬장을 정통으로 맞았다.

퍼헝!

콰드드득!

막당은 싸움판 한가운데에서 목책까지 뒹굴었다. 눈이 까뒤집히고 입에서는 게거품이 나왔다. 한보가 걱정하며 목책 안으로 들어가려고 했지만, 구동준이 냉랭한 말투로 막았다.

"기절했느냐?"

"옛? 눈이 뒤집히고 게거품이 나오는데 기절한 게 당연하지!"

한보가 목책에 발을 걸친 채 불평했다. 그와 동시에 막당의 목소리가 들렸다.

"아닙니다."

"헉!"

"뭐 저런 놈이 다 있어?"

막당의 대답에 주변 사람들이 더 크게 떠들었다. 구동준은 떨리는 목소리를 가다듬고 말했다.

"싸울 마음이 있으면 일어나거라."

막당이 다시 일어나자 구동준과 일심 법사는 눈살을 찌푸린 채 입술을 떨었다.

"싸워라!"

구동준은 힘차게 외친 뒤, 곤혹한 표정으로 일심 법사를 돌아봤다.

"저 아이는 대체 누굽니까! 제 좁은 식견만으로도 저 아이는……."

"무재(武才)입니다. 행여나 하는 마음은 있었으나 저 정도의 기재일 줄은 꿈에도 몰랐습니다."

일심 법사가 떨리는 가슴을 주체하지 못하고 미소를 지었다. 시험을 통하면 더 확실히 알 수 있겠지만, 지금 본 것만으로도 막당이라는 존재는 범상치 않았다. 일심 법사가 지금 생각하고 있는 것이 사실일 경우, 막당이란 존재는 강호의 판도를 바꿀 수 있을 정도의 천재였다. 십구 인의 고수에게 협공을 당하여 불귀의 객이 된 아까운 인재 낙랑처럼.

"내 공렬장에 두 번이나 맞고 일어설 리가 없잖아."

태목구는 불쌍할 정도로 창백한 얼굴이 된 상태였다. 하지만 공포는 거기서 끝나지 않았다. 우장을 뒤로 당긴 막당의 모습을 보고 태목구는 입을 쩍 벌렸다.

"공렬장?"

"허이!"

똑같은 외침을 발하며 막당의 우장이 정면으로 날아들었다. 태목구가 대경하여 급히 상체를 기울였다.

쐐애액!

귀를 스치는 바람 소리를 듣고서야 태목구는 안도했다. 공렬장의 음향이 아니었기 때문이다. 하지만 자신에게 큰 타격이 될 일격이었음에는 변함이 없었다. 태목구는 긴장하며 자세를 갖췄다. 이제는 막당을 하수로 여길 상황이 아니었다.

"캑!"

막당이 또 한 번 우장을 뒤로 당겼다가 급히 허리를 숙이며 토악질했다. 목책 밖의 사람들이 깜짝 놀라며 토악물로 시선을 모았다. 핏덩이가 아닌 것을 보니 내상을 입지는 않은 듯싶었다. 모두 다 가슴을 쓸며 안도했다.

터틱.

비틀거리는 몸뚱이를 바로잡은 막당은 재차 우장을 뒤로 당겼다. 그새 태목구는 자세를 달리한 상태였다. 그동안 배웠던 것, 자신의 호적수인 한보에게 사용하려던 기술이 막당을 상대로 튀어나올 모양새다.

"여업!"

막당이 우장을 뻗는 순간, 태목구도 빠르게 움직였다. 여장보(呂藏步)의 척골지세(尺骨之勢)로 이동하며 상대의 일격을 흘려보내자, 가슴의 허점이 커다랗게 보였다. 태목구는 근접한 막당의 가슴을 향해 단양세(短量勢)를 펼쳤다.

픽! 퍼억!

상대를 밀칠 듯 짤막하고 빠르게 후려치는 공격이었다. 막당은 첫 일격을 맞을 때부터 두 발이 허공으로 치솟았다. 덕분에 땅이 발에 닿지를 못했으니 다른 곳으로 회피할 방법을 구하지 못했다. 태목구의 공세는 쉬지 않았다. 막당이 급히 두 팔을 내려 가슴을 막으려고 했지만, 몰아치는 공격은 가슴만을 노리는 것이 아니었다. 두 팔이 가리지 않은 모든 부위를 사정없이 가격했는데, 그 속도가 빠르고 강맹하여 어린아이의 공격 같지가 않았다. 또한 좌권이 좌장이 되고, 우권이 우장으로 변화하는 과정이 천변만화(千變萬化)였다. 장으로는 상대가 허공에 계속 머물도록 밀치는 역할을 하고 권으로는 상대에게 큰 타격을 입히는 역할을 했는데, 그 과정이 쉴 새 없이 반복됐다.

"아미타불. 저 아이가 펼치는 무공은 관음파권(觀音破拳)의 단양세가 아닙니까. 소승이 천수신권 구동준 시주를 뵌 지 십 년입니다만, 이제야 절세의 권법을 견식하게 되었습니다."

"부끄러운 무공입니다."

다른 누구도 아닌 일심 법사의 공치사인 데도 구동준은 건성으로 대답했다. 걱정스러웠기 때문이다. 만족스럽지 못한 단양세의 모습이긴 하나, 어린아이가 감당할 만큼의 위력이 아니었다. 저대로 싸움이 지속되면 막당은 큰 내상을 입을 가능성이 높았다. 계속 싸움을 진행해야 할지, 아니면 여기서 싸움을 끝내야 할지 고민이 됐다. 태목구의 이마에 맺힌 땀방울을 보았을 때, 구동준은 마음속 결정을 내렸다. 막당의 발이 땅에 닿는 순간 싸움을 끝내기로.

턱!

태목구가 제 풀에 지쳐 공세를 멈췄다. 그와 함께 막당의 발이 땅에 닿으며 무릎이 굽혀졌다. 구동준은 우수를 들어 싸움을 끝을 알리기 위해 입을 벌렸다.

"퍼억!

구동준의 우수가 급히 내려갔다. 그리고 경악으로 눈을 치켜떴다. 막당이 굽혀진 무릎을 다시 세우며 태목구에게 우장을 뻗었던 것이다. 쉴 새 없는 공세를 펼치느라 지쳐 버렸던 태목구는 막당의 우장을 막지 못하고 가슴을 당했다. 그 위력은 강맹하지 못하였으나 태목구를 놀라게 만들기에는 충분했다. 더 크게 놀란 사람은 일심 법사와 구동준이었다. 구동준이 우수를 들 때, 일심 법사는 막당을 치료하기 위하여 한 발 앞으로 나서던 중이었다. 무림에서도 큰 명성을 가진 이 두 명의 고수는 한 소년이 태어나서 처음으로 남을 때리는 광경을 보고 석상처럼 굳어버렸다.

"아이고, 아이고오."

막당은 곡을 하듯 울면서 맞았던 부위를 어루만졌다. 무릎이 연이어 굽혀졌지만, 땅에 닿기 전에 다시 펼친다. 태목구는 지금의 막당이 아무런 힘도 쓰지 못할 것임을 알았으나 덤비기는커녕 두 발짝이나 물러서고 말았다.

"아이고오, 커헉! 아이고."

막당은 숨이 넘어갈 사람처럼 거친 숨을 뱉고 있었다. 일심 법사가 눈살을 찌푸렸다. 막당의 오른쪽 옆구리가 움푹 파인 것이 보였기 때문이다. 갈비뼈가 부러졌다! 저런 부상이라면 장정도 숨을 못 쉬고 눈을 까뒤집으리라! 게다가 가슴이 진동하지 않는 꼴을 보니 숨을 쉴 때마다 고통스러워서 조심스레 호흡하는 듯싶었다. 저런 꼴인데 어찌 무릎을 꿇지 않는가!

일심 법사는 구동준을 돌아봤다.

"아무래도 이제 싸움을 끝내야 할 듯싶습니다."

"그건 안 됩니다."

"안 되다니오? 막 시주께서는 지금……."

"마을의 규칙을 어길 수는 없습니다. 저도 조금 전에 싸움을 끝낼 생각이었으나, 저렇게 공세를 펼치면 목책 바깥의 사람은 절대로 싸움을 끝낼 수 없습니다. 저도 저 아이를 당장 끌어내고 싶은 마음입니다. 하지만 저렇게 버티고 있으니……."

투욱. 툭.

구동준이 말을 잇고 있을 때, 태목구가 발을 내밀기 시작했다. 태목구는 겁먹은 얼굴을 하면서도 살인을 각오한 전사의 그것처럼 아랫입술을 깨물었다. 좌장이 앞으로 내밀어지고 우권이 뒤로 당겨졌다. 또 한 발이 앞으로 나아가며 막당과의 거리를 좁혔다.

"이를 어찌한단 말인가."

구동준이 눈매를 찌푸렸다. 목책 안의 제자를 향해 손속에 정을 두라고 말해주고 싶었다. 마음이 공포에 지배당하면 손속은 그만큼 악랄해지기 마련이다. 태목구가 취한 자세는 자

신이 가르쳐 준 무공 중에서 가장 강맹한 벽통권(壁通拳)이었
다. 잘못 맞으면 일심 법사가 손을 쓸 틈도 없이 막당의 숨이
끊어질 수도 있었다. 막당이 저것을 막다가 팔이 부러져 기절
이라도 한다면 그야말로 천운(天運)의 결과지만, 막지 못하고
급소를 당하면 공작왕 금사희가 아니라 대라신선이 살아 돌
아와도 어쩔 수 없을 것이다.

척.

목책 바깥의 여기저기서 막당을 걱정하는 속삭임을 나누
었다. 한보는 창백한 낯빛이 되어 손톱을 물어뜯었다.

척!

"……"

갑자기 웅성거림이 사라졌다. 소란스럽게 떠들던 바람 소
리도 일시에 침묵했다. 시간이 정지된 듯 누구도 움직이지 않
았으며 누구도 소리 내지 않았다. 모두 다 자신들이 보고 있
는 광경을 의심했다. 태목구와 막당은 서로의 권이 닿을 수
있을 정도로 가까이 마주하고 있었다. 그런데…….

"눈을 감아?"

구동준이 신음성을 토했다. 태목구는 자신이 보고 있는 것
이 믿어지지 않은 듯 입을 반쯤 벌린 채 굳어 있었다. 막당이
태목구의 앞에서 눈을 감아버린 것이다.

"혹시 기절한 게 아닐까?"

누군가 한보의 귀에 대고 속삭였다. 한보는 고개를 저으며

말했다.

"눈들 감은 게 문제가 아니야. 가슴을 봐."

구동준은 한보의 목소리를 듣고서야 정신을 차렸다. 너무 놀라서 자신의 제자보다 관찰력이 떨어졌던 것이다. 부끄러운 마음을 감추고 막당의 가슴을 보니 정말로 눈을 감은 것보다 놀라운 광경이 펼쳐지고 있었다.

'안정되고 있다!'

구동준은 이제 의심할 필요도 없다는 듯 일심 법사를 돌아보며 웃음을 터뜨렸다.

"하하하하하! 제가 크게 당했습니다! 법사님께서 오랫동안 강호를 드나드시더니 후배를 놀리는 법도 경지에 이르셨군요!"

일심 법사가 구동준의 말뜻을 알고 고개를 저었다.

"거짓을 말하지 않았습니다. 소승이 어째서 무공을 가르쳤는데 가르치지 않았다고 거짓을 말하겠습니까? 막 시주를 다시 보십시오. 감겨진 눈을 보시고 스스로를 설득하는 입술을 보셔야 합니다."

구동준이 막당에게로 고개를 돌렸다. 정말로 막당의 입술이 주문을 외우듯 가볍게 떨리고 있었다.

"눈을 감고 어둠 속에 자신을 또 하나 만들어 설득하십시오. 설득이 이루어지면 어둠 속의 자신이 스스로임을 자각하며 눈을 뜨십시오. 소승이 무슨 말을 하려는지 이해하시겠습니까?"

"설마… 정신력으로 허기를 참는 법?"

"최면법이지요. 스스로에게 최면을 걸어 허기지지 않았다고 속임수를 쓰면, 신체가 그것에 반응하여 음식을 먹은 사람처럼 장기를 다스립니다. 구 시주도 소승께 들었던 내용이잖습니까? 또한 막 시주의 앞에 있는 태 시주도 들었던 이야기입니다."

"그럼 지금 저 아이가 정신력으로 고통을 참는 법을 시전하고 있다는 말씀이십니까?"

"소승이 본 모습만으로는 그렇습니다."

"놀랍지 않습니까! 한 번 배운 것을 스스로 깨우쳐 응용까지 하다니!"

"다릅니다."

막당이 눈을 뜨는 모습을 응시하며 일심 법사가 떨리는 목소리로 말했다.

"막 시주는 소승에게 그것을 배운 이래로 단 한 번도 허기진 적이 없습니다. 또한 연공을 한 적도 없습니다. 한 번도 연습하지 않았던 것을 토대로 응용부터 시작했다는 얘기입니다. 게다가 구 시주께서 보셨듯 그런 응용력을 발휘할 정도로 똑똑한 시주가 아닙니다. 몸이 정신을 움직여 응용한 것이지요. 시주께서는 그것이 무얼 뜻하는지 아시겠습니까?"

구동준의 안색이 창백해졌다.

“설마……”

“소승이 큰 착각을 했습니다. 원류보다 곁가지를 중시한다! 저 아이의 심(心)은 정도(正道)일지 모르나, 무(武)는 사도(邪道)입니다!”

팍! 팍!

“이야아아아아!”

땅을 박차는 소리와 태목구의 고함. 구동준과 일심 법사가 동시에 입을 다물고 동공을 키웠다. 태목구는 이 생소한 경험을 감당하지 못하고 공포에 질린 상태였다. 그것을 떨치기 위해 고함을 질렀던 것이다. 기이했다. 오히려 막당이 절세의 고수처럼 차분하게 태목구를 맞이한다. 태목구의 일권과 막당의 일장이 교차했다.

휘익!

퍽!

다들 뜻밖의 결과에 놀라 입을 벌렸다. 결정적인 순간에 태목구가 권을 회수한 것이다. 막당의 우장에 어깨를 당한 태목구는 일순 비틀거렸다가 자세를 바로잡았다. 태목구는 구동준을 향해 몸을 돌리고 무릎을 꿇었다.

“제가 졌습니다. 더 이상은 애를 때리지 못하겠어요. 무인에게 약한 마음이 얼마나 큰 해가 되는지 알지만, 제 수련이 부족한 탓이니 용서해 주세요.”

구동준이 가슴을 쏠며 농담을 던졌다.

"걱정 마라. 네 사부도 아직 그 경지에는 이르지 못했다."

"하하하하하!"

주변 사람들이 웃기 시작했다. 막당은 무릎을 꿇은 태목구에게 조심스레 다가가 물었다.

"제가 이긴 겁니까?"

"응."

태목구가 막당을 돌아보며 눈시울을 붉혔다. 그리고 막당에게 고개를 숙였다.

"솔직히 말해서 싸우기 전에는 널 우습게봤어. 정말 미안하다."

"제가 웃겼습니까?"

사람들의 웃음소리가 더욱 커졌다. 급히 목책 안으로 들어간 일심 법사는 막당의 몸을 살폈다. 생각보다 부상이 더욱 심각했다. 급히 응급처치를 하려고 진기를 끌어올리는 순간, 막당이 고개를 반쯤 돌렸다. 일심 법사는 불안감을 느꼈다. 누굴 보는 것일까? 일심 법사가 막당의 시선을 따라 눈길을 옮기니 한보가 보였다. 법사는 막당의 혈을 짚으며 말했다.

"막 시주는 꿈도 꾸지 마십시오. 이 몸으로 더 이상 싸울 수는 없습니다."

"그럼 제가 이긴 겁니까?"

"……."

막당의 다음 행동이 무엇일지는 뻔하다. 일심 법사는 이도 저도 못하는 사람이 되어 인상을 찌푸렸다. 그때 한보가 배를 움켜쥐고 주저앉았다.

"어억!"

"무슨 일이냐!"

구동준과 한보 주변의 사람들이 크게 놀라며 곁으로 모여들었다. 한보가 배를 움켜쥔 채 검지를 뻗어 말들이 모여 있는 목책을 가리켰다.

"미안해, 목장. 사실은 어젯밤에 몰래 말 젖을 훔쳐 마셨어. 그 벌을 오늘 받나 봐. 아이고, 배야!"

구동준의 눈이 가늘어졌다.

"호오, 말 젖을 마시고 복통이 인 게냐?"

"배가 너무 아파. 신녀님한테 가서 약 좀 얻어줘. 너무 아파서 꼼짝도 못하겠어!"

"곧 싸움이 시작될 텐데 그렇게 배가 아프니 이를 어째야 할까?"

"장난해, 목장? 이렇게 배가 아픈데 무슨 싸움이야. 난 기권할래. 돼지 따위 저 애송이나 가지라고 해."

"하하하, 알았다. 그렇다면 승자는 막당이다."

사람들이 일제히 함성을 질렀다. 일심 법사는 한보를 향해 가벼운 미소를 지은 뒤 우수를 치켜들었다.

툭. 투!

일심 법사가 막당의 다리를 점혈(點穴)하는 광경을 본 구동준이 고개를 갸웃거리며 물었다.

"법사님, 아이가 다리도 다쳤습니까? 게다가 그 점혈은……."

일심 법사는 대답 대신 검지를 입술에 가져가며 더 이상 간섭하지 말 것을 권했다. 구동준이 입을 다물자, 일심 법사는 자신이 안고 있는 막당에게 말했다.

"막 시주께서 모든 싸움을 이기셨으니 돼지를 가지셔도 됩니다. 다만 막 시주께서 직접 돼지를 안으셔야 합니다."

고통으로 인상을 찌푸리고 있던 막당의 얼굴에 화색이 돌았다.

"제가 다 이긴 겁니까?"

"그렇습니다. 어서 돼지를 안으시지요. 막 시주께서는 싸워 이겨서 돼지를 살리셨습니다."

막당은 곧 돼지가 있는 곳으로 몸을 돌리며 일심 법사의 품을 떠났다. 그 순간 막당의 몸이 무너지듯 쓰러졌다. 함성이 가득했던 주변은 다시 조용해졌고, 모두의 시선이 막당에게 머물러 있었다. 일심 법사가 말했다.

"걸어가셔야 합니다. 승자가 된 막 시주께서 어찌 기어가려 하십니까? 이는 패한 자에게 큰 부끄러움을 주게 될 것입니다."

"예, 법사님."

막당은 몸을 일으키기 위해 안간힘을 썼다. 그러나 일심 법사가 혈을 짚은 것은 막당의 두 다리를 못 쓰게 만드는 수작이었다. 막당이 여러 번 몸을 일으키다가 다시 쓰러지자, 일심 법사는 한숨을 뱉었다.

"허어, 저 돼지를 보아하니 오늘을 넘기기 힘들 듯합니다. 여기 계신 시주들의 배를 불리게 할 듯싶군요."

"돼지가 죽으면 안 됩니다."

막당은 두 팔에 힘을 주며 상체를 힘껏 세웠다. 그 모습이 불만인 듯 구동준이 혼잣말로 빈정댔다.

"법사께서 그런 취미가 있으신 줄은 미처 몰랐습니다."

일심 법사는 다시 한 번 검지를 입에 가져가며 침묵을 요구했다. 구동준은 눈썹을 일그러뜨렸지만, 일심 법사의 뜻을 존중하듯 입술을 굳게 다물었다. 그리고 다시 막당의 행동을 주시했다. 그때 막당이 잠자리 날개처럼 무릎을 떨기 시작하더니 조금씩 굽혔다. 구동준은 너무도 놀라 자신도 모르게 한 발 앞으로 나섰다. 구동준의 경악 어린 동공에는 몸을 일으키는 막당의 모습이 비춰지고 있었다.

"말도 안 돼."

돼지를 향해 걷기 시작하는 막당의 뒤에서 일심 법사가 합장했다.

"역시 강정체(强情體)였습니다. 십삼대 마교주였던 낙랑 시주가 지녔던 신체와 같지요. 무공을 모르는 범인이라면 그저 참을성이 많은 인간에 불과하겠으나, 무공을 배울 경우 큰 인물이 되겠습니다. 한계를 넘어서는 수련도 감당할 것이며, 육체의 피해를 감수할 각오만 있다면 막힌 혈도마저 자유자재로 풀 수 있는 인재입니다. 조금 전에 소승은 가벼운 점혈을 했으나, 범인이 풀 수 있을 정도는 아니었습니다. 만약 막 시주께서 무공을 배우게 된다면 점혈 파해는 물론이거니와 동귀어진(同歸於盡)의 수를 쓰고도 생(生)을 구할 수 있는 경지에 이르게 됩니다.”

“들었습니다. 마음으로 육체를 운용하는 능력이 한계치보다 이 할을 더 사용할 수 있다던…….”

“막 시주 같은 기재를 얻을 수 있는 것은 정도의 홍복일 것입니다. 허허허.”

이제 막당은 새끼 돼지에게 거의 다 도달하고 있었다. 이미 일심 법사의 점혈은 풀린 것이나 다름없는 상태였다. 일심 법사의 표정이 일순 어두워졌다. 그 이유는 막당이 태목구와의 싸움에서 보여준 광경 때문이었다. 정도의 길을 걷게 될 자가 사도의 무에 반응하는 몸을 갖고 있다. 분명 그것이 막당의 몸을 망치게 될지도 모른다. 적절한 경지에 이르게 된다면 정도의 무공으로 사도의 길을 가는 것이 가능하겠으나, 처음부터 사도에 혹한 자가 정도의 무공을 배우게 된다면 사소한 이유로 주화입마에 빠질 수가 있다. 일심 법사는 자신의 걱정이 기우(杞憂)이길 바라며 막당을 향해 걸었다.

"하하하!"

"하하하하하!"

그날 밤은 마을에 축제가 벌어졌다. 막당의 새끼 돼지를 제외하고 제사를 지냈던 돼지들 모두를 요리하여 벌어진 잔치였다. 막당은 천막에서 일심 법사에게 치료받는 중이었다. 막당의 옆구리에는 새끼 돼지가 힘없이 엎드려 있었다.

"법사, 들어가도 돼?"

막당에게 줄 약탕을 따르던 일심 법사는 천막 바깥에서 들려오는 목소리에 미소 지었다. 곧 천막의 틈새로 한보가 머리를 내밀었다. 일심 법사는 고개를 끄덕이며 들어오는 것을 허락했다. 한보가 조심스레 침대로 다가가 막당을 흘겼다.

"걔는 괜찮아?"

"이곳에서 열흘은 치료를 받아야 할 것 같습니다. 그 후에도 석 달 이상 치료를 받아야 완치가 되겠지요."

한보가 놀라 물었다.

"무슨 소리야? 열흘 뒤에 떠난다는 얘기야? 얘는 지금 갈빗대가 나갔는데?"

"열흘이면 몸을 운용하는 것에 무리가 없을 것입니다. 또한 험준한 곳을 피해 다닐 테니 너무 걱정하지 마십시오."

"뭐가 그렇게 급해? 솔직히 말해봐. 내가 무공을 가르쳐 달라고 조를까 봐 도망치는 거지?"

"하하하, 딴은 그렇습니다."

한보는 일심 법사의 법의를 쥐고 흔들었다.

“그러지 말고 석 달만 있자. 내가 절대로 무공을 가르쳐 달라고 조르지 않을 테니까. 응?”

“아쉽게도 소승이 중한 내용으로 부름을 받아서 오래 머물 수가 없습니다. 한 시주께서 이해하시지요.”

“펫!”

한보는 침을 뱉듯 고함치고서 막당 옆에 바짝 붙었다. 막당의 이마에 맺힌 땀을 보자마자 한보의 소매가 날아들었다. 조심스레 땀을 닦는 한보의 모습을 보고 일심 법사는 미소 지었다.

“소승이 잠시 나갔다 올 동안 막 시주에게 약을 먹여주시겠습니까?”

“응! 걱정하지 말고 나갔다 와.”

한보가 화색이 되어 외쳤다. 일심 법사는 몇 번 더 웃음을 터뜨리더니 몸을 일으켜 천막 바깥으로 나갔다.

“임마, 당아야. 약 처먹어.”

한보가 약사발을 들고 막당을 흔들었다. 환자의 눈꺼풀이 힘겹게 열리더니 한보를 발견하고 초승달처럼 굽어졌다. 막당의 눈웃음을 향해 똑같이 눈웃음으로 응수한 한보는 약사발을 들어 보였다.

“법사가 약 먹으래. 내가 일으켜 줄게.”

그 순간 막당이 한보의 손목을 쥐며 말했다.

“부탁이… 있습니다.”

한보가 깜짝 놀라며 막당에게서 손목을 빼내고는 물었다.

“부, 부탁이라니? 너, 내 이름이나 알고 부탁을 하는 거야?”

“모릅니다. 하지만 부탁이 있습니다.”

“내 부탁 먼저 들어주면 네 부탁도 들어주지.”

“예, 부탁을 말씀하십시오.”

“내 이름을 외워. 내 이름은 한보다.”

“한보, 한보. 외웠습니다.”

“좋아! 좋아!”

한보는 연신 고개를 끄덕이며 웃었다. 검게 그을린 얼굴에 웃음이 번지자 막당도 괜히 웃음이 나왔다. 한보는 막당에게 자신의 호기심 어린 얼굴을 가까이 가져갔다.

“부탁이라는 게 뭐야?”

“법사님 좀 설득해 주십시오.”

“아! 나도 그럴 생각이야! 세상에 열흘 만에 여길 떠난다는 게 말이 돼?”

“그, 그게 아니라 법사님께서 이 돼지를 치료할 수 있도록 설득을 해주십시오.”

“엥? 법사가 싫대? 그럴 리가 없는데……. 법사는 누굴 치료하는 맛에 사는 양반이거든.”

“하지만 돼지는 싫다고 하셨습니다.”

한보는 고개를 기울이며 고민을 하다가 새끼 돼지를 힐끗

봤다. 돼지가 숨을 헐떡이는 것이 당장 죽을 모양새다. 뒤늦게 한보는 상황을 판단한 듯 쓰게 웃었다.

"치료를 안 하는 게 아니라 못하는 거야. 이미 돼지는 죽을 때가 됐어."

"아닙니다, 아닙니다. 아까 저에게 하신 것처럼 치료하시면 돼지를 살릴 수 있을지도 모릅니다. 그런데 법사님께서 그렇게 치료하기 싫다고 하셨습니다."

"어, 어떻게 치료했는데?"

"등에 뜨거운 손을 붙이… 아니, 등에 손바닥이 닿았는데 뜨거워졌습니다."

"픕!"

한보는 웃음을 참기 위해 볼을 부풀렸다. 지금 막당은 새끼 돼지에게 내력을 불어넣어 치료해 주길 바라는 것이다. 세상천지에 동물에게 내력을 불어넣어서 치료한다는 말은 늘어본 적이 없는 한보였다. 한보는 그것이 무리한 요구라는 것을 설명하려고 노력했지만, 막당은 고개만 저을 뿐이었다. 결국 한보가 천막 밖으로 고개를 내밀고 일심 법사를 불렀다. 밖에서 구동준과 대화 중이던 일심 법사가 한보에게 다가와 몇 마디 나누더니 막당에게 했던 것처럼 끊임없이 장탄식을 했다.

"아, 되든 안 되든 해보라구! 저 녀석은 돼지를 살리려고 저 꼴이 되도록 싸웠는데 법사는 그 정도도 못해줘? 가진 공력 나눠 주기가 아까워서 그러지? 이야! 불제자 욕심 좀 보게?"

일심 법사의 한숨과 구동준의 알밤이 같이 날아들었다. 한 보가 머리를 감싸 쥔 채 주저앉았다가 벌떡 일어나며 화를 냈다.

"싫으면 관둬! 내 공력을 나눠 줄 거야!"

대번에 일심 법사의 불안정한 외침이 터져 나왔다.

"그, 그게 무슨 말씀이십니까! 공력을 불어넣는 법은 알고 말씀하시는 겁니까?"

"돼지 등에 손대고 장력을 쏟으면 되는 거 아냐?"

구동준과 일심 법사가 동시에 외쳤다.

"죽잖아, 그럼!"

"그러면 즉사입니다!"

결국 일심 법사는 고개를 설레설레 저으며 천막 안으로 들어왔다. 막당이 기대감 어린 눈빛으로 보고 있다. 일심 법사가 또 한 번 장탄식을 하며 막당에게 다가갔다. 옆구리에 코를 박고 있던 돼지를 안아 든 일심 법사는 몇 번 고개를 젓더니 탁자 위에 올려놓았다. 그리고 눈을 감은 채 쌍수의 검지만으로 돼지의 몸을 이곳저곳 눌렀다. 눈을 뜨는 순간, 일심 법사는 막당을 돌아보며 말했다.

"다시는 이와 같은 부탁을 들어드릴 수 없습니다. 이 돼지가 곧 죽을 목숨인지라 들어드리는 것이지요. 생을 장담할 수 있는 확률이 삼 할도 못 되는 치료는 살생과 다를 바가 없습니다. 불제자인 소승에게 대체 무엇을 부탁하시는 겁니까.

허어.”

천막 안으로 사람들 머리가 연이어 들어왔다. 호기심이 생긴 이들이 머리만을 내밀어 입구를 봉쇄한 것이다. 구동준, 한보와 세로로 길게 늘어진 머리들을 뒤로한 채, 일심 법사는 운기행공(運氣行功)을 시작했다.

츠츠츠츠츠!

일심 법사의 전신에서 열기가 흐르기 시작했다. 막당과 한보의 이마에 땀방울이 맺힐 무렵, 일심 법사가 대갈일성을 터뜨리며 돼지를 향해 쌍지(雙指)를 뻗었다.

“허업!”

터!

손가락들이 돼지의 몸에 닿는 순간, 일심 법사는 ‘돼지를 잡으십시오!’ 라 고함쳤다. 한보와 구동준이 급히 신형을 날려 새끼 돼지의 사지를 잡았다. 법사의 전신에 열기가 흐를수록 돼지는 괴성을 지르며 요동쳤다. 당장 죽을 것만 같던 돼지가 한보조차 버거워할 정도로 발광하니 사람들의 호기심은 더욱 커졌다.

“뭐야, 뭐야? 돼지를 치료하는 거야?”

“공력을 불어넣는대.”

“돼지에게 공력을? 그럼 저 돼지가 살면 무공을 배우게 되는 건가?”

“하하하하하! 거참, 살다 보니 별 꼴이 다 있네.”

구동준은 민망해서 얼굴을 들 수 없을 지경이었다. 하지만 일심 법사의 얼굴은 굳어져 있었다. 보이지도 않을 만큼 빠르게 움직이는 쌍수는 돼지의 요혈을 끊임없이 점했다.

"하아앗!"

일심 법사가 다시 한 번 일성하며 쌍장을 힘껏 뻗었다. 돼지의 좌우 몸통을 세차게 후려치는 모습에, 다들 살수를 뻗었다고 여길 정도였다. 하지만 돼지는 오히려 더 크게 요동치며 활기를 보였다. 일심 법사는 쌍장을 돼지의 몸에 붙인 채 오랜 시간 침묵했다.

"후우우."

퍼러럭!

일심 법사가 절도있게 쌍수를 회수하며 진기를 갈무리했다. 한보가 여전히 돼지의 뒷다리를 잡은 채 긴장하며 물었다.

"끝난 거야?"

"결과는 소승도 모릅니다. 이제 막 시주보다 이 축생이 더 안정을 취해야 할 것입니다."

사람들이 천막을 둘러싸고 미친 듯 웃기 시작했다. 구동준의 얼굴이 붉으락푸르락하다가 결국 분기를 참지 못하고 다시 한 번 한보에게 알밤을 먹였다. 한보는 머리의 혹을 매만지면서도 활짝 웃고 있었다.

"막당! 난 약속을 지켰다!"

"감사합니다."

"우리 둘은 서로 약속을 지켰으니 신의를 다진 친구가 된 거야. 그렇지?"

한보의 말에 막당이 깜짝 놀라며 손을 저었다.

"아닙니다! 아닙니다! 제가 어떻게 친구를 얻습니까? 억!"

통증을 견디지 못하고 옆구리를 부여잡는 막당에게 한보는 볼을 잔뜩 부풀리며 다가갔다.

"흥! 나는 너를 믿어 약속을 맹세하고 그것을 이루었는데, 넌 처음부터 날 이용할 셈이었구나! 내가 이렇게 머리에 혹을 만들면서까지 너의 바람을 들어준 게 창피해! 나 같은 애는 너의 친구가 될 자격도 없단 얘기니 앞으로 난 이 마을에서 고개를 들고 다닐 수도 없을 거야!"

막당이 당황하여 울상이 되었다.

"그, 그게 아닙니다! 제 누이께서 저 같은 바보는 평생 친구를 얻을 수 없을 거라 하셨습니다. 바보의 친구가 되면 똑같은 바보가 된다며 다른 이들도 저를 멀리했습니다."

"그럴 리가?"

일심 법사가 진기를 다지면서도 놀란 듯 눈을 치켜떴다. 구동준이 이상하게 여겨 일심 법사에게 허리를 숙였다.

"대체 저 아이를 어디서 데려오셨습니까?"

"음, 깊은 산중의 마을인지라 설명하기 난감합니다. 하나 막 시주는 그 마을에서 가장 큰 신분을 가진 시주의 장자(長

子)이니 저런 취급을 받을 리가 없습니다."

"하지만 저 아이가 거짓을 말할 것 같지는 않습니다. 아마도 성정이 순수하여 어른이 보지 않을 때 주변 아이들에게 놀림을 받은 듯합니다."

"그래도 어린 시주라면 한 번쯤은 고자질을 했어야 하지 않겠습니까? 허어."

일심 법사의 탄식에 막당이 웅얼거렸다.

"고자질하면… 어머님과 아버님 처소에 날벼락이 떨어진다고 했습니다."

"믿었단 말야?"

한보가 울화통을 터뜨렸다. 천막 바깥에서 웃음소리와 한숨 소리가 뒤섞여 흘렀다. 한보는 막당의 침대 앞에서 무릎을 꿇고 스스로의 가슴을 두드렸다.

"나, 한보와 그런 소인배들을 비교하지 마! 앞으로 너와 난 의리에 살고 의리에 죽는 친구가 될 거야! 너도 나와 친구가 되는 게 좋지?"

막당이 숨죽인 목소리로 조심스레 말했다.

"너무… 좋습니다."

"그럼 됐어! 하하하하하! 우린 친구다!"

한보가 크게 기뻐하며 막당의 목을 끌어안자, 구동준이 대경하여 뒤통수를 후려쳤다.

"왜 때려요!"

“경황을 살피거라! 게다가 이 아이는 환자인데 그리 거칠게 다뤄서 쓰겠느냐? 또 한 번 내 앞에서 이런 꼴을 보이면 다시는 무공을 가르쳐 주지 않겠다.”

“쳇! 알았어요, 알았어.”

한보는 뒤통수를 어루만지면서도 입가의 미소를 지우지 않았다.

여드레가 지났을 때, 막당은 침대를 벗어날 수 있었다. 놀라운 것은 새끼 돼지도 그때까지 생을 연명하며 버텼다는 사실이었다. 일심 법사는 돼지 얘기가 나올 때마다 죽을 날이 얼마 안 남았을 돼지라며 고개를 저었지만, 입가에는 미소를 띠고 있었다. 진기를 불어넣으면 축생도 구제할 수 있다는 사실을 알게 된 것이 무척이나 기쁜 듯 보였다.

막당이 침대를 벗어나자 제일 신이 난 사람은 한보였다. 한보는 막당을 데리고 초원을 산책했다. 대다수의 시간들은 막당을 풀밭에 앉혀두고 자신의 무공을 시범 보이며 원리를 설명했다. 그럴 때마다 구동준이 나타나서 ‘무공을 아무에게나 전수시키면 안 된다’ 고 혼쭐냈다. 한보는 사부가 나타날 때마다 도망쳤지만, 달릴 수 없는 막당은 쉴 새 없이 절하며 구동준에게 용서를 빌었다.


“당아야, 내일 정말 떠나는 거야?”

한보는 저녁 하늘이 초원을 태우는 것을 보며 우울한 목소리로 말했다. 막당은 대답 대신 고개를 끄덕였다. 한보는 뒤로 자빠지듯 눕더니 길게 한숨을 쉬었다.

"법사만 가면 안 되나?"

"사실은……."

막당이 말끝을 흐리자, 한보가 기대감 어린 눈빛으로 고개를 돌렸다.

"사실은 뭐?"

"법사님한테 여쭤봤어."

한보의 얼굴에 화색이 돌았다.

"뭐래?"

"안 된다고 하셨어. 나는 하루속히 중원으로 가서 정혼자를 만나야 한다며……."

그 말에 한보가 크게 놀라며 상체를 일으켰다.

"저저, 정혼자? 꽃같이 생긴 나도 정혼자가 없는데 네가 있단 말야? 제기랄! 말해봐. 그 계집애는 예쁘냐? 착해? 하긴 너 같은 녀석을 정혼자로 받아들였으니 보는 눈은 있군."

"나도 본 적이 없어. 상관문주님의 손녀라는 말만 들었을 뿐이야."

"와! 부럽다! 상관문이면 촌구석의 나도 들었을 정도로 큰 문파라고. 기껏 친구를 얻었나 했더니 몇 달 후면 나리가 되서서 나 같은 건 개똥 바닥에 박아버릴 분이셨군."

"내가 왜 한 명밖에 없는 친구를 개똥 바닥에 박겠어? 절대 그렇게 하지 않을 거야."

"그럼 내가 찾아가도 만나주는 거야?"

"찾아주기만 한다면 감동하여 환대할 거야. 또한 찾아오지 않으면 내가 찾을게."

"캬! 그래! 내가 이 맛에 친구 하는 거야!"

한보는 크게 기뻐하며 막당의 목을 끌어안았다. 그 순간 구동준의 외침이 들렸다.

"이놈! 한보야!"

"젠장, 늘 초치는 목장이다! 도망가자!"

구동준이 달려오자, 한보는 급히 막당의 손을 쥐고 도망치기 시작했다. 구동준은 한보가 막당의 손을 쥔 채 달리는 것을 보고 급히 신형을 세웠다. 자신이 빨리 달릴수록 한보도 빨리 달릴 테니 결과적으로 고생하는 사람은 환자인 막당이기 때문이다. 구동준은 저 멀리 사라지는 두 사람을 향해 우권을 휘두르며 외쳤다.

"돌아오기만 해봐라! 이번에는 꼭 경을 칠 테다!"


별이 선명해질 즈음에 한보는 막당의 손을 쥐고 마을로 돌아왔다. 조심스레 발소리를 죽이고 접근하긴 했지만, 귀가 밝은 구동준에게 걸릴 것이 뻔했다. 한보는 마을 중앙에 버티고 선 구동준을 보고 눈살을 찌푸렸다. 너무 멀어서 잘 보이지는 않았지만, 몽둥이 하나를 우수에 쥐고 있는 것 같았다. 한보가 막당을 돌아보며 속삭였다.

"당아야, 너 신녀님을 한 번도 본 적 없지?"

"응."

"지금 만나러 가자. 신녀님의 막사에는 목장도 함부로 못 들어오거든. 게다가 그동안 너한테 약을 주신 분인데 인사를 드리지 않으면 예의가 아니지."

"법사님과 구 아저씨는 신녀님을 아무 때나 만날 수 없다고 하셨어. 정말 만나도 되는 거야?"

"지금 같은 상황에서는 만나도 되는 게 아니라 만나야 되는 거야."

한보는 막당의 손목을 쥔 채 말들이 모여 있는 목책 주변을 돌기 시작했다. 목책 너머에서 구동준이 일심 법사와 담소를 나누고 있었다. 역시 구동준은 뒷짐을 진 손에 큼지막한 몽둥이를 쥔 상태였다. 한보는 목책이 더 이상 자신과 막당을 가릴 수 없는 지점까지 오더니 가볍게 숨을 들이켰다.

"이제부터 뒤에서 누가 부르더라도 무조건 나만 따라와. 최대한 빨리 뛰어야 한다."

"응."

"달려!"

파파팍!

한보가 먼저 달음질을 시작했다. 그 순간 구동준이 빠르게 고개를 돌렸다. 구동준은 일심 법사에게 합장을 한 뒤 신형을 날렸다.

"이 녀석! 어디서 까불다가 이제 들어오는 거냐! 당아가 환자라는 걸 잊은 게야?"

"헹! 막당아! 더 빨리! 더 빨리!"

"응응!"

"당아도 섰거라! 지금 어딜 가는 것이냐!"

"서면 안 돼! 거의 다 왔다고!"

구동준이 막당의 바로 뒤까지 접근했을 때, 한보는 천막의 입구를 열고 있었다. 변색된 가죽으로 이루어진 천막인지라 누런빛을 발했고, 입구 주변은 기이한 형태의 돌들이 쌓인 곳이다. 한보가 말했던 신녀의 천막이 분명했다. 막당은 온 힘을 다해 달렸으나 이미 구동준의 우수가 어깨를 잡아챌 듯 바짝 접근한 상태였다. 그 순간 천막 입구에 있던 한보가 돌을 던졌다.

휘악!

구동준이 대경하여 돌을 피했다. 만약 피하지 않았다면 눈을 다칠 만큼 위협적인 투석이었다. 구동준은 불같이 노하여 외쳤다.

"가, 감히 사부에게 돌을 던져?"

"피할 게 뻔하니 사부에게 던졌다고 할 수 없어!"

한보는 막당의 손목을 끌고 천막 안으로 들어가는 데 성공했다. 구동준이 천막 앞에서 서성거리며 나오라고 호통 쳤지

만, 나오는 것은 한보의 조롱 섞인 목소리뿐이었다. 한보의
말대로 구동준은 천막 안으로 들어오지 못했다.

"헤헤헤, 됐다."

한보가 가슴을 쓸며 웃었다. 막당은 급하게 뛴 터라 옆구리
가 고통스러운 듯 인상을 찌푸렸다. 그러나 한보가 '괜찮냐'
고 물었을 때 미소를 지으며 고개를 끄덕이는 여유를 보였다.
서로가 안심하여 웃음을 주고받을 때, 천막 안의 구석진 곳에
서 기침 소리가 들렸다. 고개를 돌리니 회색 빛의 가죽으로
몸을 감싼 노파가 몸을 일으키는 것이 보였다. 한보가 먼저
노파에게 달려가 상체를 세우는 것을 도와줬다.

"신녀님, 괜찮아? 오랜만에 기침을 하네."

"또 도망을 온 게로군요. 콜록."

"이번엔 내 잘못이 아냐. 사부는 내가 친구를 얻는 걸 싫어
해. 분명 평생 동안 날 혼자 살게 해서 외로워 죽게 만들 속셈
인 거야."

밖에서 구동준의 호통 소리가 들렸다.

"뭐가 어째? 감히 신녀님께 거짓을 말하는구나! 당장 나와
라!"

"저것 봐! 이제는 신녀님도 못 만나게 하잖아. 사부의 속셈
을 알았어. 내가 외로워 죽으면 신녀님 차례가 될 거야."

"혹세무민(惑世誣民)할 놈아! 당장 못 나와?"

구동준이 땅을 치며 불호령을 내렸다. 신녀가 기침을 마무

리하고 웃기 시작했다. 한보는 천연덕스럽게 웃으며 신녀에게 달려가 안겼다. 이제껏 천막의 통로 앞에서 어물거리던 막당도 조금씩 걸음을 옮겨 신녀가 있는 곳으로 다가갔다. 신녀가 막당을 가리키며 물었다.

"새로운 친구가 이 아이인가요?"

"응! 신녀님! 당아에게도 점을 쳐줘! 앞으로 어떤 인물이 될 것 같아?"

신녀는 희미하게 웃음을 짓더니 막당을 향해 태어난 때를 물었다. 막당이 모른다며 고개를 젓자, 신녀가 한숨을 쉬며 한보의 머리를 쓰다듬었다.

"사주를 모르니 점을 칠 수 없어요. 하나 관상을 볼 수는 있지요. 분명 이 아이는 존경받는 고승이 될 거예요."

"허억! 스님이 된단 말야? 그건 안 돼!"

"신녀님의 점이 용하십니다. 저는 일심 법사님의 뒤를 이어 스님이 되고 싶었습니다."

"닥쳐, 막당! 스님이 되면 그 좋은 혼인도 못한다고! 평생 동안 여자도 안아보지 못하고 죽는다면 넌 정말 바보야."

"왜 여자를 안아야 해?"

"이런 멍청이! 남자가 여자를 안는 이유가 뭐겠어? 좋으니까야! 남자가 여자를 안고, 여자가 남자를 안는 것은 자연의 섭리로서 그 기쁨이……."

"보보보보, 보아, 이 녀석아! 지금 네가 순진한 당아를 색마(色魔)로 키울 셈이냐!"

　대화를 듣다 못한 구동준이 천막 안으로 고개를 내밀며 고함쳤다. 한보는 구동준에게 혀를 내밀며 신녀의 뒤에 숨었다. 신녀가 말했다.

　"홀홀, 뭇 사람에게 존경을 받는 고승이라면 오욕칠정(五慾七情)을 포기할 가치가 있어요. 하나 눈매가 서글서글하고 양볼이 파이는 꼴을 보니 주변에서 끝없이 심마(心魔)를 권할 듯싶군요. 고생을 많이 할 상이에요."

　"것봐, 막당. 스님이 되면 안 된다는 얘기셔."

　"잘 알겠습니다. 절대 스님이 되지 않겠습니다."

　"그런 말에 넘어가지 말란 말이다, 당아야!"

　"홀홀홀."

　신녀의 천막에 웃음소리가 크게 번졌다. 구동준의 곁으로 다가갔던 일심 법사도 호탕하게 웃으며 고개를 저었다. 어느새 새끼 돼지가 일심 법사의 법의를 지나며 막사 안으로 들어가더니 막당에게로 달려갔다. 막당은 환히 웃으며 새끼 돼지를 안았다. 일심 법사와 구동준이 천막 입구에서 서성거리다가 결국 고개를 저으며 돌아갔다. 한보는 신녀에게 막당의 얘기를 줄줄이 늘어놓으며 침을 튀겼다. 며칠에 걸쳐 이미 들었던 얘기였으나 신녀는 고개를 끄덕이며 연신 웃었다. 어느새 막당은 돼지를 안은 채 졸기 시작했다. 한보가 막당을 물끄러미 바라보며 미소 지었다.

"신녀님이 보기에도 내 말이 맞는 것 같지? 또 있었어. 정말 또 있었단 말야. 그러니까 목숨을 아끼라는 말은 이제 하지 마. 강호는 넓으니 나와 당아 말고도 더 많은 사람들이 있을 거야."

"홀홀홀."

"이제 생각한 대로 행동할래. 나뿐만이 아니라는 것을 알았으니 망설일 필요가 없어. 난 애를 보고 알았고, 그래서 당아가 너무 좋아. 내가 죽어도, 당아가 죽어도, 이 세상에는 저 돼지를 살릴 사람들이 잔뜩 있으니 죽음이 헛될 리 없어."

"홀홀홀홀."

신녀의 웃음소리가 노랫소리처럼 낮게 흐르며 밤하늘을 위로했다. 별빛이 잠깐 위세를 부렸다가 구름이 내놓은 달에 놀라 숨을 죽였다.


"그럼 이만 가보겠습니다."

새벽 해가 뜨기도 전에 막당과 일심 법사는 대설산맥을 향해 길을 재촉했다. 구동준과 한보, 태목구가 아쉬운 표정을 감추지 못하고 삼 리나 동행했다. 일심 법사의 만류 덕에 몸을 돌려야 했던 세 명은 가파른 내리막길을 걷다가 뒤를 돌아봤다. 막당과 일심 법사가 막 언덕의 끝자락에 올라서며 모습을 감추려 하고 있었다.

후투툭!

"막당!"

갑자기 한보가 신형을 날렸다. 구동준이 깜짝 놀라며 한보의 뒤를 쫓았다. 멈춰서 돌아보는 막당의 곁까지 달려간 한보는 거침없이 친구를 끌어안았다. 그리고 울음 섞인 목소리로 말했다.

"내가 누군지 알지?"

"내 친구 한보야."

"보아라고 불러! 한보라고 부르면 격식을 차리는 것 같아서 싫어!"

"내 친구 보아야."

"그래! 앞으로도 날 보아라고 부르지 않으면 다시는 만나지 않을 거야!"

"내 친구 보아! 보아야."

"그래, 이 자식아."

한보가 눈물을 닦으며 미소 지었다. 일심 법사가 다시금 길을 재촉했는데, 한보는 막당의 손이 멀어져 떨어질 때까지 잡고 있었다. 십 일간의 짧은 만남이었으나 한보에게는 결코 잊지 못할 시간이었다.

휘이이잉!

비탈의 정상에 서서 막당과 일심 법사의 뒷모습을 하염없이 바라보던 한보는 누군가의 손이 자신의 머리를 쓸고 있다는 것을 깨달았다. 구동준이 한보를 향해 미소를 짓고 있었

다. 바람이 좀 더 강하게 불며 한보와 구동준의 머리를 쓸었
다.

휘잉!

"친구로도 괜찮겠느냐?"

구동준이 바람에 물음을 실었다. 한보가 곧 쓰게 웃으며 맞
바람을 보냈다.

"정혼녀가 있다는데 어쩌겠어? 부부나 친구나 평생을 함께
한다는 건 똑같다고."

그제야 뒤따라온 태목구가 불평했다.

"웃기지 마, 한보. 반드시 내가 널 이기고 신부로 맞이할
테니까. 저런 바보 떠중이에게 널 넘길 생각은 없다."

"하하하!"

"하하하하!"

"웃지 말라고! 사부님은 왜 또 웃으시는 겁니까?"

언덕의 바람이 차가워졌다. 일심 법사와 막당은 수풀의 그
늘에 몸을 감췄다. 구동준과 십오 세의 두 아이가 찬바람을
피해 언덕을 내려가기 시작했다.

4장

# 십 년 여행의 시작

# 십 년 여행의 시작

삼 개월이 지났을 때, 막당뿐 아니라 돼지의 몸도 크게 회복되어 정상 수준에 이르렀다. 일행은 이미 대설산맥을 넘고 숱한 마을을 거쳐 아미산의 외곽을 걷는 중이었다.

"많이 늦었군요. 내일 중이면 장로평에 도착할 수 있을 것 같으니 서두르십시다."

"서두르겠습니다. 그런데 목적지가 장로평입니까?"

"그렇습니다. 삼 일 전에 전서구를 보내어 그곳 객잔으로 약속 장소를 잡았으니 기다리는 분들이 계실 겁니다."

막당은 고개를 끄덕이다가 말고 급히 몸을 돌려 고함쳤다. 풀을 뜯어먹느라 미처 쫓아오지 못한 돼지가 급히 막당에게로 달려왔다. 이제는 어엿한 성돈(成豚)이었다. 등이 막당의 허벅지에 이를 정도로 크게 자라서 가끔씩 잡스러운 도둑들이 탐을 내기도 했다. 때문에 돼지가 객잔 안으로 들어와 침상에 눕는 호사를 부릴 때도 있었고, 막당이 헛간에서 잠을 청하는 비극을 맞이할 때도 있었다. 막당은 돼지에게 초구(草口)라는 이름을 주었다. 풀을 좋아하여 입에서 한시도 풀이 떨어질 날이 없었기에 입인지 풀인지 모르겠다 하여 붙인 이름이었다.

하룻밤을 꼬박 새어 산 하나를 넘었다. 경치가 수려하여 막당은 자신의 발이 부르튼 것도 모를 지경이었다. 일심 법사가 '이곳이 장로평입니다' 라고 말했지만, 그 말조차 건성으로 들었다. 주변의 경치는 마치 도원경과 같고, 만년사가 얼핏 보이는 아미산의 봉우리는 천공에 한 폭의 그림을 붙인 듯했다.

북. 북. 북.

가죽을 찢는 소리처럼 괴이한 음향이 사방에서 울려 퍼졌다. 경치를 감상하던 막당이 깜짝 놀라며 몸을 움츠렸고, 초구가 겁에 질려 울었다. 일심 법사는 희미하게 웃으며 막당을 돌아봤다.

"막 시주께서는 걱정하지 마십시오. 저희를 기다리는 시주들입니다."

"기다리는 분이 계셨습니까?"

"천하제일의 협객들이니 막 시주께서도 만나면 반가워하실 겁니다."

일심 법사의 말에 막 시주가 안도하며 초구를 진정시켰다. 그때 하늘에서부터 구름이 내려앉듯 커다란 웃음소리가 들렸다.

"하하하하하! 천축신승(天竺神僧)께서 저희들에게 과분한 칭찬을 하시니 부끄럽습니다!"

"동방 시주께서도 오셨군요."

휘휘휙!

수풀이 난동을 부리더니 그 속에서 일곱 명이 튀어나왔다. 모두 다 허공을 세 번 밟으며 빠르게 다가왔다. 제일 먼저 일심 법사의 앞에 착지한 중년인이 포권을 취했다.

"강남일종수(江南一宗手) 동방천(東方泉)이 천축신승 일심 법사님을 뵙습니다!"

"허허허."

"쌍검선생(雙劍先生) 동방인(東方仁)이 법사님을 뵙습니다!"

"동방신검(東方新劍) 동방진상(東方眞想)이 법사님을 뵙습니다."

동방가의 삼 형제를 맞이한 일심 법사는 합장하며 난색을 표했다.

"이거 소승이 너무 늑장을 부린 듯합니다. 동방가의 사 형제 중에 세 분께서 오셨으니 정도맹(正道盟)을 누가 관리하고 있을지 걱정입니다."

"얼마 전에 큰 문제가 있었으나 모두 해결되어 지금은 소일거리조차 없습니다. 너무 걱정하지 마십시오. 하하하하하!"

동방천이 호탕하게 웃었다. 짙고 두터운 눈썹이 끝으로 갈수록 숫구쳐서 강인한 인상을 주는 자였다. 용모가 각지고 눈이 가늘었으며 아랫입술이 두꺼웠으니 용모만으로도 호장(虎將)의 기세가 느껴졌다. 구레나룻과 턱수염이 이어져 얼굴의 각을 가린 것이 제법 어울려 늙어서도 호남형의 용모를 지닐 것만 같다. 늘 그렇듯 오늘도 동방천은 금빛의 용포(龍袍)를 입고 있었다. 아버지로부터 몇 번이나 주의를 받았지만, 동방천은 용포를 벗지 않았다. 동방천은 처음 용포를 입기 시작했을 때, 이 옷에 걸맞는 행동과 업적을 이루겠다며 호언장담을 했었다. 실제로 동방천이 정도맹에서 이룬 업적은 헤아릴 수 없을 정도로 많았다. 그중 가장 큰 업적이 정도를 큰 위기에 빠뜨렸던 마교주 낙랑을 제거한 일이었다.

막당은 돼지의 목을 안고 일심 법사의 뒤로 물러섰다. 팔척 장신의 동방천을 보니 어깨가 절로 수축되었다. 긴장하는 소년을 향해 동방진상이 손을 뻗었다.

"너는 법사님을 따라왔구나. 이름이 뭐냐?"

"막당입니다."

"이름을 들으니 천축의 아이는 아니구나."

동방진상의 목소리는 부드러웠다. 아니, 목소리뿐 아니라 동방진상을 이루는 모든 것이 부드럽게 느껴졌다. 양털로 장식된 하얀 부채와 빛바랜 백의(白衣). 허리에 찬 검집마저 백색이었다. 눈썹은 가늘었으나 눈이 크고 코가 뭉뚝하며 얼굴에 각이 진 곳 없이 두툼한 게 보살님과 비견할 만했다. 막당은 동방진상의 용모를 보고 내심 안정하며 웃음 지었다. 그때 동방인의 날카로운 목소리가 막당을 움찔하게 했다.

"저 아이는 누구입니까, 법사님?"

"아미타불. 정도에 큰 복이 될지도 모르는 귀한 시주입니다. 중원에 볼일이 있어서 소승과 길을 같이 하였지요."

"하하하하! 이제는 저희 정도에 가르침뿐 아니라 인재까지 지원을 해주시는군요! 법사님과 연을 맺은 것은 우리 정도맹의 큰 홍복이 될 것입니다. 하하하하하!"

막당은 동방인의 눈치를 보다가 뒤쪽에 있는 네 명을 슬쩍 흘겼다. 네 명 모두 백의를 입고 있었는데, 한 명은 여인이었다. 품에 안고 있는 검으로 보아 이들 일곱 명 모두가 일반인은 아니라는 것을 알 수 있었다. 어쩌면 일심 법사가 말하던 무림인이라는 존재일지도 모른다. 막당의 예상은 정확한 정도를 넘어섰다. 일심 법사와 막당을 맞이한 이들 일곱 명은 무림에서도 손꼽히는 절세고수들이었고, 그중 동방가의 삼형제는 정도맹을 좌지우지하는 강호의 권력자였다.

"아이는 어디서 데리고 왔습니까, 법사님?"

객잔에 들자마자 동방인이 막당을 흘기며 물었다. 동방인은 여인만큼이나 곱상한 얼굴이었다. 몸도 가냘파서 무공이 뛰어날 것 같은 모양새가 아니다. 그러나 가끔씩 드러내는 매서운 눈길은 다른 여섯 명을 압도하고도 남을 만큼 위협적이었다. 막당은 동방인이 제일 겁났다. 다른 것을 제쳐 두고서라도 동방인이 입고 있는 홍의장포는 전신에 피칠을 한 것처럼 서늘한 기운이 흘렀다. 일심 법사는 살짝 고개를 숙이며 웃음을 던졌다.

"설명하기 어려운 곳에 살고 있는 시주입니다. 또한 막 시주는 어디서 사느냐가 중요하지, 어디서 살았느냐를 따질 필요가 없을 것입니다."

"후후, 그렇지요. 또한 지금은 아이의 문제를 거론할 시기가 아닌 듯합니다. 형님께서 빨리 말씀을 꺼내주세요."

동방인의 재촉에 동방천이 급히 포권하며 일심 법사를 응시했다. 동시에 네 명의 백의인이 몸을 일으키며 주변을 경계했다. 객잔 이층에는 아무도 없었는데, 일층은 수많은 사람들이 탁자를 채운 것을 보면 따로 부탁하여 이층을 임대한 듯싶었다. 일심 법사가 소리를 죽여 물었다.

"대체 무슨 일이십니까? 동방가의 시주들께서 소승을 이리도 급히 찾으시는 이유가?"

"아무래도 천축의 힘이 필요할 듯싶습니다."

금세 일심 법사의 눈매가 일그러졌다.

"소승은 불도에 전념하는 것만으로도 벅찬데 어찌 강호의 일에 천축승까지 끌어들이는 일을 할 수 있겠습니까?"

"지금은 그것을 따질 겨를이 아닙니다. 저희와 소통하던 십사대 마교주 이봉천(李峯天)이 반년 전에 교살당했습니다. 게다가 그 뒤를 이어 교주가 된 자는 낙랑 교주가 남긴 복마공(卜魔功)을 익혔습니다. 작금의 마교 세력이 눈에 띄게 강성해지고 또한 낙랑 교주가 남긴 유지를 받들어 사도와 결탁할 행태를 보이고 있으니 무림의 앞날이 크게 걱정됩니다."

"아미타불."

일심 법사는 눈을 감으며 합장했다. 어느새 일심 법사의 얼굴에는 그림자가 드리워지고 있었다. 무공이 뛰어난 동방량과 특출한 재주를 가진 네 명의 아들에 의하여 곧 피바람이 그치리라 여겼는데, 새로운 위험이 용트림을 하는 것이다. 일심 법사는 어느 쪽이 승리하든 상관없었다. 그저 복수와 살육이 난무하는 혼세강호(混世江湖)가 빨리 진정되기를 바랄 뿐이다. 때문에 가장 큰 세력을 이루고 있었던 정도맹을 찾아가 여러 가지 도움을 주고 있었다. 모든 것이 끝나게 되리라 여겼던 일심 법사에게 마도와 사도의 동맹 소식은 큰 충격이었다. 하지만 오랜 전란을 끝낸다는 명목으로 받아들이기엔 동방가 형제들의 제안이 너무 무리였다.

"시주들께서도 잘 아실 겁니다. 저희 라마승은 예로부터 천축의 수행에 전념하고 깨달음을 전하는 것을 덕이라 여겼습니다. 하여 천축국의 천 년 무공을 고스란히 전수받은 이들이 많지요. 그러나 무공의 원류가 불가의 수행에서 비롯되었기 때문에 살생과는 거리가 멉니다. 그런 천축승들이 어찌 강호의 싸움에 도움이 될 수 있겠습니까?"

"하하하하하! 알고 있습니다. 그러나 마교를 돕고 있는 독마쌍제(毒魔雙帝) 모두가 라마승이며 사도의 팔대악인 중에서도 으뜸으로 치는 철사곤(鐵蛇棍) 구량 대사(九樑大師) 또한 라마승입니다. 천축의 무공은 천변만화(千變萬化)하여 수많은 길이 있으니 분명 노독마들과 철사곤처럼 살생을 연마한 고수들도 있을 것입니다. 일심 법사님께서는 천축에서 오래 수련하시어 그쪽의 고승들과 인연이 깊으실 터. 분명 저희들보다 쉽게 고수를 만나실 수 있으리라 여겨집니다."

"아미타불. 불가합니다, 불가합니다. 살생에 뜻을 둔 무공을 익히고서 어찌 성정을 믿을 수 있겠습니까? 분명 강호의 부귀와 영화를 탐내어 또 다른 세력의 일환으로 남을 공산이 큽니다. 소승이 도움을 주려다가 되려 큰 해악을 가져올까 두려우니 진작에 이를 거부함이 옳습니다."

"하하하하하!"

동방천이 웃음으로써 불쾌감을 감췄다. 동방천은 더 이상 설득하려 들지 않고 술잔을 들어 예를 표하는 것으로 말을 맺었다. 애초에 동방량이 자신들을 보낼 때, 일심 법사가 쉽게

응하지 않을 것임을 경고한 바가 있었다. 동방천이 술잔을 비우고 동방인에게 눈짓했다. 동방인은 홍포 소매로 손을 넣어 한 통의 서신을 꺼냈다. 일심 법사는 동방인이 내미는 서신을 보고 눈매를 찌푸렸다.

"이것이 무엇입니까?"

"곧 제가 혼인을 하게 될 듯싶습니다. 아버님께서 친히 초대장을 작성하시어 법사님께 전하라 하셨습니다."

그러자 일심 법사의 얼굴에 드리워졌던 그늘이 금세 가셨다. 일심 법사는 상체를 뒤로 젖히며 크게 웃었다.

"허허허! 경사가 아닙니까! 신부는 분명 염화용(鹽花容) 시주겠지요?"

"그렇습니다. 정혼한 지 오 년이 지났으니 지금도 늦었지요."

"그렇지요, 그렇지요. 평생 놓아두는 것이 아닌가 걱정하였습니다. 축하드립니다, 동방 시주. 마흔이 되어서야 드디어 혼인을 하시는군요."

"후후, 맡은 일이 많아서 혼인을 미뤘으나 이제는 더 지체할 수 없습니다. 아무튼 법사께서도 참석하시겠지요?"

"물론입니다. 이토록 경사스러운 일을 어찌 외면하겠습니까? 게다가 다른 누구도 아닌 정도맹주의 초대장까지 받았으니 꼭 가야겠지요."

화기애애한 웃음소리가 객잔 이층을 채웠다. 서로 들뜬 마

음으로 술잔을 나눌 즈음에 갑자기 동방진상이 막당을 돌아
보며 물었다.

"당아야, 넌 어째서 음식을 먹지 않지?"

"다들 무서운 분이시라 먹으면 혼날 것 같았습니다."

그 말에 사람들이 또 한 번 웃음을 터뜨렸다. 동방진상이
웃으며 농담했다.

"네 말이 맞아. 당장 먹지 않으면 우리들 모두가 무서운 귀
신이 될 것이야."

막당이 깜짝 놀라며 음식을 허겁지겁 먹기 시작했다. 또 한
번 웃음이 객잔을 메웠고, 모두가 막당에게 관심을 가졌다.
동방천이 막당을 가리키며 말했다.

"이 아이를 어디로 데려갈 셈이십니까?"

"막 시주는 상관문으로 갈 것입니다."

그 순간 정도맹의 일곱 명 모두가 안색이 변했다. 백의인
중의 한 명은 검집에서 반쯤 검을 빼낼 정도로 날카로운 반응
을 보였다. 일심 법사도 심상찮은 느낌을 받고 눈살을 찌푸렸
다. 동방천이 굳은 얼굴로 일심 법사를 노려보았다.

"상관문으로 가는 이유가 무엇인지 여쭈어도 되겠습니
까?"

"막 시주는 상관문주의 손녀와 정혼을 하실 분입니다. 오
랜 인연이 있어 그 결실을 소승이 맡았지요."

"으으음……."

　동방천은 술잔을 쥔 채 신음했다. 일심 법사는 내심 긴장했다. 놀랍게도 동방천이 자신을 앞에 두고도 살기를 뿌리고 있었다. 성격이 호쾌하지만, 때로는 물불 가리지 않는 패악함도 보이는 동방천이다. 저렇게 살기를 뿌릴 정도라면 나를 염두에 두지 않고 일을 벌일지도 모른다! 일심 법사는 조심스레 내력을 세우며 주변을 살폈다. 뒤에 있는 네 명의 백의인이 언제라도 검을 뽑을 듯 매서운 기세를 펼치고 있었다. 참다못한 일심 법사가 천천히 몸을 일으켜 막당 쪽으로 한 걸음 옮긴 뒤 합장했다.

　"아미타불. 대체 무슨 일인지 말씀해 주시지요."

　동방진상이 한숨을 쉬며 답했다.

　"하아, 상관문은 정도맹과 결별했습니다."

　"허어어."

　고개를 젓는 일심 법사에게 동방인이 덧붙여 말했다.

　"후, 결별의 문제가 아니지요. 상관문주 정의신검은 사도와 결탁하여 정도맹을 위험에 빠뜨렸습니다. 하마터면 저의 아버님께서 목숨을 잃을 뻔했지요."

　"그럴 리가!"

　일심 법사는 대경하여 고함쳤다. 자신이 알고 있던 정의신검 상관호는 절대로 그런 짓을 할 사람이 아니었기 때문이다. 여전히 술잔을 쥔 채 막당을 노려보던 동방천이 입술을 떨며 말했다.

“흥! 제 동생 인아가 아니었다면, 아버님은 이미 저 세상 사람이 되셨을 것입니다. 인아는 우연히 상관문의 밀서가 사도맹으로 가는 것을 발견하여 중간에 빼앗아 올 수 있었습니다. 그 덕에 정의신검이 인면수심(人面獸心)의 파렴치한 자라는 것을 알게 되었지요. 저희는 곧 사람을 모아 상관문을 쳤습니다. 그러니 저 아이를 데리고 상관문을 찾아봤자 누구도 반기지 않을 것입니다. 그곳은 이미 폐가가 되었을 테니까요.”

“저, 정말⋯ 정의신검께서 그런 짓을 하셨단 말입니까? 또한 맹주께서 상관문을 치는 것을 허락하셨습니까?”

“상황이 시급하여 먼저 치고 나서 보고를 올렸습니다. 그리고 밀서에 적힌 곳으로 찾아가 보니 정말로 사도의 흉수들이 집결해 있더군요. 놈들을 일망타진하고 몇몇에게 자백까지 받아냈으니 거짓 밀서는 결코 아닙니다.”

“아미타불, 아미타불.”

“그러니 저희들은 법사님께 큰 실례를 해야겠습니다.”

동방인의 싸늘한 말이 뱉어지는 순간, 일심 법사의 법의가 크게 펄럭였다. 동방인의 우수에 쥐어진 검이 허공으로 튕기며 낭랑한 소리를 냈다. 동방인은 저려오는 손목을 부여잡고 인상을 찌푸렸다.

“방해하지 마십시오, 법사님. 분명 저 아이가 자라면 상관문의 원수를 갚기 위하여 정도맹에게 해를 끼칠 것입니다.”

“아미타불. 시주들께서는 걱정하지 마십시오. 막 시주는 아직 무공을 익히지 않은 몸이며, 상관문과의 인연을 엮기 위한 만남도 없었습니다. 막 시주가 이대로 고향을 향해 발길을 돌린다면, 영원히 강호에 뜻을 두지 않게 될 터이니 은원 관계가 성립되지 않습니다. 지금 검을 들어 막 시주를 치는 것은 헛된 살생에 불과할 터. 누구도 이를 현명하다 여기지 않을 것입니다.”

“앞을 보지 않고서야 어찌 현명을 논할 수 있겠습니까! 비켜서십시오. 작은 살생으로 훗날의 혈풍을 막을 수 있음을 어찌 모르십니까!”

동방천의 고함 소리에 일심 법사는 이맛살을 찌푸리며 막당을 돌아봤다. 자신의 목에 칼이 들어올 뻔했는 데도, 막당은 열심히 음식을 먹고 있었다. 가끔 주변의 눈치를 보며 음식을 먹는 모양새가, 동방진상의 말을 신경 쓰는 듯했다. 주변 분위기가 험악한 이유가 자신이 음식을 제대로 먹지 않아서라고 여기는 것이다. 그런 막당의 머리 위로 동방인의 검이 다시 한 번 날아들었다. 쌍검선생의 좌검이 기세를 펼치자, 뒤에 있던 백의인이 빠르게 신형을 날려 바닥에 떨궈진 우검을 주워 들었다.

팅!

일심 법사는 급히 금강지(金剛指)를 펼쳐 검면을 후려치고 대라신공(大羅神功)의 동문단(東門團)으로 동방인을 공격했다. 동방인이 삼 보를 물러선 뒤 백의인이 내미는 검을 받자,

곧 쌍검조의 위세가 막당을 감쌌다. 그와 함께 동방천도 벽항수(劈抗手)로 일심 법사의 앞을 막으니, 당장 막당의 목이 떨어질 지경에 이르렀다.

"법사님께 용서를 구합니다. 흉수가 될 자를 미리 처치하지 않으면 훗날 큰 화가 될 것입니다!"

"안 될 말입니다!"

동방천의 벽항수는 팔방을 막는 방어세였다. 일심 법사가 무리하여 대라신공을 펼치니 동방천과 쌍장을 맞부딪쳐 굉음을 냈다.

퍼펑!

공력에서 앞설 수 없었던 동방천은 내상을 피하기 위해 급히 물러섰다. 그때 이미 동방인의 검은 막당의 목 언저리를 치닫는 중이었다.

쩡!

"이게 무슨 짓이냐!"

동방인이 뜻밖의 저항을 받고 호통 쳤다. 동생 동방진상이 검을 들어 막은 것이다. 막당은 겁에 질려 더 빠르게 음식을 입에 넣었다. 동방진상이 막당을 가리키며 외쳤다.

"당아를 보십시오, 형님. 저 아이의 성정이 순수하여 결코 악을 행하지 않을 것입니다. 또한 무공을 모르니 지금 당장 집으로 돌려보내어 강호와의 인연을 끊으면 해결되지 않겠습니까? 법사님의 말이 옳습니다."

"셋째는 닥쳐라! 어찌 네가 앞일을 판단하려 하는 것이냐! 후환을 없애지 않으면 그 화가 반드시 우리에게 미칠 것이다! 너와 백도사왕(白道四王)도 합세하여 이 일을 빨리 마무리하자!"

네 명의 백의인이 동시에 검을 뽑아 들었다. 일심 법사는 급히 막당의 옷자락을 잡아끌어 객잔의 구석으로 던졌다. 그리고 막당의 앞을 막은 채 금강벽(金剛壁)의 위세를 보였다.

"법사께서 그리 하시니 저희들의 손속이 독함을 면할 길이 없습니다!"

동방천은 쌍수를 가슴에 모으며 동방가의 비전절기(秘傳絶技)인 종수탄(宗手彈)의 형세를 취했다. 일심 법사는 몇 번 고개를 저으며 합장했다.

"어찌 그리도 모르십니까. 천하의 정도맹이 이러한 일로 살생을 하신다면 강호에 좋지 않은 소문이 돌 것입니다."

"후후! 법사께서 천축국의 고수를 지원하지 않겠다 하시고 정도맹의 흉수조차 보호하시니, 이는 다른 뜻이 있는 것 아닙니까? 후후후후, 그간 정도맹이 법사께 소홀함이 없도록 최선을 다했건만 이런 결과가 나왔으니 당혹스럽습니다."

"아미타불. 오해입니다, 동방 시주. 소승의 뜻은……."

"변명은 필요없습니다! 당장 그 아이를 내놓지 않으면 법사의 뜻이 사마(邪魔)에 있는 것으로 알겠습니다."

"허어, 어찌 이런 일이!"

일심 법사의 탄식이 끝을 맺은 뒤, 객잔 이층은 잠시 침묵
했다. 일곱 명의 시선이 일심 법사의 입술에 묶여 있었다. 일
심 법사는 침묵을 끝내고 장탄식을 하더니 고개를 저었다.

"막 시주는 들으십시오."

"예, 법사님."

"소승이 무슨 수를 써서든 여기 계신 시주들께서 막 시주
를 해하지 못하도록 하겠습니다. 그동안 막 시주께서는 이 객
잔을 빠져나가 어디로든 도망치십시오."

막당이 잠시 고민하듯 침묵하다 물었다.

"법사님은 싸우시는 겁니까?"

잔뜩 굳어 있던 일심 법사의 얼굴이 갑작스레 풀렸다. 막당
이 무슨 말을 하려는지 알았기 때문이다. 일심 법사는 막당을
향해 미소 지었다.

"예, 막 시주를 살리기 위해 싸웁니다. 그러니 어서 도망치
십시오."

"허튼 수작 마십시오! 저희들이 결코 용납지 않을 것입니
다!"

동방인이 검을 내세우며 호통 쳤다. 하지만 일심 법사는 동
방인을 무시한 채 말을 이었다.

"도망을 치시되 절대로 고향을 찾으시면 아니 됩니다. 어
떻게든 목숨을 부지하시다가 십 년이 지나면 그때 고향으로
돌아가십시오. 막 시주께서는 지금 사신(死神)을 등에 지고

계시니 고향의 시주들께 큰 해를 끼칠 수도 있습니다.”

그 말에 동방인이 눈살을 찌푸리며 동생을 돌아봤다. 걱정한 대로 동방진상이 눈을 질끈 감고 괴로워했다. 과거에 정도맹은 사도의 흉수를 쫓다가 화전민들이 모여 사는 마을에서 놈을 찾아내고 주민 전체를 죽인 적이 있었다. 그때 추적에 참여했던 동방진상이 크게 노하여 아버지인 동방량을 질책했었다. 그 벌로 잘못을 깨우칠 때까지 별실에 가둬졌지만, 삼 년이 지나도록 동방진상은 용서를 빌지 않았다. 결국 동방량이 승복하여 자식에게 용서를 구하는 기이한 일이 벌어졌었다. 그 일을 기억하고 있는 일심 법사는 동방진상의 마음을 당기기 위해 운을 띄운 것이다.

“셋째는 객잔 밖에서 기다리고 있거라.”

동방인이 동방진상에게 냉랭한 말투로 명령했다. 그러자 동방진상이 검을 치켜들며 일심 법사의 곁에 섰다.

“형님들께서 살심을 거두셔야겠습니다. 이 아이를 죽일 수는 없습니다.”

“네가 지금 흉수의 편을 들 셈이냐!”

동방천이 크게 노하여 호통 쳤다. 하지만 동방진상의 눈도 만만찮게 불꽃을 튀겼다.

“어째서 이 아이가 흉수입니까! 저희가 싸움하는 동안 쉴 새 없이 밥을 먹는 것을 보지 못하셨습니까? 제가 농담을 던진 것을 진심으로 여겼으니 그러한 것입니다. 음식을 먹으면 저희들이 노기를 누그러뜨릴 것이라 생각한 겁니다. 이런 아이가 어찌 흉수가 되겠습니까!"

"시끄럽다! 네 생각이 그렇다면 이것을 막아봐라!"

동방천은 망설이지 않고 동방진상에게 쌍수를 뻗었다.

콰앗! 펑! 펑!

쌍장이 손가락 하나보다 가늘게 변하여 매섭게 날아들었다. 그것이 종수탄임을 안 동방진상은 급히 신형을 뒤틀어 위기를 모면했다. 어느새 막당의 뒤에는 두 개의 커다란 구멍이 뚫려 차가운 바람이 불고 있었다.

"하앗!"

동방천이 연이어 종수탄을 시전했다. 이번에는 막당이 쭈그려 앉은 방향을 노린 일격인지라 피하기가 난감했다. 동방진상이 검에 공력을 불어넣어 비스듬히 막았으나 종수탄에 실린 공력이 너무도 강맹하여 제대로 튕겨지지 않고 검을 밀쳤다. 그 순간 일심 법사의 법의가 빠르게 휘몰아치며 검을 쥔 동방진상의 손을 감싸니 순우한 공력이 물밀 듯 검으로 들어와 종수탄을 반탄시켰다.

투헝!

종수탄의 강기(罡氣)는 또 한 번 막당의 머리 위를 지나쳐 벽을 꿰뚫었다. 동시에 동방인이 쌍검을 내세우며 공세를 펼쳤는데, 일심 법사와 동방진상의 움직임을 한꺼번에 방해하는 광범위한 검세였다. 일심 법사보다 먼저 동방진상의 검이 반원을 그리며 공작세(孔雀勢)를 펼치니, 동방인의 좌검이 크게 튕기며 방해를 받았다. 뒤이어 일심 법사가 좌장을 부드럽게 내밀어 우검마저 밀쳤다. 동방천이 다음 공세를 펼치지 않고 울화통을 터뜨렸다.

"셋째, 네놈이 아버님께 불효하여 정도를 배신하는구나!"

"아버님께 뜻도 묻지 않고 이렇게 만행(蠻行)하시는 형님들이 원망스럽습니다. 제발 살수를 거두어주십시오!"

"닥쳐라!"

동방천이 다시금 쌍수를 당기며 백도사왕에게 눈짓을 했다. 두 명은 급히 검세를 취했으나, 두 명은 어찌할 바를 모르고 혀를 차고 있었다. 결국 제일 먼저 행동을 취한 사람은 백도서왕(白道西王) 명옥향(明玉香)이었다. 명옥향은 급히 신법을 펼쳐 동방인을 제치고 일심 법사의 앞으로 날아갔다. 그리고 검을 내세운 채 동방인을 향해 목례했다.

"무례를 용서하십시오. 저는 셋째 소군주님의 뜻을 따르겠습니다."

"뭣이?"

남은 세 명의 무왕(武王)들은 더욱 당황하여 어찌할 바를 몰랐다. 그 틈을 타서 동방진상이 막당을 돌아보며 외쳤다.

"벽 뒤의 구멍으로 뛰어내리거라! 아까 법사님께서 하신 말씀을 잊으면 안 된다. 최대한 멀리 달리되, 결코 십 년 내로 네 고향을 찾지 말아라. 자칫 잘못하면 네 가족뿐 아니라 마을 사람 모두가 불귀의 객이 될 수도 있다.”

“알겠습니다.”

막당은 고개를 끄덕이더니 일심 법사와 동방진상의 사이로 뛰어나갔다. 뜻밖에도 그 방향은 벽이 아니라 자신을 죽이려는 동방천과 동방인이 서 있는 곳이었다. 객잔 이층에 있던 팔 인의 고수가 잠시 넋을 잃고 막당의 행동을 주시했다. 아무도 손을 쓰지 못했다. 막당은 초구를 안더니 만족한 얼굴을 하고 벽으로 되돌아갔다.

꾸익! 꾸에엑!

들어가기 싫어서 안간힘을 쓰며 버티는 초구를 억지로 밀어 넣는 막당의 꼴에, 일심 법사가 너털웃음을 흘렸다. 일심 법사는 동방천을 보며 말했다.

“한낱 미물의 목숨조차 아끼는 저 시주께서 정말 흉수가 되리라 보십니까?”

“앞일은 모르는 법입니다.”

냉랭한 동방천의 대답에 일심 법사는 표정을 굳혔다.

“끝까지 살수를 펼치시겠다면, 더 이상 소승도 손속의 정을 따지지 않을 것입니다. 천축신승의 별호가 과분하기는 하나, 별호에 부끄럽지 않도록 최선을 다할 터이니 각오하십시오.”

쿠우우우후!

일심 법사의 전신에서 예기가 흐르기 시작했다. 일심 법사를 제외한 모두가 전율을 느꼈다. 마치 객잔을 이루는 모든 나무들이 속에 칼을 품고 암살을 속삭이는 것 같은 기분이다. 귀곡산장(鬼谷山莊)에서나 들릴 법한 으스스한 바람 소리가 객잔을 부유했다.

“으음…….”

동방천의 이마에 식은땀이 흘렀다. 천축신승 일심 법사의 무위가 어느 정도라는 것은 대충 짐작했었지만, 동방가의 형제들이 지닌 무위도 만만치 않을 것이라 여기던 터였다. 게다가 백도사왕마저 있었으니 승산이 충분할 것이라고 확신까지 했던 동방천이었다. 그러나 이제 보니 오산이었음을 알 수 있었다. 연배 자체가 다르다는 것을 증명이라도 하듯 일심 법사의 기운은 천하제일인으로 평가받는 자신의 아버지 동방천을 능가할 정도였다. 이런 존재가 출수를 망설이지 않는다면, 승산은 나중의 일이고 누군가가 큰 부상을 입을 것이다. 비로소 동방천은 자신의 성급함을 후회했고, 동생 동방인의 섣부른 출수를 원망했다. 누군가 다친다면 일심 법사는 정도맹과 등을 지게 될 것이 뻔하다. 굳이 동방인의 혼례를 앞당기면서까지 일심 법사를 정도맹의 본산으로 끌어들이는 이유가 무엇인가. 바로 일심 법사를 설득하기 위해서였다. 동방천이 난감한 마음을 감추지 못할 때, 갑자기 동방인의 웃음소리가 객잔 이층을 가득 채웠다.

“후후후, 후후후후후! 법사님과 저희 정도맹은 오랜 시간을 친구로 지냈습니다. 그런데 지금 서로에게 살기를 품고 있으니 안타깝군요. 차라리 이렇게 하는 것이 어떻겠습니까?"

일심 법사와 동방진상이 긴장하며 눈을 흘겼다. 어느새 동방인은 검을 거두고 탁자에 엉덩이를 걸친 상태였다.

"법사님의 무공이 고강하여 저희들로서는 승산이 없습니다. 그러나 저희들의 수가 많으니 법사님께서도 부상을 면치 못하실 것입니다. 또한 저희들 중 일부가 법사님과의 대적을 피하고 객잔을 빠져나가 저 아이를 해할 가능성도 있지요. 필시 법사님께서는 저희들을 오랫동안 붙잡고 계시지 못할 것입니다."

"그야 소승의 노력에 달려 있습니다."

"후후후, 아닙니다. 법사님의 고강한 무공이 저희들을 오래 붙잡을 수는 있겠으나, 결과는 불을 보듯 뻔합니다. 또한 법사님께서 악인이 아닌 저희들에게 살수를 펼치지 못한다는 것을 잘 알고 있으니 그를 이용하지 않는다는 보장도 없습니다. 무엇보다 법사님은 오랜 지기이신 저의 아버님을 생각하시어 형님과 저에게 큰 부상을 입히는 것이 염려되실 겁니다. 그러니 이렇게 합시다."

"말씀하시지요."

"아이를 죽이려는 쪽은 다섯 명이고, 살리려는 쪽은 세 명입니다. 모두가 여기 앉아서 초식을 말로 주고받는 것입니다. 논쟁하는 동안 저 아이는 마음껏 도망가겠지요. 만약 초식으로 논쟁하는 중에 살편(殺便)에서 객잔을 빠져나가는 수를 쓰고 생편(生便)에서 그것을 막는 수를 찾지 못하면, 이쪽이 한 사람을 객잔 밖으로 내보내어 아이를 쫓을 것입니다. 또한 논쟁 중에 초식을 막는 수를 찾지 못하여 큰 부상을 입은 자가 있다면 논쟁에 참여하지 못하고 저쪽 자리에서 술을 마셔야 합니다. 그렇게 하면 누군가 상처를 입어 은원 관계가 생기는 일이 없을 것이며, 아이에게도 도망칠 시간을 주게 되는 꼴이니 서로에게 좋지 않겠습니까?"

일심 법사는 고민조차 하지 않고 흔쾌히 대답했다.

"좋습니다!"

어느새 막당은 돼지를 바깥으로 밀어버리고 스스로도 구멍 밖으로 뛰어내린 뒤였다. 동방진상이 안도하며 가슴을 쓸더니 창 측의 의자에 자리를 잡았다. 일심 법사가 곧 동방진상의 우측에 앉았고, 명옥향이 좌측에 앉았다. 서로 자리를 잡은 여덟 명은 길게 숨을 들이켰다. 제일 먼저 동방천이 계단 쪽을 돌아보며 고함쳤다.

"점소이! 이곳으로 술을 다섯 통 가져와라!"


탁탁탁탁탁!

막당은 자신의 덩치 절반이 넘는 초구를 안은 채 사람들 틈을 뚫고 달렸다. 아미산의 수려한 경치에 마음이 동했는지, 막당의 발길이 향하는 곳은 만년봉이었다. 숨이 턱까지 차올

랐지만, 막당의 달음질은 멈추지 않았다. 해가 지고 산길이 험준하여 앞에 놓인 모든 것이 죽음의 길이 되었을 때에야 막당은 달음질을 멈췄다. 길게 숨을 들이키고 뒤를 돌아봤지만, 누구도 쫓아오지 않았다. 그저 짙은 어둠만 주변을 감쌀 뿐이었다.

"어어."

막당은 고목에 등을 걸치고 앉았다. 초구가 막당의 품을 벗어나기 위해 안간힘을 쓰고 있었다. 초구마저 자신을 떠나게 될까 봐 걱정이 된 막당은 더욱 힘주어 안았다. 그 순간 초구가 사지를 움츠리더니 갑작스레 전신을 튕기며 막당의 팔을 떨쳤다.

"어어!"

초구는 막당의 가슴을 박차고 도약하였다가 나뭇등걸을 튕기며 고양이처럼 착지했다. 그리고 주변을 몇 번 둘러보더니 막당에게로 돌아와 서글피 울었다. 막당은 안도하며 초구의 등을 쓰다듬었다. 앞으로의 일이 걱정됐다. 십 년은커녕 당장 무엇을 하며 지내야 할지도 난감했다.

"초구야, 일단 날이 밝으면 저 봉우리를 넘어가 보자."

막당은 쓸쓸하게 중얼거리며 눈을 감았다.

아침이 되자, 막당은 다시 등산을 시작했다. 이제는 길을 재촉할 일심 법사도 없으니 초구가 풀을 뜯는 것을 방해할 필요가 없었다. 초구는 반나절 동안 풀을 뜯을 때도 있었는데,

그럴 때면 막당도 먹을 만한 것을 찾아 주변을 헤매거나 마른 풀들이 모인 곳을 찾아서 잠을 청했다.

푸드드! 퍼덕!

모여 있던 새들이 일제히 날갯짓하여 풀잎을 후려치고는 허공에 적을 두었다. 새들의 날갯짓 소리가 시끄러웠다. 마치 수천 개의 비단이 기다란 가지에 널린 채 바람에 휘날리는 소리 같았다. 횡 하니 바람이 불 때마다 나뭇잎과 풀잎이 부대끼는 소리로 세상천지가 흔들렸고, 구름을 모는 신선들의 창색 빗자루가 희미하게 속삭였다. 막당이 마른 나뭇가지를 밟을라 치면 풀잎이 먼저 애도했고, 허리까지 차 오르는 풀잎을 헤칠라 치면 바람이 먼저 길을 열었다.

투극. 투그르르르.

안개인지 구름일지 모르는 괴이한 무리 위로 막당이 찬 돌무리가 굴렀다. 정상이었다. 바람 소리가 더욱 커지고 구름 위의, 하늘 위의, 안개 위의, 창공 위의 먹구름이 금세 비를 뿌릴 듯 막당을 노려보았다. 먹구름이 '으르렁' 하고 짖자, 초구가 크게 놀라 신음 소리를 냈다. 막당은 초구의 이마를 한 번 쓸어주고 만년사가 보이는 중턱을 피해 하산하기 시작했다. 막당의 뒤를 쫓는 것은 오직 바람뿐, 막당의 등을 노려보는 것은 오직 구름뿐이었다.

"초구야, 네가 갈 길을 알려줘."

막당은 웃음 지었다. 앞에 펼쳐진 세계는 또 다른 봉우리이

자 아미산의 위용이었다. 어디로 가야 할지 알 수 없었다. 이 제껏 산을 넘어 왔으니 또다시 산을 넘어야 할 것이다. 먹구름이 하늘의 빛을 가리고 다시 한 번 포효했다.

으르렁, 크렁.

막당은 초구와 함께 하늘을 가릴 곳을 찾아 걷기 시작했다.


'탁!'

일심 법사는 마지막 수로 대라신공의 열좌세(列坐勢)를 펼쳤다. 마지막까지 남아서 객잔을 빠져나가려던 동방천이 한참을 고민하다가 결국 머리를 숙였다. 일심 법사는 동방진상의 도움을 받아 세 명을 죽이고 두 명에게 큰 부상을 입혔다. 만약 논쟁이 아닌 실전이었다면 어림도 없는 결과다. 동방진상은 동방천의 일장에 명을 달리하고 자신이 제일 먼저 죽었던 백도남왕(白道南王) 장종각(張宗刻)과 함께 술잔을 기울이고 있었다. 하룻밤을 꼬박 새는 동안, 어느 누구도 일심 법사를 피해 객잔을 빠져나가지 못했다. 또한 최후에 남은 자가 일심 법사였으니 승패의 구분은 너무도 뚜렷했다. 동방인이 거나하게 취하여 볼에 가득한 복숭아 빛을 감추지 못한 채 포권했다.

"후후후, 천축신승의 대라신공은 전설의 사천용문(四天龍門)과 비견할 만하다고 들었는데, 직접 견식하고 보니 그야말로 명불허전(名不虛傳)입니다. 저는 진심으로 탄복했습니다."

일심 법사가 몸을 일으키며 합장했다.

"명불허전이라 함은 쌍검선생을 두고 하는 말일 것입니다. 애초에 동방 시주께서는 막 시주를 해할 마음이 없으셨지요?"

"어째서 그렇게 생각하셨습니까?"

"세인들은 쌍검선생이 좌검과 우검을 들고 다닌다 하여 그러한 별호를 얻은 것으로 알고 있지만, 소승은 맹주께 그 실상을 들은 바가 있습니다. 지금까지 동방 시주께서는 명검(明劍)만 출수했을 뿐, 암검(暗劍)을 한 번도 사용하지 않으셨습니다. 처음부터 막 시주를 해할 생각이셨다면 암검을 써서 급습으로 일을 마치려 했을 것입니다."

그러자 동방천이 곤혹스러운 얼굴로 동생을 보았다. 이제까지 뾰루퉁한 얼굴로 술을 마시던 동방진상도 멍한 얼굴을 하고 형을 돌아보는 중이었다. 동방인은 형제의 눈치를 살피다가 곧 웃음을 터뜨렸다.

"후후후, 역시 법사님을 속일 수는 없으니 제 별호가 부끄러울 따름입니다."

"헉! 법사님의 말씀이 사실이란 말이냐? 그럼 너는 대체 왜……."

"소승도 처음에는 완전히 속았습니다. 그러나 논쟁 비무가 길어져도 조급함을 보이지 않고, 오히려 시간을 길게 끄는 듯하여 생각을 달리했습니다. 덕분에 알 수 있었지요. 동방 시주께서는 혹시 소승의 대라신공을 견식할 기회라 여기어 막 시주를 핑계로 댄 것이 아니신지요?"

"그렇습니다. 후후후."

"정말이지 동방 시주의 계책을 따를 자가 강호에 몇이나 있을지 궁금합니다. 허허허허허."

일심 법사는 너털웃음을 흘리며 계단을 향해 걷기 시작했다. 동방천과 동방인이 몸을 일으키며 일심 법사 쪽으로 몸을 돌렸다. 계단 앞에 선 일심 법사는 가볍게 합장하며 말했다.

"소승은 막 시주의 아버님께 커다란 신용의 짐을 지고 있습니다. 이대로 막 시주를 잃는다면 소승이 해야 할 일은 마을로 되돌아가 용서를 구하고 스스로 목숨을 끊는 수가 될 것입니다. 그러니 아무래도 동방 시주의 혼례식에는 참석하지 못할 듯합니다."

"걱정 마십시오, 법사님. 제가 아버님께 청하여 혼례 일자를 미루도록 하겠습니다. 괘념치 마시고 그 아이를 찾으러 떠나셔도 됩니다."

"소승 때문에 굳이 날짜를 미루실 필요가 없습니다."

"제가 경황을 살피지 못하여 일이 이렇게 되었으니 책임을 져야 하지 않겠습니까? 사십이 되도록 참았는데 몇 년을 미룬들 무슨 상관이겠습니까. 그러니 부담 갖지 마시고, 아이와 함께 정도맹을 찾아주십시오. 제가 아이에게 크게 사과하겠습니다."

일심 법사는 희미하게 미소를 짓더니 다시 한 번 합장하고서 계단을 내려갔다. 그때까지 멍한 표정을 짓던 동방천은 뒤늦게 인상을 찌푸리며 탁자를 후려쳤다.

"흥! 이제 보니 둘째, 네가 나를 갖고 놀았구나! 결국 나만 허수아비가 된 꼴이 아니냐!"

"그 덕분에 형님께서도 대라신공을 견식하지 않으셨습니까? 어찌 저만 이익이라 여기고 형님은 허수아비라 하십니까?"

"듣기 싫다! 난 이대로 정도맹으로 돌아갈 테니 너희들은 하루쯤 묵었다가 따라오도록 해라."

동방천은 가뜩이나 두꺼운 아랫입술을 길게 내밀며 이를 갈았다. 그리고 동방진상이 있는 곳을 향해 성큼성큼 걸어가서 한 말의 술이 담긴 통을 번쩍 들어 기울였다. 쉴 새 없이 벌컥대며 술을 마시는 동방천에게 동방진상이 웃음을 머금은 얼굴로 위로했다.

"큰형님, 그러지 마시고 화를 푸십시오. 결국은 모두가 무사하니 좋지 않습니까?"

콰장창!

"좋긴 뭐가 좋단 말이냐! 너야말로 가문의 수치다!"

험악하게 인상을 쓰는 동방천의 뒤로 동방인의 낮은 웃음소리가 들렸다.

"후후후후, 지금의 형님이야말로 진정 허수아비의 꼴입

니다."

"뭐라고?"

"제가 일심 법사께 한 말을 믿으셨던 겁니까?"

동방천이 곤혹스러운 얼굴로 동방인을 응시했다. 동방천의 곁에 있던 동방진상 역시 같은 표정이었다.

"대체 무슨 소리를 하는 거냐?"

"애초에 저희들이 일심 법사의 무공을 가벼이 여겼을 때부터 일은 틀어진 것과 다를 바 없습니다. 제가 처음에 아이를 죽일 때 암검을 사용하지 않은 이유는, 일심 법사를 배려하기 위해서였을 뿐 다른 뜻이 없습니다."

"배려하다니?"

"호감을 갖고 데려온 아이에게 암검을 사용하는 것은 그야말로 암수를 쓰는 자객의 모습처럼 보일 게 자명합니다. 그렇게 될 경우 법사는 결코 정도맹을 도우려 하지 않을 것입니다. 애초에 법사는 정사마 따위는 관심이 없는 자입니다. 그저 강호의 패권 다툼을 빨리 끝내기 위해 정도에 적을 두고 있을 뿐이지요. 만약 이 일로 인하여 법사가 사도와 마도 쪽으로 붙게 된다면 그때야말로 가장 큰 골칫거리가 될 것입니다."

"흥! 그래서 암검을 사용하지 않았던 게로구나. 하지만……."

"일심 법사가 기세를 떨쳤을 때 형님께서도 놀라지 않으셨

습니까? 형님 곁에서 술잔을 들고 있는 저 멍청이와 그 뒤의
또 다른 멍청이가 저희와 합세를 했더라도 승산이 없을 정도
였습니다. 그것은 논쟁 비무를 통해서 증명되었지만, 그때의
기세만으로도 결과를 뻔히 알 수 있었습니다. 저보다 무공이
높으신 형님께서 더 잘 아실 겁니다."

"그건 그렇다. 네가 논쟁 비무를 청할 때 내심 안도했었
지."

"그때부터 저는 생각을 바꿨습니다. 이미 아이를 잡기는
틀렸으니 법사에게 모든 것을 오해로 치부하고 환심을 사는
것이 더 큰 이득이 아니겠습니까. 어차피 일이 틀어진 마당인
지라 법사는 논쟁 비무가 끝나는 즉시 아이를 찾으러 떠날 것
이 자명합니다."

"그렇다면 좀 더 빨리 비무를 마치게 하여 아이를 쉽게 찾
도록 하는 것이 좋지 않았겠느냐? 그래야 법사가 빠른 시일
내로 정도맹을 찾을 수 있을 테니 말이다."

인상을 찌푸리며 던지는 동방천의 말에, 동방인이 객잔에
뚫린 구멍으로 걸어가며 앙천대소(仰天大笑)로 답했다. 불쾌
감을 느낀 동방천이 더욱 인상을 일그러뜨리며 물었다.

"내 말이 틀렸느냐?"

"이런 일이 벌어졌는데 법사가 아이를 데리고 정도맹으로
돌아온다는 것이 가당한 일이라고 보십니까? 법사는 아이를
찾는 즉시 천축행을 하여 아이를 부모에게 돌려줄 것입니다.

물론 상관세가의 일도 상세히 알려주겠지요. 다른 것은 몰라도 법사가 아이를 찾는 것만큼은 막아야 합니다."

"그렇다면 어떻게 할 셈이냐?"

"저희가 먼저 사람을 시켜 아이를 찾아 굶겨 죽여야 합니다. 그리고 아이의 시체를 발견하기 쉬운 곳에 두어 법사가 그 사실을 알게 한다면 모든 것이 해결됩니다. 법사는 아이가 길을 잃고 헤매다 굶어 죽었다고 여길 것입니다. 그 다음에는 저희들의 무리가 우연히 법사를 만난 것처럼 위장하여 새로운 혼인 날짜를 알려주는 것이지요. 그렇게 된다면 법사는 아이의 일을 잊은 채 정도맹을 찾게 됩니다."

"둘째 형님께서는 정말로 당아를 죽일 셈이십니까?"

동방진상이 참지 못하고 동방인을 향해 고함쳤다. 그 순간 날카로운 바람 소리가 동방진상의 귓전에 울렸다. 동방진상의 볼에 한줄기 혈선이 그어지더니 곧 여러 갈래로 선혈이 번지며 뚝뚝 떨어져 내렸다.

"흥! 결과적으로 셋째, 네놈의 덕을 본 셈이긴 하나 생각하는 꼴이 괘씸하여 견딜 수가 없다. 정도맹에 돌아가면 아버님께 이 사실을 고하여 또다시 별채에 가둘 것이니 각오해라!"

"흥! 그렇게 말씀하시는 둘째 형님이야말로 별채에 가시는 게 어떻겠습니까? 아우가 아무리 생각해 봐도 둘째 형님의 뜻하는 것이 바른 길로 보이지 않습니다."

"말을 조심해라. 네가 맡을 궂은일까지 이 두 형이 해주었더니 아직까지 철이 들지 않았구나. 형들이 언제까지 네 뒤치다꺼리를 해주리라 여기느냐?"

"폐히! 애초에 그런 것을 바란 적도 없으며, 두 형님께서 그런 일을 해준 것도 기억나지 않습니다! 일심 법사님을 정도맹으로 데려가지 못한 것은 전적으로 형님들의 잘못이니, 저 또한 이 사실을 아버님께 소상히 알려 시비를 가리겠습니다!"

세 형제가 서로의 얼굴을 맞대고 눈알을 부라렸다. 세 명의 백도사왕이 세 형제의 주변에 서서 안절부절못했다. 서왕 명 옥향만이 자리에 앉은 채 길게 탄식하며 술을 들이킬 뿐이었다.

짹짹짹.

새소리가 점차 잦아들고 있었다. 더 높은 봉우리를 피하여 하산한 뒤로 조금씩 사람들의 발걸음 흔적이 보였다. 이따금 여승들이 곁을 지나치며 곱지 않은 시선을 보냈는데, 누구도 먼저 말을 걸거나 하지는 않았다. 막당은 여승과 부녀자가 등산하는 길을 골라서 쉬지 않고 하산했다. 비록 하산이라고는 해도 두 개의 낮은 봉우리를 넘나드는 고된 여정이었다. 때로는 절벽을 만나기도 하고, 때로는 폭포의 끄트머리에서 난색을 표하기도 했다. 아미산이 부르는 가락이 흥겨워 기력을 잃지는 않았지만, 발바닥이 부르트고 얼굴과 어깨와 허벅지가 상처투성이였다.

차차차차차!

여전히 상류인 듯 폭 좁은 냇물의 물줄기가 드셌다. 냇물의 돌은 모두 다 각이 져서 하산의 길이 아직도 멀었음을 알리고 있었다. 막당은 길게 숨을 들이켰다가 냇물에 얼굴을 박았다. 바닥이 훤히 보이는 투명함만큼이나 시원한 맛이었다. 막당은 한참 동안 냇물을 마시고 편편한 바위가 있는 곳을 택하여 누워버렸다. 뒤늦게 냇물을 마시기 시작한 초구도 곧 막당의 곁으로 다가가 엎드렸다.

"인간이다!"

누군가의 외침에 잠이 깬 막당은 허겁지겁 상체를 일으켰다. 청의소녀가 막당의 앞에 있는 작은 돌을 디딘 채 신기한 듯 주시하고 있었다. 생소한 사람을 만날 때 얻어맞은 횟수가 더 많았던 초구는 지레 겁먹고 목을 움츠렸다. 청의소녀는 곧 뒤를 돌아보며 외쳤다.

"언니! 이쪽으로 와봐! 사람이 있어!"

막당은 편편한 바위 위에 앉은 채로 청의소녀를 주시했다. 한보만큼은 아니었지만, 다소 그을린 살갗에 이목구비가 뚜렷하여 미인형이었다. 특이한 것은 여인임에도 불구하고 머리칼이 짧아서 뒷목조차 가리지 못할 정도였다는 점이다. 특별히 외모를 가꾸지는 않았지만, 지저분하지도 않았다. 속눈썹이 긴 탓인지 눈이 특히 예뻤다. 아직 앳된 티가 가시지 않았기에 볼이 통통하고 입술이 도톰하여 성격도 좋아 보였는데, 말투에는 냉기가 서려 있는 여아였다.

턱.

시냇물이 흐르는 소리의 틈새로 바위를 딛는 소리가 다가왔다. 돌이 냇물 속에서 덜컥 구르더니 곧 또 한 명의 소녀가 청의소녀 곁에 멈춰 섰다. 문양조차 없는 흑의를 입은 소녀였는데 살결이 희고 고와서 큰 병을 앓고 있는 것이 아닐까 걱정될 정도다. 입술은 타는 듯 붉고 유독 큰 눈망울이 냇물처럼 맑아 호감이 갔다. 청의소녀와 다르게 허리까지 길게 늘어뜨린 머릿결은 흑의와 구별할 수 없을 정도로 짙은 흑색이다. 소녀의 허리에는 다섯 개의 중검이 걸쳐져 있었다. 무림인일 듯하여 긴장했던 막당은 소녀의 굳게 다물어진 입술을 보고 괜한 안도감이 들었다. 한마디도 꺼내지 않은 소녀의 입술은 막당 자체를 무시하겠다는 의지가 느껴지는 듯했다.

"애, 너 혹시 내려가는 길을 아니?"

청의소녀가 물었다. 막당이 멍한 표정으로 소녀의 얼굴을 응시했다. 객잔에서 난리를 피웠던 무림인들의 말도 알아듣기 어려웠는데, 소녀의 말투는 더 심했다. 사천성에서 쓰는 말투는 절대 아니었다. 어조에 힘이 있고 거만한 기운이 서린 것이 아무래도 강남의 말투 같았다. 막당은 소녀의 말을 이해 못하겠다는 듯 멍한 얼굴로 침묵했다. 곧 소녀가 인상을 찌푸리며 허리를 매만졌다.

"너, 내 말이 말 같지 않아?"

“…….”

어떻게 대답을 해야 할지 몰라 난감해하는 막당의 귓전에 ‘흐룽! 링’ 하고 아름다운 선율이 흘렀다. 악기를 연주하듯 맑은 음색이었는데, 그것이 피를 불렀다. 막당의 뺨에 작은 상처가 일었고, 그 주변에서 은색의 뱀이 몸을 뒤틀었다. 청의소녀가 내민 것은 연검이었다. 냇물이 반사하는 햇살을 또다시 반사하여 영롱한 광채를 뿌렸는데, 그렇게 빛이 움직일 때마다 맑은 소리가 났다. 막당이 울상이 되어 소녀에게 팔자눈썹을 그렸다. 소녀는 가볍게 아미를 찌푸리며 중얼거렸다.

“이 새끼, 말을 못 알아듣나?”

“그런 것 같아.”

곁에 있던 흑의소녀가 낮게 말했다. 목소리가 너무도 가냘프고 예뻐서 냇물이 돌에 부딪쳐 춤추는 소리가 아닐까 의심될 정도였다. 막당은 선녀가 냇물을 찾은 게 아닐까 생각했다. 주인이 어깨를 움츠리고 있으니 초구는 더욱 겁을 먹고 막당에게 바짝 붙어 있다. 그 꼴을 보던 흑의소녀가 청의소녀에게 말했다.

“사매(師妹)는 일단 검을 치워.”

“그럴 생각이야. 사내새끼가 겁을 먹은 꼬락서니 하고는…….”

청의소녀는 연검을 다시 허리에 채우며 인상을 찌푸렸다. 짜증이 치솟았는지 청의소녀의 작은 발이 흐르던 냇물을 걷어챘다.

촤!

"대체 어디로 가야 하는 거야? 분명 사부님이 경을 칠 게 뻔한데! 흥! 처음부터 사부님이 무리한 명령을 내리셨다고!"

"그래도 무사히 빠져나와서 다행이야."

"뭐가 무사해? 언니는 내 머리카락을 보고도 그런 말이 나와? 난 하마터면 비구니가 될 뻔했단 말야!"

"그래도 죽지는 않았잖니. 사부님께서 말씀하신 곳에 보현탄금(普賢彈琴)이 없다는 걸 알았다는 사실만으로도 혼나는 일은 없을 거야."

"혼내기만 해봐라! 때려죽일 테다, 망할 사부 같으니."

"얘는……."

멍한 얼굴로 두 소녀의 대화를 듣기만 하던 막당이 뒤늦게 몸을 일으켰다. 소녀들의 시선이 자신에게 머물자, 막당은 겁먹은 눈치를 보이며 슬그머니 인사했다.

"반갑습니다."

소녀들은 멍하게 막당을 응시하며 침묵했다. 시냇물 소리와 초구의 겁먹은 신음 소리만 숲에 맴돌았다. 잠시 후, 청의 소녀가 웃음을 터뜨렸다.

"나도 반가워. 난 또 무슨 말인가 했네. 사천성의 사투리라 쳐도 너무 말이 빠른데? 어디 사니, 너?"

여전히 막당은 알아듣지 못하여 머리를 긁적거렸다. 청의소녀가 사천성의 말투를 흉내 내어 막당에게 다시 물었다.

"네 이름이 뭐지?"

막당이 청의소녀를 주시한 채 한참을 고심하더니 조심스레 입을 열었다.

"막당입니다."

"막당? 막당이 네 이름이구나. 어때, 언니? 내 사천성 사투리도 쓸 만하지?"

흑의소녀가 가볍게 미소 지으며 고개를 끄덕였다. 청의소녀는 사투리를 흉내 내는 것이 재미있는지 막당에게 계속 말을 걸었다. 하지만 막당은 대부분의 말을 알아듣지 못하고 뒤통수만 긁적일 뿐이었다. 한참 뒤에 청의소녀가 막당을 향해 본론을 꺼내들었다.

"내려가는 길을 아니? 내려가는 길 말야. 이 산을 내려갈 줄 알아?"

"저도 모릅니다."

"고개를 젓는 걸 보니 모르는 모양이네. 애도 길을 잃었나 보다."

청의소녀는 낙담한 듯 아미를 찌푸렸다. 둘 다 하산이 난감한 듯 하늘을 보고 한숨을 뱉다가 막당이 누워 있었던 편편한 바위에 앉았다. 청의소녀는 허리에 찬 주머니에서 건량을 꺼내어 흑의소녀에게 건넸다. 그러자 초구가 그 냄새를 맡고 흑의소녀에게 조심스레 다가갔다.

"이 돼지가! 저리 가!"

청의소녀가 눈살을 찌푸리며 발길질로 위협하자, 초구는 깜짝 놀라 막당에게 달라붙었다. 하지만 흑의소녀가 입술로 가져가는 건량이 아쉬운 듯 눈치를 봤다. 흑의소녀는 자신이 먹으려던 건량의 일부를 쪼개어 초구에게 내밀었다.

"먹으렴."

초구가 조심스레 흑의소녀의 손으로 주둥이를 내밀더니 냉큼 낚아챘다. 건량의 맛을 본 초구는 흑의소녀에 대한 경계를 풀고 살갑게 머리를 들이댔다. 막당이 그 꼴을 보더니 빙긋 웃었다. 청의소녀는 막당의 미소 띤 얼굴을 보고 혀를 찼다.

"이제 보니 귀엽게 생긴 애네. 어쩌다 길을 잃은 거지? 아!"

청의소녀는 뭔가 생각난 듯 탄성을 지르더니 막당에게 옥수를 뻗었다. 소녀의 손에는 또 다른 건량이 쥐어져 있었다.

"너도 길을 잃었으면 배가 고프겠구나. 누나가 이걸 줄 테니 먹으렴."

처음엔 눈치를 보며 조심스레 손을 내민 막당도 막상 건량을 쥐어 입에 물자 환히 웃었다. 그 웃음이 보기에 좋았는지 청의소녀는 주머니를 뒤져서 만두를 꺼냈다.

"이것도 먹어."

막당은 고개를 숙이며 만두를 받고 허겁지겁 입에 넣었다. 그리고 몇 번 가슴을 두드리더니 급히 냇물로 코를 박았다.

"천천히 먹어, 누가 여기서 네 음식 뺏어 먹을 일 없으니."

청의소녀의 말투는 쌀쌀했지만, 막당은 완전히 경계를 푼 상태였다. 무슨 말을 하는지는 모르겠으나, 이렇게 음식을 주는 이가 자신을 싫어할 리는 없다고 생각했다. 냇물을 들이켜 목이 메인 것을 해결한 뒤, 막당은 손에 쥔 건량과 만두를 들어 보이며 또 한 번 활짝 웃었다. 막당이 감사하다고 여러 번 말했지만, 두 소녀는 답도 없이 건량만 씹을 뿐이었다.

"여기서 쉬다니, 겁도 없구나."

냉랭한 음성이 신록을 흔드는 바람을 타고 시냇가에 머물렀다. 두 소녀가 깜짝 놀라며 몸을 일으켰다. 나뭇잎들이 부대끼는 소리가 점점 커지더니 갑작스레 풀잎이 파도치는 소리가 났다. 동시에 다섯 인영이 수풀을 헤치며 나타났다.

"아미파를 속이고 첩자질을 한 네년들이 목숨을 부지할 것이라 여겼느냐? 누가 시켰는지 당장 말하지 않으면 이곳에 뼈를 묻을 줄 알아라!"

네 명의 비구니와 한 명의 비구가 막당 주변을 둥글게 포진하고 있었다. 창백한 낯빛이 되어 주변을 둘러보는 소녀들에게 비구가 앞으로 나서며 수염을 쓸었다.

"아미파에 찾아와 비구니가 되겠다고 말했을 때부터 너희를 의심하고 있었다. 대부분 속세의 때를 지우기 위해 자신의 몸과 옷매무새를 정갈히 하고 찾아오는 게 정상이며, 무기를 소지하는 경우가 드물기 때문이다. 먼저 묻겠다. 아미파에 온 목적이 뭐냐?"

"말하면 살려주실 건가요?"

흑의소녀가 죽어 들어가는 목소리로 물었다. 비구는 다시 한 번 수염을 쓸며 미소 지었다.

"경우에 따라 살려줄 수도 있겠지. 그러나 너희가 조금이라도 거짓을 말한다면 명을 부지할 수 없을 것이다."

"저희는 보현탄금을 훔치러 왔어요."

흑의소녀는 담담하게 말했다. 그러자 비구가 뜻밖의 말을 던졌다.

"보현탄금? 그게 뭐냐?"

두 소녀가 되려 놀라며 반문했다.

"아미파의 보물이라고 들었는데 아미파의 비구께서 모르시면 저희가 어찌 알겠어요?"

"흥! 너희들이 우리를 속이려고 작정을 했구나. 있지도 않은 보물을 말하다니! 거기 있는 아이가 중간책이겠지? 내가 곧 너희 같은 어린아이들을 이용하는 도적 떼들을 모두 소탕할 테니, 당장 우두머리의 이름을 말하거라!"

그러자 청의소녀가 싸늘한 눈매를 하고 한 발 앞으로 나섰다.

"그분은 저와 언니의 사부예요. 그러니 어찌 사부를 밀고할 수 있겠어요? 그냥 여기서 저희를 죽여주세요."

흑의소녀는 창백한 낯으로 사매를 돌아봤다. 이미 아미파
의 비구는 철장을 높게 치켜들어 일격을 날릴 태세를 보이고
있었다.

5장

오물상인(汚物商人) 육모탕(陸某糖)

# 오물상인(汚物商人) 육모탕(陸某糖)

비구의 철장이 당장이라도 청의소녀의 머리를 으깨 버릴 것 같았다. 막당이 놀라며 어깨를 움츠렸다. 청의소녀는 허리에 찬 연검을 빼내어 철장에 끝을 맞췄다.

"저도 곱게 당하지는 않을 거예요!"

"하하하하하!"

비구는 철장을 내민 채 앙천대소했다. 그리고 눈매를 가늘게 하여 청의소녀를 흘기더니 한숨을 뱉었다.

"나 철장백승(鐵杖白僧) 유법(遺法)이 십이 년간 강호에 발을 내밀지 않았더니 너희 같은 잡배까지 검을 세우는구나. 오냐. 오랜만에 속세의 검 맛을 느껴보자."

스스로를 유법이라 말한 비구는 손목을 사용하여 철장의 끄트머리로 원을 그렸다. 청의소녀가 연검을 살짝 흔들어 표적을 알 수 없게 했지만, 철장의 원이 모든 경로를 단숨에 막아 갈 길을 잃게 만들었다.

찡!

철장과 연검이 맞서는 순간 차고 낭랑한 소음이 냇물을 덮었다. 곧 부러진 연검의 조각이 맑은 소리를 내며 허공을 날더니 투명한 냇물 속으로 가라앉았다. 청의소녀는 창백한 얼굴로 한 걸음 물러서며 연검 쥔 손을 매만졌다. 유법이 취한 행동은 그저 손목만을 운용해 철장의 끝을 빙글빙글 돌렸을 뿐이었다. 그것에 닿은 연검이 단숨에 부러졌다는 것은 청의소녀의 입장에서 이해할 수 없는 현상이었다.

처처척!

어느새 네 비구니의 창이 청의소녀와 흑의소녀, 그리고 막당의 목 언저리에 붙었다. 피할 마음은 있어도 피할 수는 없었던 기괴한 움직임이었다. 말로만 듣던 아미창법(峨嵋槍法)을 견식한 두 소녀는 울상이 되고 말았다. 유법이 철장의 끝을 하늘로 고정하고 물었다.

"다시 묻겠다. 너희들의 사부가 누구냐?"

"말할 수 없어요."

"너도?"

청의소녀의 답을 듣자마자, 유법은 흑의소녀에게 시선을

옮겨 물었다. 흑의소녀가 머뭇거리다가 끝내는 눈을 질끈 감으며 고개를 저었다. 곧 유법의 철장이 막당의 얼굴 앞으로 뻗었다.

"너도 말하지 않겠느냐?"

그러자 흑의소녀가 입을 열었다.

"저 아이는 여기서 방금 만났으니 물어봐도 대답할 수 없을 거예요. 게다가 중원의 말을 알아듣지 못해요."

"흐음."

유법은 철장을 거두고 막당에게 다시 물었다. 사천의 사투리였다.

"너는 이 아이들과 무슨 관계가 있느냐?"

막당이 고개를 치켜들고 급히 말했다.

"뵙게 되어 반갑습니다."

"뭐라고?"

"아니, 저는 인사를 못 드려서……."

"됐다, 넘어가자. 다시 묻겠다. 이 여자들과 아는 사이냐?"

"제게 이렇게 먹을 것을 주셨습니다."

"묻는 말에 대답이나 하고 네 할 말을 지껄여라. 지금은 내가 이렇게 백미와 백염으로 인자한 상을 하고 있지만, 한때는 강호에서 성질 더럽기로 유명한 사람이었다. 짤막하게! 내 질문에 맞는 대답만 해라. 이 여자들과 아는 사이냐?"

"아는 사이입니다. 조금 전에 만났습니다."

“흐음.”

유법이 잠시 동안 막당의 얼굴을 주시했다. 자신의 눈을 빤히 쳐다보는 막당에게서 거짓의 기운을 찾기가 어려웠다. 유법은 청의소녀를 돌아보았다.

“그럼 네가 답변을 전담해라. 보현탄금이 뭐냐?”

“아미파에서 대대로 내려져 오는 보물이라고 들었어요. 보현사의 삼층으로 된 석탑 밑동에 그것이 있다고 해서 들어갔던 거예요.”

그 말에 유법뿐 아니라 다른 비구니들까지 창백해졌다.

“허억! 설마 그 석탑을 무너뜨려 확인해 본 거냐?”

“훙! 그랬다간 여기까지 도망 오지도 못하고 죽었겠죠. 저희는 보현탄금의 줄만 가져오라는 명령을 받았으니까요. 여기 있는 언니는 은사(銀絲)로 물건의 형태를 알아내는 재주를 배웠어요. 석탑의 틈새에 은사를 넣어 그 안에 있는 것이 어떤 형태인지를 확인해 봤을 뿐이에요. 만약 탄금이 있었다면 석탑의 돌을 하나 빼내서 줄을 빼왔을지도 모르죠.”

“바보 같은 것들! 그 안에는 보현보살님의 사리가 들어 있다! 세상에 어떤 미친놈이 석탑 안에 거문고를 숨길 수가 있단 말이냐. 그리고 그깟 줄이 뭐가 대단하다고 목숨까지 걸겠느냐. 솔직히 말해라. 다른 것을 노리고 들어온 게 틀림없으렷다?”

“진짜예요. 사부는 보현탄금의 줄이 바로 천잠사(天蠶絲)라고 하셨어요. 설산의 영물 천잠만이 만들 수 있는 실이라서 그 가치는 헤아릴 수 없……."

"닥쳐라! 그런 영물이 실존한다는 얘기는 들은 바가 없다. 게다가 천잠사라는 것은 세상 무엇보다 질기고 튼튼한 반면 눈으로 확인하기 어려울 정도로 가늘어서 손끝만 살짝 닿아도 잘려 나간다고 했다. 그런 실로 거문고를 만들었다면 누가 그것을 연주할 수 있겠느냐?"

"아까 말씀하신 보현보살님이요. 손끝에 특별한 운용법으로 강기를 불어넣어야 연주가 가능할 거라고 사부님께서 말씀하셨어요. 탄금지(彈琴指)의 무공이라고 했던가? 아무튼 보현탄금으로 강호를 뒤엎을 절세의 곡을 연주할 수 있다는 얘기까지 들었어요."

유법이 어이가 없음을 감추지 못하고 대소했다.

"하하하하하, 내가 모르는 새 아미파를 중심으로 기환선협(奇幻仙俠)의 장이 열렸구나. 대체 어디서 그따위 헛소문을 들었는지 모르겠으나, 너희들이 아미파에서 그런 수작을 부릴 생각을 했다는 것 자체가 큰 죄다. 너희의 사부가 우매하고 사악하여 앞으로도 그런 짓을 계속 시킬 것이 불을 보듯 뻔하니, 이 기회를 빌어 선도하리라. 당장 사부가 있는 곳을 말하지 않으면 너희들은 목숨을 부지할 수 없다!"

"사부님이 계신 곳을 말하면 저희는 어차피 죽어요. 그냥 스님께서 저희들을 용서해 주시면 안 될까요? 다음부터는 안

그럴게요."

"너희가 지금 객잔에서 만두를 훔친 줄 아느냐? 어서 말하지 못할까!"

"말할 수 없어요!"

"그럼 죽어라."

유법의 철장이 하늘로 치솟았다. 그 살기가 하도 강맹하여 청의소녀는 맞기도 전에 혼백이 나갔다고 여길 정도였다. 실제로 유법의 철장은 청의소녀의 목숨을 앗아갈 셈이었다. 사부의 위치를 물을 때, 흑의소녀가 머뭇거렸던 것을 기억하기 때문이다. 곁에 있는 동료가 죽는 모습을 본다면 흑의소녀는 분명히 사부의 위치를 말할 자였다.

휘이이익!

유법이 망설임없이 철장을 휘둘러 청의소녀의 머리통을 날리려는 순간, 머리통의 생김새가 바뀌었다. 유법은 깜짝 놀라며 철장의 살수를 되돌렸다. 어느새 청의소녀의 앞에는 막당이 서 있었다.

"너는……. 아아, 중원의 말을 알아듣지 못한다고 했지. 얘야, 너는 이 아이들과 관계가 없다고 하지 않았느냐? 어째서 앞을 막는 거냐?"

사투리로 바꿔 묻는 유법에게 막당이 겁먹은 얼굴로 답했다.

"이 누님을 죽이지 말아주십시오."

"그건 어째서냐?"

"저에게 먹을 것을 주셨습니다."

"단지 그거?"

"배가 고플 때 먹을 것을 주셨으니 저에게는 은공입니다."

"정말 단지 그게 이유냐?"

"예."

막당의 대답에 유법은 앙천대소했다. 유법은 살짝 눈을 흘겨 두 소녀의 표정을 살폈다. 두 소녀들도 막당의 행동이 의외라는 듯 멍한 표정을 짓고 있었다. 유법이 고개를 설레설레 저으며 막당의 얼굴 앞으로 철장의 끝을 내밀었다.

"네 행동을 보아하니 무공도 배우지 않았구나. 지금 상황이 네가 개입할 때라고 보이느냐? 경을 치기 전에 어서 물러나라."

"이 누님을 죽이지 말아주십시오. 제가 누님을 살리기 위해 싸우겠습니다."

막당이 울먹이기 시작했다. 막당의 목에서는 가느다란 줄기의 선혈이 흐르고 있었다. 소녀들과 마찬가지로 비구니들의 창 끝이 목을 점한 상태에서 움직였으니 상처를 입은 것이다. 어느새 막당의 목에는 다시금 창 끝이 머물러 있었다. 유법은 막당의 목으로 힐끗 시선을 던졌다가 싸늘한 어투로 명령했다.

"혜진(慧眞)은 창을 치워라."

곧 비구니가 막당의 목에 겨눈 창을 치웠다. 유법이 싸늘한 어투를 더욱 냉랭하게 하여 막당에게 물었다.

“싸우겠다라……. 무공을 배우지 않은 네가 나와 싸우면 반드시 죽을 것이다. 정녕 죽어도 좋겠느냐?”

“예.”

망설이지 않는 막당의 대답에 놀란 유법이 잠시 철장을 비틀었다. 유법은 정신을 추스르며 재차 물었다.

“다시 묻겠다. 이 여자를 위해 네가 죽겠다고?”

“예.”

“그 이유가 뭐냐? 설마 그 건량과 만두 때문이라면 죽도록 맞을 줄 알아라.”

막당이 파랗게 질린 채 입술을 떨다가 울먹이는 목소리를 내밀었다.

“초구와 저에게 이 먹을 것을 주셨…….”

퍼억!

유법의 철장은 망설임없이 막당의 어깨를 후려쳤다. 그 탄력으로 막당의 몸이 허공에 튕기더니 세차게 흐르는 냇물 바닥으로 얼굴부터 박았다.

“흐엉, 흐이이…….”

막당은 울음을 터뜨리며 사지를 떨다가 엉금엉금 기어서 유법에게 다가갔다. 청의소녀가 그 위용에 놀라 전신을 떨면서도 막당의 모습에 시선을 집중한 채 고개를 갸웃거리고 있

었다. 떨리는 입술 덕에 말조차 제대로 나오지 않았으나 절로
튀어나오는 혼잣말은 어쩔 수 없었다.

"대체… 뭐야, 얘는……."

막당은 물에 젖은 만두를 한입 물었다. 고산 지대의 추위에
도 견딜 수 있도록 두툼하게 짠 옷인 데도 철장에 맞은 어깨
의 부위가 퉁퉁 부은 것이 뚜렷하게 드러났다. 어깨의 통증을
이기지 못해 건량을 쥐고 있는 손이 쉴 새 없이 떨린다. 그 와
중에도 막당은 끝내 기어서 청의소녀를 지나쳤다. 유법의 앞
에서 무릎을 꿇은 채 눈물 범벅이 된 막당을 보니 기가 막혔
다. 유법은 다시금 철장을 치켜들며 물었다.

"이번에는 네 머리통을 부수어 버리겠다. 그래도 네가 죽
겠다고 말할 셈이냐?"

"흑, 흐엉, 예."

"예?"

"흐이잉, 예."

쿵!

유법이 철장으로 땅을 찍으며 자신의 수염을 거칠게 긁었
다. 십이 년 전 아미파의 주지인 명량 신니(明量神尼)를 따라
비구가 되기 전까지, 유법은 강호의 협객들에게 좋지 않은 평
을 듣던 정파고수였다. 협을 행하는 데 망설임이 없는 것까지
는 좋으나, 그 방식이 너무도 과격하여 협객들은 극성대협(劇
性大俠)이라는 별호를 주었다. 게다가 악행을 저지른 자들을

처벌할 때 고문 전문가들도 혀를 내두를 만큼 독랄한 짓을 저지를 때도 있어서 정파고수들 사이에서도 따돌림을 받곤 했다. 아미파에 들어온 이유도 그러한 성격 때문이었다. 극성대협의 잔인한 손속에 피해를 입은 자들의 동료가 앙심을 품고 가족을 해친 것이다. 그 충격으로 방황하던 반미치광이를 받아준 사람이 명량 신니였다. 그 이후 유법이라는 법명을 받아 지금껏 살아오면서 단 한 번도 강호로 발을 내민 적이 없었다. 때문에 자신의 성격도 불심이 깃들어 온화해졌으리라 여겼던 유법은 지금 엄청난 난관을 맞이하고 있었다. 새파란 꼬마 놈이 성질을 긁는다! 이걸 어떻게 죽여야 속이 풀릴까? 유법은 도끼눈으로 막당을 노려보며 고민했다. 막당의 입에서 '다시는 이런 허세를 부리지 않겠습니다' 라는 말이 나오도록 만들고 싶었다.

"흐음."

유법이 눈매를 가늘게 하며 이를 드러내고 웃었다. 그 얼굴은 아미산에 발을 들여놓은 이후로 한 번도 꺼낸 적이 없었던 극성대협의 것이었다.

"정말로 이 계집 대신 네가 죽겠느냐?"

"예. 흑흥, 예, 법사님."

"좋아좋아. 그렇다면 저 계집들을 살려주마. 또한 너도 살려주겠다."

유법의 말에 막당의 얼굴이 밝아졌다. 유법의 말을 대충 알아들은 청의소녀도 눈을 크게 뜨며 기대감 어린 눈빛으로 바라보았다.

유법은 곧 장삼에서 손가락 길이의 철필을 꺼냈다. 그것은 땅에 법문을 적으며 뜻을 고민할 때 사용하는 물건이었다. 끝이 비스듬하게 닳아 있는 것으로 보아, 유법이 오랫동안 사용하던 철필임에 분명했다. 유법은 막당의 얼굴 앞에 철필을 내밀며 또 한 번 이를 드러내는 웃음을 꺼냈다.

"그 대신 네가 할 일이 있다."

"하겠습니다."

"네 이름이 뭐냐?"

"막당입니다."

"그래, 막당. 막당이란 말이지. 좋아, 막당아. 나는 지금 네 얼굴에 열 마리의 용(龍)을 그리겠다. 용을 모두 그릴 때까지 네 마음이 변하지 않는다면 너희들 모두는 하산해도 좋다. 나는 더 이상 너희들의 문제에 관여하지 않고, 여기 있는 여승들과 함께 아미파로 돌아가겠다."

"좋습니다, 좋습니다."

막당의 웃는 얼굴을 보자, 유법의 눈매가 더욱 가늘어졌다.

"네 생각이 바뀌면 언제든지 말해라. 저 여자 대신 죽을 마음이 사라졌다면 곧장 너를 보내주겠다. 그 대신 저 여자들은 죽겠지."

"절대로 생각이 바뀌지 않습니다."

"과연 그럴까? 자, 오른쪽 볼을 내밀어라. 거긴 왼쪽이고! 나이가 몇인데 오른쪽 왼쪽도 구별하지 못하느냐!"

막당이 반쯤 고개를 돌려 볼을 내밀자, 유법의 손에 쥐어진 철필이 슬그머니 다가갔다. 유법은 힐끗 시선을 돌려 청의소녀의 얼굴을 보았다. 청의소녀가 잔뜩 긴장한 표정으로 철필을 응시하고 있었다. 유법은 수염이 가리던 잇몸조차 훤히 보일 정도로 웃으며 말했다.

"막당아, 막당아, 네가 조금이라도 얼굴을 뒤로 물린다면 용을 제대로 그릴 수가 없을 것이다. 만약 얼굴을 조금이라도 움직이거나 찡그리기라도 한다면, 그것이 곧 생각이 바뀐 것으로 여기겠다. 알겠느냐? 네 머리가 좀 모자란 듯하여 다시 말하건대, 네 얼굴이 조금이라도 흔들리거나 표정을 찡그리면 나는 널 기절시키고 저 여자들을 죽일 것이다."

"예, 움직이지 않겠습니다."

"그럼 각오해라."

푹!

쿠즉!

철필이 막당의 얼굴에 닿는 순간, 두 손에 쥐어진 만두와 건량이 으스러졌다. 청의소녀와 흑의소녀뿐 아니라 유법의 주위에 있던 비구니들까지 창백한 얼굴이 되고 말았다. 철필은 막당의 볼을 파고들어 살을 찢고 있었다. 어린 소년은 눈을 부릅뜬 채 시체처럼 굳어서 부들부들 떨기만 할 뿐, 놀랍게도 얼굴을 움직이지 않았다.

지이익.

쌀이 찢기는 소리가 냇물 소리보다 크게 들리는 듯했다. 새들이 지저귀는 소리조차 살을 찢는 소리처럼 느껴졌다. 막당의 어깨 아래 모든 몸뚱이가 사시나무처럼 떨었다. 만두와 건량이 막당의 손아귀 힘을 이겨내지 못하고 잘게 부스러진 조각들을 땅에 흘렸다.

지익. 직. 찌직.

피가 볼을 타고 흐르며 턱에 고였다. 그것으로도 부족하여 막당의 무릎 위로 쉴 새 없이 방울져 떨어졌다. 이따금 볼에서 땅바닥으로 튀는 핏덩이도 있었다. 땅에 떨어진 핏덩이 속에 하얀 살덩이의 흔적도 보였다. 유법의 얼굴은 점차 잔인한 극성대협의 것으로 변하고 있었다. 이래도냐? 이래도냐! 유법의 철필에서 막당의 항복을 요구하는 혈마(血魔)의 떨림이 느껴졌다. 막당의 오른쪽 볼 전체가 피에 물들어 용을 그리는 것인지 봉황을 그리는 것인지 알 수가 없을 지경이었다.

찌지지짓.

"됐다. 아직도 생각이 바뀌지 않았느냐?"

"우어어어엉!"

막당은 비로소 울음을 터뜨리며 얼굴을 찌푸렸다. 뒤에서 옆쪽으로 슬그머니 이동했던 청의소녀도 아랫입술을 깨물며 눈물을 글썽거렸다. 얼굴 반쪽이 피로 뒤덮인 막당은 만두와 건량을 쥔 두 손을 사정없이 떨면서 상처를 매만지려 했다. 하지만 고통 때문에 만지는 것조차 두려웠는지 볼 앞에서 끊임없이 떨기만 할 뿐이었다. 유법이 말했다.

"아홉 번 남았다. 아직도 생각이 바뀌지 않았느냐? 어서 대답해라!"

막당이 대답 대신 피에 절인 볼을 내밀었다. 유법이 눈살을 찌푸리며 차갑게 명령했다.

"좋다. 이번에는 그쪽이 아니라 반대쪽 볼을 내밀어라."

막당이 잠시 어깨를 움찔하더니 고개를 돌렸다. 철필이 다가오자 막당은 급히 손을 들어 만두와 건량을 함께 입 안으로 처넣었다. 유법은 철필을 볼에 가져가다 말고 물었다.

"그 와중에 먹을 마음이 생기냐? 얼마나 배가 고팠길래 그러냐?"

"배는, 흐이잉, 힉, 힉, 배는 안 고픕니다."

"그런데 왜 먹어?"

"너무 아파서… 힉, 힉, 은혜를 잊을까 봐 먹습니다. 히익, 힝."

그 순간 유법의 얼굴이 굳어졌다. 유법은 창백한 얼굴로 고개를 들었다. 청의소녀, 흑의소녀. 그 다음엔 자신을 둘러싼 비구니들의 경멸에 가까운 표정을 하나하나 바라보았다. 마지막으로 하늘을 바라본 유법은 냇물이 역류할 정도로 크게 웃었다.

“하하! 크하하하하하하! 나는 대체 뭐냐! 아미산에서 내가 대체 뭘 했단 말이냐! 그나마 강호에 있을 때는 협행이라도 했지, 지금은 그때만 못하구나! 유법아! 불심으로도 네 잔악함을 지울 수 없단 말이냐! 하하하! 아하하하하!”

비구니들이 유법을 향해 일제히 합장했다. 유법은 철필을 손가락으로 팅기어 냇물로 보냈다. 맑게 울리는 ‘투홍!’ 소리와 함께 철필이 냇물 속으로 가라앉았다.

쿠웅!

유법의 철장이 바위를 한 번 차더니 허공으로 치솟았다. 끝도 없이 치솟는 철장은 도무지 내려올 생각을 하지 않았다. 울고 있는 막당과 유법을 제외한 모두가 창공을 응시했다. 그 사이에 유법은 좌정하여 합장한 채 침묵했다. 철장이 드디어 하늘에서부터 꼿꼿이 몸을 세운 채 추락했는데, 그 위세가 심상치 않았다. 비구니들의 안색이 변했다. 유법은 지금 스스로 목숨을 끊으려고 하는 것이다. 철장의 위세는 유법의 정수리를 노리고 있었다.

“안 됩니다!”

쩌쩌쩡!

비구니들의 창이 일제히 허공으로 치솟으며 유법의 철장을 막았다. 철장의 위세가 어찌나 강맹한지 세 번째 창이 막고서야 비로소 방향이 뒤틀렸다. 힘을 잃은 철장은 네 번째 비구니의 창에 휘말려 냇물 속으로 빠졌다. 유법이 좌정을 풀지 않고 눈꺼풀조차 열지 않은 채 침통한 목소리를 내밀었다.

"어째서 막는 거냐? 떨칠 수 없는 심마(心魔)를 갖고 하늘을 볼 수 없다."

"아미타불. 차라리 주지스님께 청하여 수행하십시오. 이렇게 정심(正心)을 되찾으셨으니 다행이 아닙니까?"

비구니들이 유법을 향해 합장했다. 비로소 유법은 눈을 뜨고 막당을 보았다. 유법의 얼굴은 마기(魔氣)가 씻은 듯 사라진 상태였다.

"네가 아니었다면 나는 평생 내 속의 심마를 모르고 살았을 것이다. 고맙구나. 너야말로 내 스승이니 세 번 절하겠다."

곧 유법이 막당의 앞에서 무릎을 꿇고 세 번 절했다. 막당은 여전히 왼쪽 볼을 내민 채였다. 유법이 절을 마치고 고개를 들었다.

"이제 사부께서는 볼을 내밀 필요가 없습니다. 제자와 함께 가시지요. 조금만 산을 오르면 사찰이 있으니 금창약(金瘡藥)을 얻으실 수 있을 것입니다."

"그건 저도 있어요."

청의소녀가 품에서 금창약을 꺼내어 내밀어 보였다. 유법은 청의소녀를 향해 부드러운 미소를 지으며 고개를 끄덕였다.

"소승이 도울 일이 있습니까?"

"설마…… 저희를 정말로 그냥 보내주실 건가요?"

"두 분의 잘못에 대한 책임은 소승이 지겠습니다. 큰 가르침을 받았으니 보답을 해야겠지요."

"그렇다면 하산하는 길을 알려주세요. 사실은 저희들 모두 길을 잃었거든요."

"혜정(慧正) 스님이 알려주실 것입니다. 제 길조차 모르는 놈이 다른 사람의 길을 안내할 수 없으니 용서하십시오."

유법의 말에 한 비구니가 미소를 지으며 합장했다. 청의소녀는 활짝 웃으며 가슴을 쓸었다. 그리고 냇가로 달려가 허리에 찬 가죽 주머니를 풀더니 그 안에 물을 담았다. 곧 막당에게로 돌아온 청의소녀는 조심스레 막당의 볼을 닦기 시작했다. 볼에 가득한 핏덩이가 물에 씻기자, 소름 끼칠 정도로 끔찍한 상처가 드러났다. 용이었다. 막당의 오른쪽 볼에 새겨진 용문(龍紋)은 당장이라도 승천할 듯 하늘을 향해 포효할 것만 같았다. 청의소녀는 막당의 상처에 묻은 물기를 조심스레 닦고서 그 위에 금창약을 발랐다. 금창약을 바르면서 청의소녀의 몸이 몇 번이나 진저리를 쳤다. 손끝에서 막당의 뼈가 닿는 느낌을 받았기 때문이다. 유법의 철필이 뼈까지 건드릴 정도로 상처를 냈다고 생각하니 소름이 끼쳐서 견딜 수가 없었다. 만약 자신이 그 꼴이 되었다면 분명 사부가 있는 곳을 말해 버렸을 것이다. 청의소녀는 다시금 유법에 대한 공포감이 생겨 조심스레 뒤를 돌아보았다.

“저희들… 이제 가도 될까요?”

유법이 청의소녀의 마음을 헤아린 듯 고개를 끄덕였다. 그리고 막당을 향해 합장하며 안녕을 빌었다.

혜정의 뒤를 따르기 시작한 세 사람과 한 마리의 돼지는 오랫동안 새소리만을 들으며 가슴을 진정시켰다. 청의소녀가 한참 만에 입을 열었다.

“너의 이름이 막당이라고 했지?”

막당이 눈물 글썽한 얼굴을 돌려 청의소녀를 돌아봤다. 자신의 이름을 부른 것만 알 뿐, 더 이상의 말뜻을 알지는 못한 듯했다. 앞서던 혜정이 청의소녀를 돌아보며 말했다.

“저를 통해서 물어보세요. 어릴 때부터 성도에 살았기 때문에 쉽게 통할 수 있을 거예요.”

“얘가 어딜 가는 중인지 물어봐 주시겠어요?”

혜정이 곧 막당에게 질문했다. 막당이 고개를 저으며 십 년 여행을 해야 된다는 뜻 모를 소리를 꺼냈다. 혜정이 그대로 전하자, 청의소녀의 얼굴에 화색이 돌았다.

“그럼 얘가 앞으로 갈 곳이 없는 거냐고 다시 물어봐 주시겠어요?”

혜정이 다시 질문했을 때, 막당이 고개를 끄덕이자 청의소녀는 뛸 듯이 기뻐했다. 흑의소녀가 그 꼴을 보고 불안한 표정이 되어 속삭였다.

“사매, 지금 무슨 생각을 하는 거야?”

"언니, 난 애를 데리고 사부님한테 갈래."

"뭐?"

"애가 마음에 들어. 키워서 잡아먹을 테야."

그 말을 들은 혜정이 걸음을 멈추고 놀란 눈으로 청의소녀를 보았다. 청의소녀는 활짝 웃으며 혜정을 안심시켰다.

"저희들끼리 쓰는 은어예요. 같이 살면서 마음이 맞으면 혼인하겠다는 소리라고요."

"좋을 때네요."

혜정이 빙긋 웃으며 고개를 설레설레 저었다. 청의소녀는 혜정보다 앞서 달리며 길을 막았다.

"스님께서 좀 전해주세요. 제 이름은 성린. 곽성린(郭性璘)이라고 해요. 그리고 저 뒤의 언니는 우화경(優花京)이고요. 지금 막당에게 전해주세요."

혜정은 막당의 앞에 서며 손끝으로 두 사람을 각각 지정하며 이름을 알려줬다. 막당이 눈물을 머금은 눈을 무시한 채 활짝 웃으며 알았다는 듯 고개를 끄덕였다.

혜정과 함께한 길은 한나절이 걸릴 정도로 길었다. 도착한 곳은 민장강(岷長江) 어귀였다. 집들도 제법 눈에 띄고 사람들이 돌아다니는 것도 보여 두 소녀는 안심했다. 게다가 길이 눈에 익숙하여 차분히 따져 보니 하루만 더 걸으면 성도(成都)에 도착할 수 있을 것 같았다. 곽성린은 혜정을 돌려보내고 만세 삼창을 했다. 우화경도 드디어 살았다 싶었는지 활짝 웃었다.

먼발치로 성도의 성벽이 보이는 곳까지 걸었던 세 사람은 해가 지자 근처의 객잔을 찾았다. 성도는 크게 번성한 도시인지라 성벽 바깥도 사람들의 왕래가 잦았고 객잔이 많았다. 아미산에서 새들의 지저귐과 풀잎이 부대끼는 소리가 만연했다면, 이곳은 사람들의 주둥이와 발바닥이 그 소리를 대신했다. 북침객잔(北寢客棧)에 들어갈 때는 이미 땅조차 제대로 알아볼 수 없을 정도로 어둑해진 상태였다. 객잔을 찾기 시작할 때부터 객잔에 들어설 때까지 소리 죽여 싸우고 있던 두 소녀는 점소이 앞에 섰을 때도 결말을 보지 못했다.

"어서 옵쇼! 방을 드릴깝쇼?"

곽성린이 재빨리 외쳤다.

"네! 작은 방 하나만 주세요!"

"둘이요, 둘!"

좀처럼 목소리를 높이지 않던 우화경이 갑작스레 고함쳤다. 점소이는 잠시 고민하더니 곧 활짝 웃었다.

"예! 방 둘 말입죠?"

"하나라니까! 돈이 남아돌아?"

"둘이에요! 사매, 미쳤어? 남녀가 유별한데 어떻게 같은 방에서 하루를 보내냔 말야."

그 말에 점소이가 깜짝 놀라며 눈을 치켜떴다.

“두 분 중 한 분이 남자십니까요? 어이쿠! 너무 곱상하셔서 미처 몰라 뵈었습니다요.”

곧바로 곽성린이 점소이의 머리통을 ‘딱!’ 소리 나게 후려 쳤다.

“너희 객잔은 남녀 사이에 사매라 부르니? 내 뒤에 있는 애를 두고 하는 말이야!”

“아이고, 아야야, 뒤에 누가 있는뎁쇼?”

점소이의 말에 곽성린은 깜짝 놀라며 급히 고개를 돌렸다. 막당이 보이지 않았다. 곽성린은 하얗게 질린 얼굴로 급히 객잔을 나갔다. 객잔 앞에서 막당이 다른 점소이에게 혼쭐나는 중이었다.

“뭐 하는 거야!”

곽성린이 험악하게 외치자, 점소이는 막당에게서 몸을 돌려 비굴한 웃음을 보였다.

“아니, 글쎄, 이놈이 겁도 없이 돼지를 끌고 객잔 안으로 들어오는 겁니다요. 손님께서는 심기를 푸시고 안으로 들어가 계십쇼.”

“걔는 우리 일행이야. 지금 일행을 쫓을 셈이야? 혹시 이 객잔, 여자만 받니? 인신매매범 소굴인 거 아냐?”

“헉! 농담이라도 그런 말쏨 마십쇼. 우리 북침객잔만큼 친절하고 도리를 따지는 객잔은 찾아보기 힘듭니다요. 저희 같은 점소이 한 명을 구할 때도 접대 시험과 체력 시험, 면접 시험 등 철두철미한……."

"됐어. 잡다한 소리 그만 지껄이고 재한테 사과해. 손님을 쫓아내는 꼴을 보니 배가 부를 대로 부른 객잔으로밖에 안 보여."

"예예, 아무렴입쇼."

점소이는 곧장 막당을 향해 몸을 돌려 사과했다. 막당이 움츠려진 어깨를 펴지 않은 채 점소이에게 뭐라고 말했다. 알아들을 수 없는 사투리인지라 두 소녀는 구경만 하고 있었다. 곧 점소이가 난감한 표정으로 고개를 저었다.

"그건 안 되겠는뎁쇼."

"뭐야? 재가 뭐라고 했는데 고개를 저어?"

"저 지저분한 돼지도 들여보내 달라고 했습니다요."

"그건 안 될 일이지."

"그렇죠, 손님? 하이고, 간만에 덕이 있는 손님을 뵙게 되어 기쁘기 그지없습니다요."

곽성린은 가볍게 한숨을 쉬며 점소이에게 말했다.

"네가 기쁠 일까지는 아니고, 재한테 좀 전해줘. 돼지는 마구간에 맡겨두고 오라고. 이 객잔에 마구간 있지?"

"예예, 물론입니다요."

점소이가 막당에게 곽성린의 뜻을 전했다. 그러자 막당이 울상 지은 채 고개를 저었다. 점소이도 울상어 되어 곽성린을 돌아봤다.

"그러면 이 손님도 마구간에서 자겠다는 뎁쇼?"

"뭐? 야! 너 지금 우릴 살려줬다고 반항하는 거야?"

곽성린이 막당의 멱살을 쥐고 으르렁댔다.

"바른대로 말해. 너 우리들 말을 알아듣는 거지? 언니가 너랑 같은 방을 쓰기 싫다고 하니까 팅기는 거 아냐? 야야야, 걱정 마. 어차피 우리는 돈도 별로 없어. 내가 무슨 수를 써서든 이 누나들과 같은 방에서 자게 해줄 테니까 미리 행복해 버려. 알았지? 그러니까 고집은 그만 부려."

막당이 퀭한 눈으로 곽성린의 얼굴을 응시했다. 점소이가 옆에서 고민하다가 막당에게 통역을 해줬다. 막당은 또 한 번 고개를 저으며 말했다.

"떨어져 자면 사람들이 초구를 죽이려고 합니다. 저는 초구와 같이 자야 합니다."

"얘가 뭐래?"

"누군가 돼지를 몰래 훔쳐 가서 죽일까 봐 같이 자려나 봅니다요."

곽성린이 고개를 주억거렸다.

"그건 일리가 있다. 나도 몇 번 그런 방법으로 고기를 먹은 적이 있었지."

결국 곽성린은 막당을 마구간으로 보내고 객잔으로 들어가야 했다.

우화경은 곽성린의 뒤를 따르면서 마구간으로 향하는 막

당의 등을 멍하게 주시했다. 객잔 안으로 들어갔을 때 우화경의 입가에는 미소가 번졌다. 사저(師姐)의 미소를 본 곽성린이 눈매를 가늘게 하며 불평했다.

"내 막당에게 관심 가지면 언니고 나발이고 없어."

"얘는……."

"아무튼 너무 늦었다, 언니. 빨리 자고 내일 아침 일찍 출발하자. 사부님이 기다리다 못해 떠나셨으면 곤란하잖아."

"그래서 여기 온 거야?"

"응. 성밖에서 사부님이 거래를 하실 때는 늘 여기를 찾으시니까."

곽성린이 한숨을 쉬며 말하다가 인상을 찌푸렸다. 우화경이 자신을 바라보고 있지 않았기 때문이다. 곽성린을 볼을 부풀린 채 불만을 터뜨렸다.

"내 얘기 건성으로 듣는 거야?"

"아니, 다 들었어. 이 객잔에 오길 잘했다, 사매."

"무슨 소리야?"

"저기 사부님이 계셔. 정말 떠날 셈이셨나 봐."

"헉!"

우화경의 검지가 가리키는 곳으로 급히 고개를 돌린 곽성린은 자신의 사부가 세 명의 산적같이 생긴 놈들과 술잔을 기울이는 것을 볼 수 있었다. 곽성린은 활짝 웃으며 사부가 자리잡은 탁자로 달려갔다.

"사부님! 여기 계셨군요!"

곽성린이 활짝 웃자, 대번에 사부의 비명이 터져 나왔다.

"헉! 어떻게 살았지?"

그 말에 곽성린의 표정이 어두워지고, 우화경의 얼굴이 굳었다.

"그 말씀은 무슨 뜻이죠?"

소녀들의 앞에서 당황하는 자의 이름은 육모탕(陸某糖)이었다. 하지만 이름보다 오물상인(汚物商人)이라는 별호로 더 잘 알려진 사내였다. 원래는 사도의 명문 귀암곡(鬼巖谷)의 제자였으나 수련이 너무 고되고 힘들다는 이유로 도주하여 보물을 사고파는 일을 하는 중이다. 대부분 장물(贓物)을 다루었고, 무덤을 파서 얻은 물건들을 팔았기 때문에 평이 좋은 편은 아니었다. 생김새도 메기수염에 광대뼈가 돋보이고 턱이 뾰족하여 좋은 인상이라 하기 어려웠다. 하지만 눈매가 날카로워 매서운 기운을 풍기기 때문에 허세만으로도 상대를 도망가게 만드는 재주를 지녔다. 육모탕은 잠시 딴청하며 진땀을 흘렸다.

"아니, 나는 말이지… 너희들이 아미파의 승려들에게 맞아 죽었다는 소문을 들었거든."

"어떤 아이의 도움을 받아서 무사히 빠져나올 수 있었어요."

육모탕은 고개를 숙이며 알아들을 수 없을 정도의 작은 소리로 혼잣말을 중얼거렸다. 그 뜻이 '어떤 멍청이가 그런 쓸데없는 짓을…….' 이라는 걸 알았다면, 곽성린의 부러진 연검이 춤을 췄을 것이다. 육모탕이 곧 고개를 치켜들고 환하게 웃었다.

"아무튼 살았으니 이 사부는 기쁘기 그지없다! 하하하하하! 오늘은 술을 잔뜩 마셔야겠구나!"

"그런데 지금 여기서 뭘 하고 계세요?"

육모탕의 어깨 너머로 산적 같은 사내들의 모습을 흘기던 곽성린이 갑작스레 고함쳤다.

"앗! 저건 언니 것 아녜요?"

"응? 뭐?"

육모탕이 눈을 치켜뜨고 활짝 웃었다. 두 손을 뒤로하여 탁자 위를 급히 더듬었지만, 우화경이 먼저 그것을 발견했다.

"사부님! 제 부모님의 유품이 왜 여기에! 설마 그걸 팔아버릴 셈이셨던 거예요?"

"아니, 아니, 그 뭐냐…… 아, 그렇지! 네가 죽었다는 소문을 듣고 이 사부가 얼마나 상심이 컸겠느냐. 가슴이 찢어질 듯 괴로운 마당에 이 물건이 눈에 띄니 자꾸 네 웃는 얼굴이 생각난다 이거야. 아아, 괴로웠다. 사부의 이 미칠 것 같은 심정을 누가 알리오! 그러니 어쩌겠니? 이걸 내 눈앞에서 치우자니 그냥 버리는 건 너에게 죄가 될 듯하고 말이다. 그래서 여기 계신 분들께 팔아 그 돈으로 너희들 저승길에 갈 노잣돈이라도……."

"안 돼요! 안 돼요!"

우화경은 급히 패물을 가슴으로 덮으며 고개를 저었다. 육모탕이 두 눈을 질끈 감고 주먹에 힘을 주며 잠시 온몸을 떨더니 이내 활짝 웃었다.

"당연하지! 어허! 어찌 당연하지 않겠느냐! 네가 살았음을 알았는데 내가 이것을 팔아치울 리가 없다! 자자, 가져라. 다 가져라. 이미 가졌구나. 허이고, 아무튼 살았으니 기쁘다. 일단 방에 들어가서 쉬거라. 그 고생을 했으니 얼마나 피곤할꼬. 자자, 어서 가서 쉬거라."

곽성린과 우화경이 잠시 서로의 눈치를 보며 고민하다가 육모탕에게 살짝 고개를 숙이곤 계단이 있는 곳으로 걸었다. 막 계단을 오르던 찰나에 소란스러운 소리가 들려 돌아보니, 산적같이 생긴 놈들 중 하나가 육모탕의 멱살을 쥐고 있었다.

"그걸 지금 설득이라고 하는 거요?"

"아이, 아이고, 이보게. 나는 뭐 팔고 싶지 않아서 안 파는 줄 아나? 주인이 두 눈 부릅뜨고 살아 돌아왔는데 나보고 어쩌라는 말인가? 어라? 쟤들이 아직도 안 올라갔네. 휘이! 이것들아! 여긴 괜찮으니 어서 올라가거라! 사부의 말이 개똥이냐?"

두 소녀는 고개를 가로저으며 낮게 한숨을 뱉더니 계단을 올라갔다. 소녀들이 사라지자 산적 같은 놈들은 본격적인 작업에 들어갔다.

"형씨, 내가 근 일 년 동안 오른손을 쓰지 않았어. 왜냐고? 나도 극락이라는 데 좀 가보고 싶어서 부분적으로 개과천선을 하던 중이었거든. 그래서 사람을 쳐 잡을 때도 왼손으로만 떡쳤지. 아, 근데 오늘따라 오른손이 막 근질거리네. 나 그냥 극락 포기할까? 응? 극락이고 나발이고 다 때려쳐?"

"여보게, 제발 진정하시게. 극락에 갈 거면 가는 거지 뭘 또 마음이 변하시나 그래. 남아일심 중천금(男兒一心重千金)이라는 말도 모르나? 알지, 알아. 내 어찌 자네 마음을 모르겠나? 저년이 그래도 한때는 귀한 집 여식이라서 가진 패물이 탐날 정도로 좋은 것이긴 해. 한데 어쩌겠나? 아미파에 죽으라고 보냈더니 살아왔는걸. 이거! 이거 말야! 이게이게, 보통 일이 아닌 걸세. 부처님의 뜻이라고. 응? 응? 부처님 알지? 극락에 계신 부처님. 아, 부처님이 팔지 말라시는데 우리 같은 사람들이 어쩌냔 말이냐고. 그러니까 다들 진정하고 우리 다른 사업에 대해 얘기 좀 해보세."

"무슨 사업?"

여전히 육모탕은 먹살을 잡힌 채였다. 하지만 육모탕의 입가엔 웃음이 번지고 있었다.

"이거 내가 아무한테도 말하지 않은 건데 말이야, 혹시 자네들 사도 십이문의 으뜸에 있는 환룡문(幻龍門)을 아는가?"

"알지."

산적이 호기심 어린 얼굴로 육모탕의 멱살을 쥔 손을 펼쳤다. 육모탕이 목을 몇 번 어루만지더니 좀 더 입을 찢으며 음흉하게 미소 지었다.

"그 환룡문의 초대 문주가 누구냐! 바로 전설의 신기환룡대종사(神奇幻龍大宗師) 황보천상(皇甫天上)이라네. 캬하! 천하도 아닌 천상! 이름만으로도 멋지지 않은가? 그 신기환룡대종사 황보천상이 사실은 천산(天山)의 용이었단 말일세. 아, 이거 함부로 말하면 안 되는 건데. 아무튼 그 전설의 신기환룡대종사 황보천상께서는 모월 모일 모시에 천산 꼭대기에서 구룡쟁패(九龍爭覇)하여 천산의 신물 백설여의환(白雪如意丸)을 얻으셨지. 이 백설여의환이 또 보통이 아닌 물건이라네! 신물이지. 암, 신물이고말고."

"아, 썅. 용건만 간단히 말해봐!"

"알았네. 거참, 성질 급하시기는. 하하, 이 절세천하전설고귀의 신물 백설여의환이야말로 진시황제가 동방으로 선남선녀 삼천 명을 보내 그토록 애절하게 찾던 불로불사(不老不死)의 영약……!"

"헉!"

"…을 만드는 세 개의 재료 중 하나인 백합신선단(白合神仙丹)의 일곱 가지 재료 중 제일 구하기 힘든 것이란 말일세. 어때? 관심이 좀 가나?"

"그게 뭐야? 결국 나머지 재료를 구하지 못하면 쓰레기란 얘기잖아?”

고개를 디밀던 사내가 불평하며 인상을 쓰자, 육모탕이 우장으로 스스로의 허벅지를 치며 외쳤다.

“내 말이 그 말일세! 하지만 내가 누군가! 천하의 오물상인 육모탕이라고! 아, 한낱 쓰레기까지 관심을 보이는 이유가 뭐겠나? 천하에 내가 모르는 물건이 없다 이거야. 이미 나는 백합신선단의 다섯 가지 재료를 가지고 있다네. 어디 그뿐인가? 곧 나머지 하나도 내 손에 들어올 예정이고, 불노불사의 영약을 이루는 세 가지 재료 중에서 백합신선단을 제외한 두 가지 재료가 어디에 있는지도 알고 있다네.”

그러자 육모탕 주변의 눈들이 휘둥그레졌다.

“뭐야? 그럼 결국 백설어의환만 있으면 불노불사의 영약을 만들 수 있다는 소리야?”

“그렇지! 자네 참 똑똑하구먼.”

“그런데 그걸 우리한테 말해주는 이유가 뭐지? 의심 많기로 소문난 오물상인이 우릴 신용해서 말해주는 건 아닐 테고. 그 재료로 불로불사의 영약을 네 개씩이나 만들 수 있을 리는 더 더욱 없을 텐데 말야.”

육모탕은 자신을 향해 달려드는 불신의 시선들을 미소로 물리쳤다.

“물론 한 개밖에 만들지 못하지. 킥키! 게다가 나는 단 한 개의 그 불사약조차 취할 생각이 없다고.”

“어째서?”

“돈이지, 돈! 당연히 불사약보다 돈이 더 좋기 때문이지! 생각해 봐. 불로불사의 영약이면 황제도 탐낼 보배가 아닌가!”

비로소 육모탕 주변 사내들의 악 쥔 주먹이 풀렸다. 사내들은 호기심 어린 눈매로 육모탕을 응시하며 다음 말을 재촉했다.

“흠, 불로불사의 영약을 제조하여 황제에게 팔겠다 이거지?”

그 말에 육모탕이 혀를 차며 고개를 저었다.

“쯔쯔쯔, 내가 미쳤나, 이 친구야. 그 귀한 걸 왜 황제에게 팔아? 에잉.”

어느새 육모탕의 곁에 바짝 붙은 삼 인이 조급함을 보였다. 그 꼴이 마치 이미 제조된 영약을 앞에 두고 처리를 고민하는 꼴과 같아 탁자 주변에는 희망이 샘솟고 있었다. 육모탕은 몇 번 더 허벅지를 때리며 혀를 차다가 사내들을 가볍게 흘기더니 코웃음을 쳤다.

“정말 황제에게 팔면 돈이 될 거라 생각하는 건가? 훗, 이 친구들아. 영약은 대상인에게 팔아야지. 황제에게 줘봤자 크게 치하한답시고 비단 몇 필이나 쥐어주는 게 고작이라고. 더 달라고 하면 목을 칠걸? 불노불사의 영약이 어떤 물건인데. 장안상회(長安商會)의 감 대인도 자기 재산의 절반을 뚝 떼어줄 만큼의 가치가 있다는 걸 정말 모르겠나?”

"헉! 감 대인 재산의 절반?"

"그래! 어이쿠, 좋다! 그 정도 재산이면 우리들이 나눠 가져도 십 대가 배불리 먹고 살걸세. 일단 내가 구 할에 자네들이 일 할을 나눠 가지는 정도로 하지."

"계산이 어떻게 그렇게 돼?"

"아, 싫음 관두세."

"에이, 그러지 말고 좀 더 쓰시게. 자네는 하나고 우리는 셋이 아닌가?"

"내가 어찌 하나인가. 아까 내 제자들 못 봤남? 사실 일 할은 좀 심하긴 하지. 그래그래, 이 할 줌세. 그것만으로도 자네들 모두 십 대가 배불리 먹고살 만큼이 될 거야."

"흐음, 일단 그 문제는 나중에 얘기하지. 자자, 이제 본론을 얘기해 봐. 우리가 뭘 어떻게 하면 되는 거지?"

육모탕은 갑자기 정색하며 탁자 가운데로 머리를 내밀었다. 육모탕이 주변의 귀를 살피듯 눈알을 굴리는 동안, 뭇 사내들의 머리도 중앙에 모였다. 객잔의 시끌벅적한 틈을 타서 육모탕이 낮게 속삭였다.

"자네들은 지금 당장 짐을 꾸려서 황보천상이 이룬 환룡문을 찾아가야 하네. 그리고 현 문주인 황보탄을 만나서 사도맹의 규 장로가 보낸 사람이라고 해. 황보천상은 백설여의환을 가문의 보배로 여기어 자신의 뒤를 잇는 자식에게만 전달하라 했지. 그러니 황보 문주를 만나는 게 우선이 아니겠나?"

"그건 벌써 짐작했어. 그리고? 규 장로가 보낸 사람이라고 한 다음에는 어떻게 하지?"

"사도맹에서 곧 새로운 맹주를 추대할 예정인데 그 후보에 황보 문주도 들어가 있어서 긴히 알리려고 왔다고 하면 돼. 그렇게 하면 황보 문주는 크게 기뻐하며 자네들을 환대할 거야."

육모탕의 오른쪽에서 바짝 붙어 있던 사내가 마른침을 삼켰다.

"맹주 후보가 됐다면 분명히 좋아하겠지. 그 다음은? 그 다음은 뭐지? 아, 뜸 좀 들이지 말고 빨리 말해봐."

육모탕이 정색하던 얼굴을 풀고 희미하게 미소 지었다. 슬며시 손을 들어 메기수염을 쓰다듬는 꼴이 좀 더 뜸을 들이고 싶은 모양새였다. 사내들이 눈살을 찌푸리고서야 육모탕은 입을 열었다.

"크큭, 이 친구들 성질 한번 급하기는. 이 황보 문주라는 자가 말이야, 귀한 손님이 와서 반가운 소식을 전하거나 마음에 드는 선물을 주면 꼭 자신의 침실에서 접대하는 버릇이 있지. 분명 자네들도 거기서 대접을 받게 될 거야. 만약에 그리 하지 않을 듯싶으면 교 장로가 황보 문주를 적극 추대하기 위해 다른 세 명의 장로를 포섭했다고 말하게."

"아까는 규 장로라고 하지 않았어?"

탕탕탕!

사내의 물음에 메기수염을 쓰다듬던 육모탕의 손이 탁자를 세 번 두드렸다. 육모탕을 잔뜩 붉어진 얼굴로 호통 쳤다.

"어허! 어허! 자네들 말야! 응? 세상에 말야. 응? 그, 저… 사도맹의 말야. 규 장로를 정말 모르는 거야?"

"왜 자꾸 이랬다저랬다 해? 규 장로야, 교 장로야? 게다가 우리 같은 놈들이 사도맹의 장로를 어떻게 알아?"

"여보게, 여보게들. 응? 사도맹의 실세인 규 장로는 젊은 시절까지 형산 어귀에서 교강량이라는 의붓아비와 함께 자랐네. 후에 친부인 규상덕을 만나 성을 바꾸긴 하였으나, 자신을 잘 대해준 의붓아비의 고마움을 잊지 않기 위해서 규와 교의 성을 번갈아 사용한다고. 그걸 어찌 모르나. 에잉, 무식하게시리."

"모르는 우리가 무식한 게 아니라, 그걸 알고 있는 자네가 더 기이하이. 정말 놀랍군. 그런 강호의 정보를 어떤 수로 알아내나?"

"크쿡, 원래 세상의 모든 정보는 쓰레기 더미 안에 있는 법일세. 그러니 이 오물상인에게 모르는 것이 있을 턱이 없지. 음허허! 나야말로 만물정보통이 아니겠나."

"히야아, 대단허이."

"……."

두 명의 사내가 절로 탄성을 지르며 육모탕에게 더욱 바짝 붙었다. 그러나 육모탕의 왼쪽 곁에 있던 사내는 한쪽 눈을 일그러뜨리더니 서서히 고개를 뒤로 물렸다. 그사이에 육모탕은 다시 정색하며 말을 이었다.

"아무튼 말일세. 그렇게만 하면 확실히 황보 문주의 침실에서 접대를 받게 될 걸세. 환룡문의 현 문주는 강호에서 술이 약하기로 둘째라면 서러워할 사람이지. 자네들은 어떻게든 황보 문주에게 석 잔 이상의 술을 권하여 먹이게나. 황보 문주가 술은 약하나 마시기를 즐기는 사람이니 어렵지는 않을 거야. 그렇게 해서 황보 문주가 인사불성이 되면! 크큭! 케헤헤헤헤!"

"인사불성이 되면?"

"곧장 문주의 침상으로 달려가서 목침 아래의 이불을 들추게. 그럼 거기에 큰 구멍이 있고, 각각 다른 색으로 된 세 개의 상자가 구멍에 딱 맞게 채워져 있을 걸세. 상자를 꺼내게. 하지만 반드시 백, 녹, 황의 순서로 꺼내야 한다네. 자자, 따라 해보시게. 백! 녹! 황!"

"백! 녹! 황!"

"백. 녹. 황……."

"일단 자네가 가진 재료들만이라도 보여줘 봐."

육모탕의 고개가 잠깐 왼쪽 사내에게 돌아갔다. 육모탕은 그 사내에게 손을 휘휘 저으며 정면의 사내에게로 다시 고개를 돌렸다.

"좀 참게. 지금부터가 중요한 내용이니 집중하지 않으면 큰 봉변을 당할 거야. 자, 백녹황, 알았지? 잊으면 절대 안 된다네. 순서를 바꿨다가는 삼백육십 개의 독침을 피해야 할 거야."

"켁! 알겠네."

"내가 다 외우고 있을 테니 걱정 말고 자네가 가진 재료를 보여줘."

"거참, 성질 급하기는……. 목숨이 달린 일이니 계속 좀 들어보라니까! 아, 이거 또 말하기가 싫어지네. 나 그냥 이대로 갈까? 우리 그냥 이거 없던 일로 해?"

육모탕이 반쯤 몸을 일으키자, 곁의 두 사내가 급히 손을 뻗어 만류했다. 두 명은 육모탕의 왼쪽에 있는 사내에게 눈치를 주며 입을 다물 것을 종용했다. 그 덕에 입을 다물기는 했지만, 사내는 여전히 불쾌한 표정으로 육모탕을 흘기고 있었다. 다른 사내들이 육모탕을 재촉했다.

"자자, 계속 말해봐. 백녹황, 다음은?"

"음, 쳇! 뭐, 할 수 없지. 그 다음엔 녹색 상자를 열게. 나머지 두 개의 상자에는 독사와 독무가 담겨 있으니 절대 열면 안 되네. 녹색 상자에 분명히 백설여의환이 있을 걸세."

"오오오!"

"그 백설여의환을 재빨리 몸에 감추고 상자들을 황녹백의 순서로 다시 집어넣은 뒤 침상을 원래대로 정리하게. 그 다음엔 황보 문주를 흔들어 깨워서 급히 돌아가야 한다는 뜻을 비추게. 그러면 황보 문주가 인사불성이 된 채 잠꼬대하듯 사람을 불러줄 거야. 그 사람들을 따라 환룡문을 나서면 만사가 형통이지! 하하하하하!"

"거짓말이지?"

입을 꾹 다물고 있던 왼쪽의 사내가 다시 시비를 걸었다. 육모탕이 눈살을 찌푸리며 왼쪽의 사내를 돌아봤고, 다른 두 사내도 삐딱한 동료를 향해 눈치를 주었다.

"거, 이 사람, 자꾸 왜 이러나."

"바른대로 말해. 거짓말 아냐? 거짓말이 아니라면 자네가 갖고 있는 다른 재료를 보여달라니까?"

육모탕이 탁자를 '텅텅' 두드리며 화를 냈다.

"미쳤나? 내가 그걸 보여줬다가 자네들이 흑심이라도 품으면 어쩌라고! 게다가 그 귀한 걸 내가 갖고 다닐 거라고 생각하나? 위험한 것은 둘째 치고, 보존 기한이라는 게 있다고! 재료들은 지금 만년한설(萬年寒雪)의 깊은 동굴에 고이 보관되어 있으니 걱정 마시게! 허참!"

"우리가 환룡문에 가는 동안 자네는 뭘 할 셈인가?"

"아, 거래를 해야 할 것 아닌가, 거래를! 나는 당장 감 대인을 찾아가서 불로불사의 영약이 수중에 들어올 테니 얼마를 주겠냐고 물어볼 셈이네. 최대한 자네들이 섭섭하지 않게 흥정해 놓을 테니 걱정 말라고!"

"난 빠질게."

“그래! 그러면 우리야 좋지. 자네가 정 그렇게 의심이 된다면 빠지라고! 냉큼 꺼져 버려! 어이쿠, 속이 다 시원하이.”

“좋아. 그럼 이제 아까 그 패물 얘기나 좀 해볼까? 어쩔 거야? 내 주먹은 지금도 울어.”

육모탕이 당황했다.

“이, 이 사람! 지금 그깟 패물이 문제인가? 말했잖나. 불노불사의 영약…….”

“그 일은 관여하지 않겠다고 했잖아. 그런 얘기를 꺼내면 다 잊고 넘어갈 줄 알았어?”

“허어, 이 친구, 정말 상종 못할 사람일세.”

육모탕이 혀를 차며 고개를 저었다. 두 명의 사내는 동료에게 인상을 찌푸리며 육모탕이 잡힌 멱살을 풀어주기 위해 노력했다.

“여기 오물상인의 말이 맞네. 대체 왜 이러나. 지금 천금이 들어올 상황인데 그깟 패물을 신경 쓸 텐가? 그러지 말고 오물상인의 말대로 하자고. 자네, 평소에는 사리에 밝더니 오늘따라 왜 이래? 자자, 어서 이 손부터 풀고 얘기하세.”

“내가 보기에 그 얘기는 거짓말 같아. 뭐, 거짓말이 아니더라도 상관없지. 일단 앞의 일부터 해결하는 게 우선이 아니었던가? 나에게 패물을 거래할 계책이 있으니 그것부터 처리하자고.”

“계책?”

“계책이 뭔데?”

사내는 육모탕의 멱살을 쥔 손을 놓았다. 그리고 슬며시 몸을 일으키더니 육모탕과 두 명의 동료에게 따라오라고 손짓했다. 세 명이 서로 눈치를 보며 사내의 뒤를 따라갔다. 사내는 객잔 바깥에서 벽을 타고 돌아 마구간 부근의 구석진 곳에 멈춰 섰다. 길이 막힌 곳에서 사내는 육모탕을 지나쳐 바깥으로 나갈 길을 막더니 미소를 지었다.

“그 패물의 주인 말야. 자네 제자들.”

“그래그래, 걔들 때문에 패물을 팔 수가 없지. 나도 골치라구.”

육모탕이 이마를 감싸 쥐며 한숨을 쉬자, 사내는 좀 더 이를 드러내며 웃었다.

“그 계집들이 제법 반반하고 물이 올랐더군. 어떤가? 내가 알아봐서 잘 팔아주지.”

“뭐?”

“그 계집들을 팔아치우면 패물은 고스란히 자네의 것이 돼. 그러니 우리는 다시 거래할 수가 있지 않겠는가? 내 지금 당장 아는 친구에게 가서 계집 얘기를 할 테니, 오물상인, 자네는 여기에 있는 내 친구들과 술을 마시며 계집들이 도망가지 않나 감시해 주게.”

그러자 다른 사내들이 손뼉을 치며 환호성을 터뜨렸다.

“그것 좋은 생각이군!”

육모탕도 환히 웃었다.

"정말이야. 내가 왜 진작 그 생각을 못했을까. 좋아! 당장 다녀오게. 내 북침객잔에서 가장 좋은 술로 이들을 대접하며 자네를 기다림세."

사내는 몇 번 고개를 끄덕거리더니 자신의 동료 두 명에게 육모탕을 잘 감시하라는 듯 눈치를 주고는 몸을 돌렸다. 육모탕 옆의 두 사내가 기분 좋게 낄낄거리며 어둑한 그곳을 벗어나려고 했다. 하지만 곧 멈춰서 고개를 돌려야 했다. 육모탕이 뒤를 따라오지 않았기 때문이다.

"거기서 뭘 하나? 안 와?"

"아니, 여기서 무슨 돼지 소리가 들리지 않나?"

"아. 조금 전에 보니 거기 말 우리에 어떤 돼지랑 아이 놈이 자고 있더군. 내가 눈이 밝은 편이어서 그런 건 잘 보지. 보나마나 길 잃은 거렁뱅이가 잘 곳이 없어서 들어갔을 거야. 자, 가자고."

"흐음, 그렇군."

육모탕은 어둑한 마구간 안으로 고개를 내밀며 안을 살폈다. 한참을 그러고 있자, 두 명의 사내가 짜증난 듯 발걸음을 되돌려 육모탕에게 다가갔다. 그중 한 명이 육모탕의 뒤에서 어깨를 잡으며 불평했다.

"왜 그런 것들에게 관심을 가지나? 그 돼지랑 애도 팔아치우게?"

"아니, 난 그저……."

푹.

육모탕의 어깨를 잡았던 사내는 경련을 일으키기 시작했다. 육모탕이 몸을 돌리면서 사내의 가슴에 단검을 쑤셔 박았기 때문이다. 뒤쪽에 있던 사내는 무슨 일이 벌어진 줄도 모른 채 육모탕과 시체가 된 사내의 곁으로 접근했다. 육모탕은 무릎을 꿇으며 쓰러져 가는 사내를 떨치고 나머지 한 명에게 신형을 날렸다.

"헉! 뭐야, 이놈!"

"내 제자를 팔겠다고 주둥이를 놀린 벌이다!"

"뭐?"

탁! 타탁!

단숨에 육모탕은 사내의 통로를 막고 피를 머금은 단검을 치켜들었다. 곧 사내가 얼굴을 일그러뜨리며 품에서 단검을 꺼냈다. 육모탕의 것과 같은 길이의 단검이었으나 폭이 좁았다. 사내의 단검이 가느다랗기보다 육모탕의 단검이 이상할 정도로 넓적했다.

"하앗!"

이제 갓 밤이 된 객잔 주변은 귀뚜라미 우는 소리가 자욱했다. 객잔에서 벽을 뚫고 흘러나오는 웃음소리와 호통 소리가 귀뚜라미의 울음소리에 장단을 맞췄다. 말 한 마리가 낮게 웅얼거렸다. 돼지의 신음 소리도 들렸다. 그리고 발소리. 빠르

게 땅을 박차는 소리가 육모탕의 전신을 향해 몰아쳤는데, 그
것이 멈출 즈음 바람을 가르는 소리가 차례를 이었다.

시이익! 칭! 카락.

두 개의 단검이 정확하게 날을 부대끼는 소리였다. 달빛 어
스름한 하늘로 단검이 비틀어지는 울음이 비상했다. 곧 단검
에게서 나올 수 없는 괴이한 음향이 달빛을 후려쳤다.

딩킹! 카학! 쿠!

"으아악!"

사내는 비명을 질렀다. 어느새 사내의 단검을 쥔 손이 바닥
에 나뒹굴었다. 육모탕의 손에 쥐어진 단검은 좌우에 두 개의
날이 달려 삼지창의 끄트머리처럼 변해 있었다. 날개처럼 펼
쳐진 날의 한쪽은 피와 살이 뒤섞여 변색된 상태였다. 육모탕
이 살귀(殺鬼)의 눈빛을 하고 중얼거렸다.

"미친년들. 아미파의 땡중들이 구명을 해줬으면 거기에 얌
전히 남아서 비구니나 될 것이지, 왜 하산해서 여기까지 오고
지랄이야. 나 같은 놈한테 빌붙어서 굶기밖에 더 하겠어? 병
신 같은 계집들. 내 옆에 있으니 이런 놈들이 침이나 질질 흘
리지."

"너… 너… 살려주……."

투! 그걱!

육모탕의 괴상한 단검은 사내의 목을 꿰뚫었다. 애절한 눈
빛으로 육모탕을 향해 고개를 들었던 그 자세로 사내는 명을

달리했다. 육모탕은 품에서 천을 꺼내어 자신의 병기에 묻은
피와 살을 씻어냈다. 그리고 손잡이를 어루만지자 짤막한 기
계음과 함께 원래의 단검 형태로 변화되었다. 육모탕은 단검
을 품에 넣고 고개를 몇 번 젓더니 객잔문을 향해 걸음을 옮
겼다.

6장

사도의 무공을 배우다

육모탕은 진땀을 가득 채운 얼굴을 내밀며 외쳤다.

"어서 나와라! 빨리 도망가야 해!"

"무, 무슨 일이에요, 사부님?"

"둘을 잡았는데 하나가 서넛을 데리고 올 거야!"

보통 사람이라면 육모탕이 무슨 말을 하는지 못 알아들었을 것이다. 그러나 제자들은 달랐다. 곧 창백한 얼굴이 되어 재빨리 짐을 꾸리더니 육모탕보다 먼저 계단을 내려갔다. 객잔을 나서자마자 곽성린이 '아차!' 하고 고함을 질렀다. 육모탕이 뒤에서 쫓아오다 기겁하며 물었다.

"왜? 놈들이 벌써 왔느냐?"

“아뇨. 마구간에 가봐야 해요.”

육모탕은 다짜고짜 곽성린의 손목을 쥐었다.

“지금 이 와중에 시체를 치울 시간이 어디 있느냐? 도망이 우선이야!”

“엑! 시체가 마구간에 있어요?”

“어허라, 그리고 보니 넌 이 사부님께서 그놈들에게 펼치는 전설의 폭략백룡신공을 못 봤지? 대체 마구간에는 왜 간다는 거냐?”

“우리 일행이 있거든요.”

손목을 잡은 육모탕이 되려 끌려가는 꼴이 되었다. 한 치 앞도 제대로 볼 수 없는 마구간의 어둑한 골목에 들어서자 곽성린이 제일 먼저 코를 움켜쥐었다. 죽은 지 얼마 되지 않아 피비린내가 지독했다. 육모탕이 품을 뒤적이며 말했다.

“여기에 일행이 있다고?”

칙.

육모탕이 꺼낸 것은 화심통(花心桶)이었다. 이름 그대로 꽃이 피어나듯 노란 불꽃이 대의 끄트머리를 밝혔다. 세 사람의 주변이 밝아지며 육모탕의 발 아래 두 구의 시체가 엎어지고 자빠진 것이 보였다. 우화경은 자신이 바닥에 고인 핏물을 밟고 있었음을 알자 대경하여 뒤로 물러섰다.

“어디에 있다는 거야?”

“마구간에서 잔다고 했어요.”

“아!”

육모탕은 뒤늦게 가슴을 쓸었다. 사내를 곁으로 끌어들이기 위해 수작을 부릴 요량으로 언급했던 돼지와 아이. 일을 마치고 급히 도주할 마음을 먹었기 때문에 깜빡 잊었던 것이다. 만약 사내들을 죽이고서도 아이의 존재를 인식하고 있었다면, 육모탕의 살수가 그쪽을 향했으리라. 육모탕은 아이를 죽이지 않은 것을 다행으로 여기며 마구간을 살폈다. 손으로 코를 쥐고 잠자는 소년이 보였다. 육모탕이 막당을 가리키며 곽성린을 흘겼다.

“쟤냐?”

“네. 바보 같은 놈. 이렇게 피비린내가 철철 풍기는데 끝까지 거기서 자네.”

“어떻게 아는 놈이야? 아니지. 일단 데려가자.”

곽성린은 마구간 안으로 달려가 막당을 깨웠다. 선잠에 빠져 있던 중인 듯 막당이 곧 몸을 일으켜 육모탕의 화심통을 유심히 보았다. 육모탕은 아이의 행색이 시골 촌놈의 그것과 닮은 듯하여 짐짓 사투리로 말을 걸었다. 예상대로 막당은 육모탕의 말을 알아들었고, 무리없이 뒤를 따랐다.

성도 바깥 지역을 순시하는 자들에게 몇 푼을 쥐어준 뒤에야 네 명은 위험 지역을 벗어날 수 있었다. 한참을 달리고 달리다가 멈춰 선 지역은 달빛 어스름한 하늘을 등에 진 아미산의 그림자만으로도 감을 잡을 수 있었다. 굴곡이 심하고 잡초와 마른 나무들이 우거진 이곳은 낮에 막당들이 지나왔던 길이었다.

"다시 아미산으로 가시는 거예요?"

곽성린의 물음에 육모탕이 반문했다.

"보현신금은 어떻게 됐냐?"

"보현탄금이에요."

"그… 원래 귀한 보물일수록 많은 이름을 가지고 있는 법이야."

달을 등진 곽성린의 고개가 삐딱하게 기울어졌다.

"닥치고 솔직해 보세요, 사부님. 애초에 그런 건 없었죠? 아미파의 손을 빌어 언니와 저를 끝장내려던 수작이 아니었어요?"

육모탕은 손을 휘휘 젓다가 곽성린의 고개가 좀 더 삐딱해진 것을 보고 한숨을 쉬었다. 육모탕의 얼굴이 굳었다.

"네가 깨달음을 얻었으니 사부 된 도리로서 기쁘기 그지없구나. 알았으면 어서 내 품을 떠나 자수성가(自手成家)하거라."

"대체 왜 우리를 죽이려고 하신 거죠? 아니, 게다가 우릴 죽일 생각이셨으면 그냥 사부님의 실력으로 죽일 수도 있었잖아요. 왜 그렇게 불편한 방법으로 죽이려고 하셨어요?"

"예끼!"

곽성린이 대들자 육모탕이 두 눈에 쌍심지를 돋웠다. 육모탕은 당장이라도 뺨을 때릴 듯 우수를 치켜들었다가, 곽성린이 급히 얼굴을 가리자 가슴을 때렸다.

"꺅! 어딜 만지는 거예요!"

"아무렴 내가 눈에 넣어도 아프지 않을 만큼 예쁜 너희들을 직접 죽이겠느냐? 아까 그놈들이 왜 내 손에 죽었는데! 너희들을 팔라고 하더라. 흥! 너희들의 몸에 다른 놈팡이들 손이 닿는 꼴을 보느니 차라리 내 눈을 파버리겠다."

"그렇게 보는 눈이 있으신 사부님께서 왜 우릴 죽이려고 하셨냔 말예요!"

"아, 쓸모가 없으니까 그런 거지!"

"왜 쓸모가 없어요! 시키는 거 다 하잖아요! 헉! 손 치워요! 그래요, 밤일만 빼고. 아무튼 왜 쓸모가 없다는 거죠?"

육모탕은 별을 보았다. 귀뚜라미의 울음이 별을 흔들어 은가루를 뿌리듯 밤하늘을 장식했다. 저 아름다운 밤하늘과 곱디고운 별에 자신의 거친 한숨을 뱉을 생각을 하니 눈물이 앞을 가렸다. 육모탕은 눈가에 고인 탁한 이슬을 소매로 닦으며 끝내 한숨을 뱉었다. 다행히 한숨은 땅으로 떨어졌다.

"사부가 좀 묻자. 내가 뭘로 먹고사는지는 너희들이 더 잘 알 게다. 기껏 모은 돈은 젖먹이 계집 보살피느라 다 써버리고, 그 계집이 제법 물이 오르더니 언니 하나 만든다면서 사람을 데려오더라. 근데 이 언니라는 계집은 내가 누굴 속일 때마다 옆에서 꼬박꼬박 초를 쳐. 어디 그뿐이랴? 자고로 계집이라는 것은 한 달에 한 번 정기적으로 일을 벌이는 게 한 가지면 족한 법인데, 너희들은 하나가 더 있지? 잠시라도 눈을 돌리면 어쩌면 그렇게 인신매매단에게 잘 달라붙는지 이해가 안 된다. 그때마다 너희들을 빼내오느라 빚까지 졌다. 특히 너! 밥은 좀 잘 먹냐? 때를 거르면 가슴이라도 줄어드는 게냐? 사부가 굶어도 저는 처먹겠다고 우겨대는 제자는 너밖에 없을 거다. 아아, 그래! 털어놓은 김에 다 말하자. 야야야, 내가 그렇게까지 너희들에게 헌신적이었으면 하다못해 내 볼에 입이라도 맞춰주는 게 도리 아니냐? 입술이 썩디? 내 속옷이 썩어 문드러져도 너희들 옷에 구멍 하나 나게 만든 적 있냐? 잠자리도 그래. 돈이 없어서 객실 하나만 빌리는 건데 그게 그렇게 싫으냐? 내가 언제 너희들에게 덤비디? 아, 덤비긴 했었지. 이건 미안. 아니, 다 좋아, 다 좋다고. 하다못해 내가 귀암곡을 나올 때부터 들고 다니던 삼대곡병 중에서 두 개를 너희 때문에 팔아먹은 것도 상관없어. 좋아, 다 좋다고. 하지만 새 사모를 얻는 작업까지 꼬박꼬박 쫓아다니며 방해하는 것만큼은 못 참겠다. 너희가 수청 들기 싫으면 내가 따로 조달하는 것만큼은 방해하지 않는 게 도리 아니냐? 나, 벌써 오년 굶었다? 내가 내시로 보이디?"

"그 계집은 사기꾼이었다고요! 다른 놈팡이랑 사부를 등쳐먹을 계획을 잡는 거 엿들었다고 했잖아요!"

"학 부인이 사기꾼이면 난 뭐냐? 네 사부는 뭐냐고. 고결서

생(高潔書生)이라도 되는 줄 알았냐? 저희들이 날고 뛰어봤자, 천하의 오물선생을 상대로 사기 치는 게 가능하다고 생각했어? 네 사부가 그렇게 우습게 보이냐?"

"근데 왜 그때 깜짝 놀라서 도망치셨어요?"

"아, 시끄러! 아무튼 너희들이 계속 옆에 붙어 있으면 또 이런 짓을 할 테니 다 떠나거라! 기껏 아미산에 보냈더니 왜 다시 돌아오냔 말야!"

곽성린이 코웃음을 쳤다.

"아항, 그러니까 저희들이 거기서 죽음을 면해도 비구니가 될 거라 생각하신 거군요?"

"그래. 너희도 살고 나도 좋고, 얼마나 바람직한 결과냐?"

"이럴 거면 애초에 왜 저를 키우기 시작하셨어요? 그리고 언니는 왜 받아들이고요! 사실 언니를 받아들일 때도 전혀 망설이지 않으셨었잖아요!"

잠시 침묵이 흘렀다. 육모탕은 곽성린에게 몸을 돌리더니 하늘을 보며 뒷짐을 졌다. 그리고 귀뚜라미의 울음소리만큼이나 구슬프게 중얼거렸다.

"그때는 주지육림(酒池肉林)을 꿈꿨다. 다 덧없는 꿈이었지."

"이 색마사부 같으니!"

퍽!

곽성린은 가차없이 육모탕의 엉덩이를 걷어차며 씩씩거렸

다. 육모탕이 '그러니까 어서 가버려! 나도 너희들이 있을 때부터 되는 일이 없단 말이다!' 라고 외치며 풀잎을 뜯어 던졌지만, 곽성린은 돌아설 생각을 하지 않았다. 곽성린이 한참을 고민하더니 바람이 지나간 틈을 타서 입을 열었다.

"그러면 기암골로 가는 게 어떨까요?"

"뭐?"

육모탕의 얼굴이 창백해졌다. 반면 곽성린은 하늘에 가득한 별을 두 개 따서 눈에 박은 듯 동공을 반짝이며 육모탕의 주변을 걸었다. 뒷짐을 지고 여러 번 고개를 기울이는 꼴을 보면, 갑작스레 떠올린 생각을 꺼낸 것처럼 보였다. 하지만 내용이 제법 조밀했다.

"사부님이 귀암곡에서 도망친 건 약관을 갓 넘기셨을 때예요. 게다가 거기서도 그리 높은 직책에 있지는 않으셨고요. 그뿐 아니라 이제는 귀암곡의 무공을 사용하지도 않잖아요. 사부님이 새로 변화를 주어서 저희들에게 가르쳐 준 무공 말고는 귀암곡과 연관된 게 하나도 없어요. 지금 와서 귀암곡의 친구들을 다시 만난다 해도 그 사람들이 사부님을 알아볼 리 없죠. 사부님은 고생을 많이 하셔서 인피면구라도 쓴 것처럼 얼굴이 많이 변하셨으니까요. 행여나 아는 척을 한다 해도 아니라고 우기면 그냥 넘어갈걸요?"

"그건 이 사부도 인정하지만 그렇다고 기암골을 가? 과거를 떨치고 이제야 마음 편하게 사는 놈에게 다시 사지(死地)

로 돌아가게 만드는 게 제자가 사부에게 할 짓이냐?"

"하! 모르시는군요! 기암골이 있는 중경(重慶)은 이미 정도맹이 장악하고 있어요. 귀암곡은 비파산(琵琶山)의 절반을 뚝 잘라서 손가락만큼이나 가느다란 활로만을 트고 있을 뿐이죠. 신림객잔(宸臨客棧)에서 왕 객주가 한 말이니 틀림없는 정보예요. 그 말은 곧 기암골에 귀암곡의 사람들이 올 확률이 거의 없다는 거죠. 아시다시피 기암골 자체가 찾기 어려운 곳이잖아요. 가깝기는 해도."

"그 말도 일리가 있다. 그래도 말야, 이 사부는 네가 무슨 말을 하는지 모르겠다."

"저희는 거기에서 밭을 일구고 살게요. 사부님은 이삼 일 터울을 두고 출퇴근하세요."

"엥?"

곽성린이 평소답지 않게 찬연히 웃으며 육모탕의 팔을 붙들고 늘어졌다.

"좋잖아요! 이제 사부님도 나이가 드셔서 정착할 때가 되셨다고요. 그리고 우리가 거기에 있으면 사부님도 마음 편히 하고 싶은 거 다 하실 수 있을 테고요. 뭐… 그냥 우릴 버리고 도망가셔도 되겠고요."

"정말 그래도 되겠냐?"

육모탕이 회심의 미소를 지으며 눈을 흘겼다. 그 순간 곽성린이 우수를 들며 웃었다.

“물론이에요. 단, 이걸 맡긴다는 전제하에서요.”

“커헉!”

곽성린의 우수에 쥐어진 것은 육모탕의 넓적한 단검이었다. 육모탕이 대경하여 손을 뻗었다.

“당장 이리 내놓지 못해?”

“어머나. 저희를 버리는데 이깟 단검 하나 투자할 생각도 없으셨어요?”

“이 몹쓸 계집! 그게 내게 얼마나 소중한 건지 안다면 이 따위 장난은 꿈도 꾸지 못할 게다!”

“그러니까 우리가 보관할게요. 기암골에서 고이 모셔두면 절대로 잃어버리지 않을 거예요.”

“에잉, 몹쓸 것!”

육모탕은 끝내 단검을 빼앗지 못하자 혀를 차며 담뱃대를 물었다. 아까 사내들을 죽이고 나서 품에 넣을 때 허술했던 것이 첫 번째 실수고, 곽성린의 육봉이 팔꿈치에 닿는 느낌에 혹하여 방심했던 것이 두 번째 실수였다. 졸지에 목숨만큼이나 귀한 물건을 빼앗긴 육모탕은 애꿎은 담뱃대만 뻑뻑 빨았다. 뒤늦게 육모탕은 멀뚱하니 자신을 바라보고 있던 막당에게 시선을 돌렸다.

“이놈은 뭐 하는 놈이냐? 뺨은 또 왜 이래? 문신인 건가?”

“우리 때문에 다친 상처예요. 그건 나중에 얘기해요. 중요한 건 우리가 거기 가서 농사를 지으려면 밭을 일굴 사내가 필요하다는 점이에요."

"쿨럭!"

육모탕은 담배 연기에 사레가 들려 여러 번 가슴을 치더니 곧 곽성린에게 호통 쳤다.

"이번엔 사내를 키우라고?"

"아, 주지육림 계획엔 지장이 있겠네요. 그래도 뭐 어쩌겠어요."

여유 가득한 곽성린의 말에 육모탕은 속이 끓어올랐다. 막당을 흘겨보니 달빛에 비친 얼굴 어느 곳에도 잡심(雜心)이 보이지 않았다. 분명 곽성린은 어디서 헤매던 순진한 아이를 꼬드겨 데려온 것이 분명하다. 상처를 포함하고서라도 아이의 얼굴은 반반한 편이다. 어쩌면 곽성린이 아이에게 못된 마음을 품고 있을지도 모른다. 육모탕의 속이 더 끓어올랐다. 십여 년을 먹여 살리며 공을 들인 나보다 이놈이 거저먹을 가능성이 더 높단 말인가! 육모탕은 야멸치게 고개를 돌려 곽성린을 노려봤다. 곽성린이 어깨를 으쓱하자 더 수상해졌다. 이번에는 시선을 옮겨 우화경을 봤다.

"화경이, 너도 그런 생각이냐? 이놈 어떠냐?"

"싫어요."

우화경이 짤막하게 답하자, 육모탕은 가슴을 쓸며 안도했다. 그리고 곽성린을 향해 불평했다.

"화경이가 싫다니 나도 싫다. 밭은 너희들이 직접 갈고, 이

애는 돼지만 빼앗고 보내자.”

“아.”

우화경이 낮게 탄성을 지르더니 급히 말을 바꿨다.

“그런 거라면 저 애가 좋아요.”

“이, 요망한 것!”

육모탕은 또 한 번 울화통을 터뜨렸다가, 막당을 향해 성큼 성큼 걸었다. 그리고 막당의 양어깨를 붙잡고 험악하게 일그러진 얼굴을 들이밀었다.

“네 이놈! 바른대로 말해라! 너는……. 아니지. 험험, 네 이놈! 바른대로 말해라!”

“예. 하지만 무슨 말씀을 하셨는지 앞의 말씀은 못 알아들었습니다.”

“같은 소리다. 나도 솔직히 사천성 사투리에는 자신이 있는 편이지만 너처럼 고급 사투리를 구사하는 놈은 처음이라서 몇몇 말은 알아듣지 못한다. 그러니 우리 적극적으로 대화에 임하자.”

“예.”

“이름이 뭐냐?”

“막당이래요. 하고많은 이름 중에서 왜 당을 썼는지 모르겠어요. 단 걸 좋아하나?”

“중원말로 헷갈리게 하지 말고 입 좀 다물어라! 네 사부가 지금 혼신을 다해 대화 중인 걸 모르겠느냐? 자, 막당아. 너는 이 계집들을 왜 따라왔느냐?”

“누님들이 따라오라고 하셨습니다.”

“흑심을 품은 것은 아니냐?”

“흑심이 무엇입니까?”

“이 계집들이 예쁘고, 가슴도 크고, 엉덩이도 감칠맛이 나고, 살도 곱고, 벗기면…….”

퍽!

곽성린이 육모탕의 엉덩이를 걸어차며 앙칼지게 외쳤다.

“지금 막당에게 이상한 얘기를 하고 있었죠?”

펄쩍.

“어허, 아니다.”

“근데 왜 펄쩍 뛰세요? 외면하지 말고 절 보세요! 막당하고 얘기할 때 뭘 만지려는 것처럼 두 손 내밀고 허공을 주물럭거리셨잖아요. 그건 사부님이 망측한 생각을 하실 때만 취하는 행동이라고요!”

“어허! 아니라니까!”

급히 뒷짐을 지고 고개를 젓던 육모탕은 곽성린을 피할 요량으로 막당에게 고개를 돌렸다. 여전히 막당은 자신을 말똥말똥 쳐다보고 있을 뿐이다. 그 얼굴을 보면서 육모탕의 뇌리에 벼락이 쳤다. 수만 가지 사업 구상이 막당의 전신을 뱀처럼 휘감으며 승천했다. 머리가 빈 놈이다! 뭘 시켜도 쉽게 따를 놈이 아닌가! 게다가 몸도 좋으니 몇몇 잡기만 가르치면 싸움에도 보탬이 될 듯하구나. 육모탕은 순간적인 변덕에 휘말려 눈물까지 찔끔 흘릴 정도로 기분이 좋아졌다.

"음, 이놈을 자세히 살펴보니 밭갈이에 용할 듯싶다. 그래, 네 말대로 데려가자."

"어라, 의외로 순순히 허락하시네요."

곽성린이 놀란 얼굴로 육모탕을 응시했다. 곧 곽성린이 스스로 흠칫하더니 육모탕에게 바짝 다가가며 넓적한 단검의 끝을 세웠다.

"설마… 이쪽 취향으로 주지육림을 꿈꾸시는 건……."

"예끼, 이년아! 네 사부가 아무리 굶주렸어도 그렇게까지 타락하지는 않았다!"

"좋아요."

그제야 곽성린은 활짝 웃으며 단검을 품에 넣었다. 그리고 막당의 어깨를 두드리며 큰 선물이라도 받은 사람처럼 기뻐했다. 곽성린의 기뻐하는 모습을 보니, 막당도 괜히 좋아서 웃었다. 초구가 두 사람을 번갈아 보며 먹을 것을 보챘는데, 육모탕도 초구를 보며 먹을 것을 보챌 낌새를 보였다.

기암골로 향하는 이 개월 동안 육모탕은 막당에게 끊임없이 먹을 것을 보챘다. 하지만 초구는 무사히 기암골에 도착할 수 있었다.

기암골은 말 그대로 기암들이 주변에 가득 솟아 하늘조차 제대로 보기 어려운 곳에 있었다. 가는 길도 쉽지 않았다. 나무보다 바위가 많고 도처에 험한 굴곡이 있어서 몇 번이나 기어오르고 미끄러져야 했는데, 그럴 때마다 막당과 우화경이 상처를 입었다. 반나절을 꼬박 고생하니 폭포 소리가 네 명을 반겼고, 제일 먼저 곽성린이 환호성을 질렀다. 새소리를 떨치고 폭포가 지르는 고함을 찾아가니 시퍼렇게 날이 선 기암 두 개가 앞을 막았다. 골짜기를 내려오고 또 내려왔더니 이제는 작은 절벽을 오를 형편이 된 것이다. 육모탕은 준비했던 갈고리를 밧줄에 엮어 두 개의 기암 사이로 던졌다.

"꺅! 이게 뭐야!"

제일 먼저 밧줄을 타고 올라간 곽성린이 힘껏 비명을 질렀다. 급히 뒤따라 올라간 육모탕은 한숨을 쉬었다.

"저쪽을 봐."

우화경은 밧줄을 쥔 채 막당에게 동쪽의 절경을 가리켰다. 막당이 절경으로 고개를 돌리니, 우화경이 냉랭한 목소리로 위협했다.

"고개 돌리지 마. 내가 올라가는 걸 쳐다보면 죽을 줄 알아."

중원의 말투에 어느 정도 적응된 막당이기에 우화경이 무슨 말을 하는지 금세 알아챘다. 막당은 절경에 시선을 고정하고 침묵했다. 곧 우화경이 조심스레 등암(登嚴)했다. 우화경은 기암 사이의 끄트머리에 오르자마자 육모탕처럼 한숨을 쉬더니 막당을 내려다보았다.

"이제 올라와."

막당이 잠시 고민하더니 밧줄에 초구를 묶었다. 그리고 오랜 시간 침묵하자, 기다림을 견디지 못한 육모탕이 아래쪽으로 고개를 내밀었다.

"바보 같은 놈아! 돼지를 묶었으면 묶었다고 말이라도 해야 올려주지!"

"묶었습니다."

초구가 먼저 올라간 뒤에야 막당은 다시 내려온 밧줄을 잡고 위로 올라갔다. 막당의 앞에 펼쳐진 것은 널찍한 수풀이었다. 고개를 치켜드니 폭포가 쏟아지는 기암산은 당장이라도 무너질 듯 하늘을 반쯤 가리고 있었다. 골짜기의 정상에서는 무슨 수를 써도 이곳의 수풀을 볼 수 없을 것만 같다. 그나마 다행인 것은 동남쪽으로 열린 널찍한 하늘이 햇살을 고스란히 비추고 있다는 점이었다. 곽성린이 한숨을 쉬었다.

"집은 어디에 있을까요?"

"저 속에 있겠지."

"나무는 언제 자르죠?"

"이놈이 자르겠지."

오랫동안 비워놓은 기암골은 이미 밭도 집도 보이지 않는 수풀뿐이었다. 바위가 가득한 산에 그나마 흙이 고인 곳인지라 잡초와 열매가 스스로 굴러온 듯했다. 육모탕은 잡초들을 헤치며 집을 찾아보았다. 간신히 찾은 집은 당장 무너질 듯 기울어져 있었고, 기둥마다 이끼가 가득하여 도저히 사람이 살 수 있을 것 같지 않았다. 육모탕이 막당을 돌아보며 말했다.

"넌 집부터 지어야겠다. 일단 여기를 정리하자."

"예."

막당은 그때부터 쉴 새 없이 일했다. 아침에 올라왔건만, 별이 뜰 때까지 막당은 쉬지 않았다. 육모탕은 폭포 부근의 널찍한 바위에서 잠이 들었고, 곽성린과 우화경은 막당이 집 안의 방 하나를 청소하자 그곳을 침실로 삼았다. 폭포 소리와 막당이 작업하는 소리를 자장가 삼았을 때 우화경은 풀벌레의 침공에 비명을 질렀고, 육모탕은 잠꼬대를 하다가 폭포수에 빠졌다.

"우와아아!"

아침이 되자 제일 먼저 기지개를 켠 곽성린이 탄성을 질렀다. 막당은 육모탕이 준 낫과 도끼로 여전히 주변을 정리하는 중이었고, 그 앞의 나무 두 개 사이로 육모탕이 바위 아래 누워 덜덜 떠는 모습이 보였다. 이미 집 주변은 잡초 하나 없는 고동색 땅이 되어 있었다. 게다가 집에서 이 장쯤 떨어진 곳에 쌓인 나무들을 보니 집 한 채는 충분히 짓고도 남을 만했다.

"밤새 혼자서 이걸 다 한 거야?"

"쉬어도 되겠습니까?"

“쉬어! 쉬어! 어서 물로 가서 열심히 씻고 좀 자둬. 세상에!”

여행하던 이 개월간 늘 구박만 하던 곽성린이었으나 지금은 칭찬 일색이었다.

막당은 고작 두 시진만 잠을 자고서 다시 일어나 일을 시작했다. 곽성린은 바위가 둘러싼 커다란 샘처럼 적당한 강에 자리를 잡고 발로 물장구를 쳤고, 육모탕은 옷을 모두 말리자마자 잠을 덜 잤다며 막당이 나왔던 방으로 들어가 버렸다. 한동안 곽성린과 함께 물놀이를 하던 우화경은 흥미를 잃었는지 주변 지역을 탐색했다. 그리고 곽성린에게 돌아와 기암골에 대해 물었다.

“여긴 어떻게 알아?”

“언니를 만나기 전에 여기에서 잠깐 살았거든. 사부님이 귀암곡에서 도망쳤을 때 무턱대고 달리다가 여길 찾으셨나 봐. 먹을 걸 구할 겸 긴 여행을 계획했다가 날 만나고서 다시 여기 와서 몇 년 살았어. 사부님이 처음 오셨을 때는 누가 살다 갔는지 땅도 저 집 앞처럼 잡초 하나 없었고, 저쪽 막당이 있는 곳은 전부 다 밭이었대. 집도 이미 만들어져 있었고. 여기, 너무 아늑하고 좋지?”

“응. 하지만 이런 곳에 누가 살았을까? 찾아오기도 힘들었을 텐데.”

“사부님 같은 사람이었겠지 뭐. 내가 나중에 신기한 거 보여쭐게."

"신기한 거?"

"응. 하나는 여름에 잠을 자기 좋은 바위인데, 저기 막당 앞쪽으로 조금만 걸어가면 나와. 위쪽에 바위가 툭 튀어나와 있어서 불안하긴 하지만, 지붕 역할을 해서 비도 피할 수 있고 참 좋아. 게다가 정말 신기한 건 바닥의 바위가 칼로 깎은 것처럼 매끈하게 평평한 거 있지?"

"정말?"

"응. 방바닥도 그것보다 평평하지는 않을 거야. 아무튼 그 것도 있고, 또 하나는 내가 발견한 동굴! 사부님도 그 동굴은 모르셔."

"어딘데?"

"거기에 가려면 한참 걸어야 해. 그러니까 나중에 사부님 이 안 계실 때 가자. 거긴 우리 여자들만의 공간인 거야. 꺄 핫!"

우화경은 가벼운 미소로 답한 뒤 몸을 일으켰다. 아무래도 막당의 일하는 소리가 신경 쓰였다. 모두 다 풍월을 읊는 동 안 막당 혼자 일을 하고 있지 않은가. 막당은 막 나무 하나를 쓰러뜨리던 중이었다.

처처척!

나뭇잎과 가지들이 스치는 소리가 시원했다. 막당이 낫을 들더니 이번에는 땅을 팠다. 신기했다. 저렇게 나무의 뿌리까지 뽑으면서 어떻게 하룻밤 동안 서른 그루가 넘는 나무들을 해치울 수 있었을까. 우화경은 콧노래를 흥얼거리는 곽성린을 뒤로한 채 막당에게로 걸었다.

"거긴 내가 할게."

우화경은 쌀쌀맞은 어투로 한마디를 던지고는 막당에게서 낫을 빼앗았다. 그리고 반 장쯤 떨어진 곳의 나무를 가리켰다.

"넌 저걸 맡아."

"알겠습니다."

막당이 나무를 향해 달려가 도끼질했다.

퍽퍽.

시원한 소리와 함께 막당의 거친 숨소리가 흘렀다. 우화경은 땅을 파다 말고 물끄러미 막당의 등을 주시했다. 어깻죽지의 살이 훤히 비칠 만큼 땀에 젖은 옷이 안쓰러웠고, 자신이 입은 말끔한 흑의가 부끄러웠다. 우화경은 자신의 짐에 남은 옷감이 있었는지를 고민하여 다시 낫을 들었다. 얼마 후, 나무가 쓰러지고 뿌리가 뽑혔다.

해가 기암의 틈으로 사라지며 정오가 지났음을 알릴 때쯤에는 육모탕과 곽성린도 일에 가담했다. 막당의 노력에 힘입어 네 사람은 나흘 만에 예전보다 더 화려한 은신처를 만들었다.

"너무 좋아! 아참! 사부님은 언제 마을에 가실 거예요?"

곽성린이 훤히 트인 평지를 보며 즐거워하다가 육모탕을 돌아봤다. 육모탕이 어깻짓으로 반문하자, 곧바로 '방울들을 구해달라'는 주문이 들어왔다. 막당이 나무를 다시 심어서 두 겹으로 막은 곳에 방울을 달겠다는 소리였다. 그 너머에는 폭포수가 있었다. 목욕하는 선녀를 훔쳐보지 못할 요량으로 만든 벽이니 방울을 다는 것이 정당한 수순이었을 것이다. 육모탕은 잠시 고민하더니 일 년 후에 갈 생각이라고 말했다가 혼쭐났다.

한 달이 지나고 육모탕이 이틀 거리에 있는 대도시 중경을 세 번 갔다 왔을 때, 은신처는 뭐 하나 부족한 것이 없는 낙원이 되었다. 막당은 열심히 일군 밭에 육모탕이 가져온 채소의 씨앗을 뿌렸고, 집은 새로 가꾸어 예전보다 커지고 방도 하나 늘었다. 초구도 이제는 덩치가 제법 커지고 힘도 세져서 소를 대신해 밭을 가는 돼지가 되었다. 은신처에 온 이후로 세 번째 보름달이 뜨던 날, 곽성린은 아침나절에 만들었던 커다란 붓으로 현판의 이름을 지었다. '오물동(汚物洞)'으로 하자는 육모탕의 애원에도 불구하고, 곽성린은 끝내 '낙화동(落花洞)'이라고 썼다. 시원하게 떨어지는 폭포수를 자신에 비견하는 다소 자기 중심적인 이름이었다. 막당이 그 힘든 글자를 조심조심 깎아 새겨서 이틀 만에 현판을 완성했다. 현판이 집에 걸렸을 때, 육모탕은 흐뭇한 미소를 지으며 막당에게 말했다.

"막당은 날 따라오거라."

육모탕이 막당을 데려간 곳은 낙화동의 바깥 길이었다. 낙화동은 동남쪽과 북서쪽으로 두 개의 길이 있었는데, 동남쪽은 중경으로 향하는 출구였고, 북서쪽은 첩첩산중으로 가게 되는 막힌 길이었다. 육모탕이 향하는 곳은 북서쪽이었다. 사람의 왕래는 없었으나 곳곳에 드러난 바위들이 묘하게 이어져서 하얗게 갈고닦은 길처럼 보였다. 일 다경쯤 걸었을 때 육모탕은 걸음을 멈추고 말했다.

"이곳에 있는 잡초와 나무들을 뽑아라."

육모탕이 가리킨 곳은 또 하나의 평지였다. 낙화동의 사분지 일도 채 못 되는 넓이였으나 밭을 일구기엔 적당할 정도다. 그러나 육모탕은 막당의 생각을 초장부터 뒤엎었다.

"잡초와 나무들을 모두 뽑으면 바닥의 흙을 짓밟아서 평탄하게 해라. 이곳은 앞으로 네 연무장(鍊武場)이 될 것이다."

"예."

연장을 갖고 오기 위해 몸을 돌려 걷던 막당이 육모탕의 발에 걸려 고꾸라졌다. 육모탕은 몸을 일으키는 막당에게 짐짓 근엄한 얼굴로 말했다.

"너는 앞으로 이곳에서 무공을 연마하게 될 것이다."

"예."

막당이 고개를 끄덕인 뒤 앞섶에 묻은 흙을 털고 돌아가려

했다. 이번에도 육모탕의 발이 막당을 넘어뜨렸다. 육모탕은 씰룩거리는 입가를 가까스로 진정하며 말했다.

"네가 앞으로 이곳에서 나에게 무공을 배울 것이라는 얘기다."

"예."

막당이 담담하게 대답하고는 몸을 돌리다가 급히 멈췄다. 역시 육모탕이 발이 자신의 무릎께에서 부들부들 떨고 있었다. 막당은 불안한 표정으로 육모탕의 눈치를 살폈다. 한참 그렇게 침묵을 하다가 육모탕이 먼저 괴이한 표정으로 웃었다.

"음, 지금부터 배울 테니 준비하거라."

"예."

퍽!

막당이 대답하는 순간, 육모탕의 우권이 안면을 갈겼다. 미처 정신을 수습하기도 전에 이번에는 좌권이 배를 질렀다. 허리를 숙이는 순간 팔꿈치가 등을 쳤다. 아예 고꾸라진 막당의 등을 육모탕이 끊임없이 짓밟았다.

퍽퍽퍽퍽퍽!

"이 눈치없는 놈아! 이쯤 말했으면 내가 사부가 된다는 것쯤은 눈치를 채야 정상 아니냐! 사부의 예도 갖추지 않고 무공을 날로 먹을 생각이었냐? 썩을 놈! 죽어도 싼 놈! 당장 절하고 사부님이라 부르지 못할까!"

"예예예! 죄송합니다! 죄송합니다! 때리지 말아주십시오!"

막당은 쌍코피를 흘리며 절을 시작했다. 육모탕이 말릴 때까지 절을 하고서야 막당은 연장을 가지러 돌아갈 수 있었다.

막당의 뒷모습을 보며 육모탕은 한숨을 뱉었다. 아무래도 세 번째 제자 역시 허탕일 듯싶었다. 저렇게 멍청한 놈이 과연 무공을 제대로 익힐 수 있을까? 육모탕은 하늘을 보며 한탄했다. 내가 전생에 무슨 죄가 있어서 들이는 애새끼들마다 모두 도움이 안 되는 것들뿐이냐. 낙화동을 청소할 때 보여줬던 모습에 잠시나마 기대감을 가졌던 육모탕은 지금 보여준 막당의 행동으로 좌절감을 얻었다. 막당의 끈기에 감복하여 고된 수련 계획을 잡았는데 모두 다 날아갈 판이다. 육모탕은 막당에게 행하려던 수업 방식을 바꾸기로 마음속의 결정을 내렸다.

"다 했습니다."

"……."

작심 이 일이었다. 육모탕의 마음은 다시 원상태로 돌아갔다. 이틀 만에 연무장을 다스린 막당의 솜씨야말로 입이 쩍 벌어질 정도였다. 무슨 수로 만리장성과 자금성을 축조할 수 있었을까 싶었는데, 이렇게 선택받은 종족이 있기는 있구나. 육모탕은 세련된 멋과 품위까지 갖춘 뜻밖의 연무장을 보며 흐뭇하게 웃었다.

육모탕은 곧장 막당을 돌려보내어 잠을 자게 한 뒤, 이틀 전에 버렸던 수련 계획표를 다시 주워 들었다. 사실 주워 들 필요도 없었다. 계획표의 내용은 육모탕이 몇십 년간 머리 속에 담아둔 것과 일치했기 때문이다. 육모탕은 사도맹에서도 손꼽히는 전투 집단이었던 귀암곡의 제자였고, 열 명 중에 일곱 명이 꼬박꼬박 죽어나가는 훈련이 싫어 도망친 자였다. 그 때문에 귀암곡의 훈련 내용은 지겹도록 잘 알고 있었다. 막당의 끈기라면 분명 삼 단계까지는 버틸 것이리라. 그 정도만 되어도 막당의 실력은 자신을 도와 패거리를 물리칠 만했다. 육모탕은 미래를 상상하며 즐겁게 미소 지었다.

"일어나라!"

다음날 새벽에 육모탕은 길게 하품을 하면서 막당의 엉덩이를 걷어찼다. 아직 하늘에는 별이 총총했고, 달조차 제대로 기울지 않아 한밤중처럼 느껴졌다. 막당이 졸린 눈을 비비며 상체를 세우자, 육모탕이 짐짓 싸늘한 표정을 보이고는 뒷짐을 진 채 방을 나갔다. 그리고 다시 방으로 뛰어들어 왔다. 슬그머니 누웠던 막당은 사부에게 머리를 밟히고 용서를 빌었다.

"첫 수업이다."

육모탕은 연무장에서 막당 몰래 하품을 한 뒤 근엄한 얼굴로 말했다. 막당이 긴장하며 몸을 곧추세우자, 육모탕의 얼굴에 미소가 번졌다.

"발끝을 세워라."

육모탕의 명령에 따라 막당이 키를 높였다. 육모탕은 연무장의 가장자리를 향해 뛰기 시작했다.

"그렇게 발끝을 세운 채로 날 따라와라."

막당은 육모탕의 뒤를 따라 달리기 시작했다. 제법 힘을 써서 달렸으나 거리를 좁히기가 어려웠다. 육모탕이 게으름을 피운다며 호통 치자, 막당은 혼신을 다해 달음질을 했다. 발끝으로 달음질을 하니 조금만 실수를 해도 앞으로 고꾸라질 것 같았다. 고꾸라짐을 막기 위해 발을 뻗으니 속도가 속도를 낳아 주체하지 못할 지경에 이르렀다. 위태위태하게 달리면서도 박차를 가하며 속도를 높이자, 육모탕과의 거리가 좁혀지기 시작했다.

육모탕이 근엄한 얼굴을 뒤로 돌려 막당을 향해 '어허!' 라고 호통을 치려다가 눈을 동그랗게 치켜떴다. 그리고 사지를 휘저으며 필사적으로 달렸다. 연무장을 세 바퀴 돌았을 때, 육모탕은 재빨리 가장자리를 벗어나며 뒷짐을 졌다.

"느려터진 것! 네놈을 생각해서 천천히 달렸건만 그조차 쫓아오지 못한단 말이냐! 안 되겠다. 너는 계속 달리거라. 이 사부가 돌아오기 전까지 속도를 줄이지도 말고 계속 달려야 한다. 조금이라도 게으름을 피우면 너를 당장 낙화동에서 쫓아내고 초구를 잡아먹을 테다."

"알겠습니다. 게으름을 피우지 않겠습니다."

막당은 소스라치게 놀라며 열심히 달렸다. 육모탕이 고개를 몇 번 주억거리며 미소를 짓더니 연무장을 등졌다. 낙화동으로 향하는 동안 뒷짐을 지고 느릿하게 걷던 육모탕은 연무장의 시야 거리를 벗어나자마자 잡초 위에 주저앉았다. 그리고 곧 대자로 누우며 거친 숨을 토했다.

"아아, 부러운 개자식! 젊음이 좋긴 좋구나. 헉헉헉, 대충 배우기는 했지만 그래도 명색이 귀암곡의 무성신법(無聲身法)을 따라 보(步)를 취했는데 그걸 따라잡냐. 미친놈! 헉헉헉, 아이고, 숨차라."

툭툭툭.

막당의 달음질 소리가 새벽 숲을 깨웠다. 새가 뒤따라 울고 바람이 새의 날개를 쫓아 '휭' 하니 불었다. 물방울이 바위 구멍에 고인 이슬 샘으로 떨어지듯 수많은 투명한 소음들이 낙화동을 적셨다. 동녘에 누군가 불을 질렀다. 희미해지던 별이 소스라치게 놀라 허공의 장막으로 몸을 가리기 시작했고, 겹겹의 공막(空膜)을 입은 햇살이 하늘로 빠졌다.


"어머나, 언니는 벌써 일어났었네."

곽성린이 혼잣말을 하며 방을 나섰다. 폭포수로 걸어가면서 가느다란 나뭇가지 무리를 헤치자, 방울들이 흔들려 소리를 질렀다. 그러자 나무 너머의 폭포수에 있던 우화경이 '누구야!' 라며 앙칼지게 고함쳤다. 곽성린은 파렴치한이라고 대답하곤 웃음을 터뜨렸다. 그리고 폭포수에 도달하자마자 코웃음을 쳤다.

"난 또 옷이라도 홀딱 벗고 목욕하는 줄 알았네. 치마를 허벅지까지 걷어 올린 정도로 그런 반응을 보이는 건 너무한 거 아냐? 다 벗었을 때 방울 소리 들리면 자결부터 하겠네."

"애는……."

우화경은 목 언저리를 마저 닦고서 폭포수 바깥으로 걸어 나왔다. 그리고 살에 흐르는 물방울을 천으로 닦으며 중얼거렸다.

"사부님이 아침 일찍 일어나셨던 것 같던데……."

"나오면서 사부님 코 고는 소리를 들었어. 언니가 잘못 들었겠지. 세상이 아무리 뒤집혀도 그런 신묘한 일이 벌어질 리가 없잖아."

"아냐. 새벽에 당아를 깨우는 소리를 들었어."

"정말?"

곽성린은 얼굴을 씻다 말고 눈살을 찌푸렸다. 갑자기 쌍수의 속도가 빨라지더니 단숨에 세수를 마친다. 곽성린은 피부의 물기조차 제대로 지우지 않고 급히 집으로 달려갔다. 거침없이 막당의 방문을 열어젖힌 곽성린의 입에서 고함이 터졌다.

"앗! 정말 없다!"

뒤늦게 따라온 우화경이 허탈하게 웃으며 불평했다.

"사매는 조심할 필요가 있겠어. 아무리 당아라지만 그렇게 남자 방의 문을 벌컥벌컥 열어젖히는 건 문제가 있지 않니?"

"알았어, 알았어. 사부님! 사부님! 당아를 어떻게 한 거예요?"

이번에는 육모탕의 방문을 활짝 열었다. 곧 곽성린이 비명을 '꽥!' 하고 질렀다. 육모탕이 속옷 차림으로 대(大)자로 누워 잠을 자고 있었기 때문이다. 곽성린은 급히 문을 닫고 몸을 돌렸다. 등진 문 쪽에서 육모탕의 졸음에 겨운 목소리가 들렸다.

"왜 아침부터 호들갑이야?"

곽성린은 얼굴이 빨개져서 아무 대답도 하지 못했다. 곽성린의 정면에서 우화경이 미소를 지으며 '그러게 항상 조심해야 못 볼 꼴을 안 보고 살 수 있는 거야' 라고 말했다. 그 말이 끝나는 순간, 육모탕의 방 안에서 비명 소리가 들렸다.

"으아악! 내가 얼마나 잠을 잔 거야?"

덜컥!

"악!"

"꺄아아악!"

급작스레 문을 밀치는 바람에, 등을 지고 있던 곽성린이 앞으로 고꾸라졌다. 뒤이어 문을 박차고 나온 속옷 차림의 육모탕을 보고 우화경이 처절하게 비명을 질렀다. 육모탕은 방으로 다시 들어가 옷을 입은 뒤 서둘러 연무장으로 달렸다.

"이런 젠장, 첫날부터 이 꼴이면 곤란한데."

곽성린은 육모탕이 사라지는 모습을 물끄러미 바라보다가 고개를 돌렸다. 곁의 사저가 굽힌 무릎에 얼굴을 묻고 떨고 있었다. 곽성린은 키득거렸다.

"뭐… 조심해도 볼 건 보네."

"시끄러! 아이 참, 난 몰라."

우화경은 아직도 물기가 촉촉하게 남아 있는 머리칼을 흩뜨리며 성질을 부렸다.

그동안 육모탕은 열심히 연무장을 향해 달리는 중이었다. 해가 온전히 모습을 드러냈으니 막당은 분명 지쳐서 뻗어 있거나 느긋하게 쉬고 있으리라. 이미 다음 과제를 지시할 시간은 한참이나 지나서 세 번째 과제까지 건너뛰어야 할 형편이었다. 일곱 개의 과제를 던져 주고 삼 일간 같이 고생한 뒤에 사 일째부터는 자습으로 일관하려던 계획이 암담해진다. 처음에 게으름을 피울 기회를 주고 말았으니, 적어도 칠 일은 같이 고생을 해야 정신을 바로잡을 것이다. 칠 일 동안 새벽에 일어나서 생활할 걸 떠올리자 육모탕의 모골이 송연해졌다. 육모탕은 가슴이 메여서 더 이상 뛸 수 없자, 잠시 멈추고 두 무릎을 붙잡은 채 숨을 몰아쉬었다.

"제기랄, 헉헉헉, 제에기랄! 난 평생 사부가 될 팔자는 아닌가 보다."

육모탕은 스스로를 질책하며 한숨을 뱉었다. 그리고 연무장을 향해 비척비척 걷기 시작했다.

"음……."

연무장을 향하는 동안… 아니, 애초에 낙화동을 벗어났을 때부터 육모탕의 신경을 거슬리게 만드는 소리가 있었다. 방아깨비들이 난리법석을 치는 것 같은 소리. 처음에는 희미하게 들려서 그다지 신경 쓰지 않았으나, 연무장에 가깝게 다가갈수록 그 소리는 점점 커졌다. 육모탕은 눈살을 찌푸리며 '설마' 하는 마음으로 마른침을 삼켰다. 연무장에 도달하기 직전, 육모탕은 소리에 대한 확신을 가졌다. 그 때문에 경악하여 달음질을 할 수밖에 없었다.

"어허."

육모탕의 예상대로 막당이 달리는 소리였다. 막당은 눈을 까뒤집고 달리고 있었다. 처음만큼 빠르지는 않았으나 새벽부터 지금까지 달릴 만한 속도라고는 볼 수 없었다. 육모탕은 생각했다. 이놈은 한참을 쉬고 있다가 내가 잠이 깨는 순간부터 다시 달렸을 것이다. 그래, 생각해 보니 이놈은 늘 일찍 일어나서 내가 잠을 깨는 시간을 잘 알고 있지. 내심 안도한 육모탕은 막당을 향해 호통 쳤다.

"그만 해라! 내가 뭐라고 했느냐. 중간에 게으름을 피우면 쫓아낸다고 했지?"

막당이 게거품을 턱에 흘리며 뭐라고 대답했지만 들리지

않았다. 그 모습이 어째 연기하는 것 같지가 않았고, 장본인
이 하필 막당이어서 육모탕의 가슴이 내려앉았다. 육모탕은
몇 번 헛기침을 하다가 부드럽게 어조를 바꿨다.

"일단 그만 뛰고……."

털썩!

"누가 앉으라고 했느냐! 당장 다시 일어나지 못할까!"

막당이 이를 악물며 일어났다. 육모탕은 스스로의 두 팔을
넓게 펼치며 막당에게 동작을 따라 하라고 명령했다. 막당이
육모탕을 따라 크게 심호흡을 했다. 그 동작을 여러 번 시킨
뒤에 육모탕은 비로소 휴식 시간을 주었다. 막당이 바닥에 쓰
러지듯 앉았다가 곧 대자로 뻗어버렸다. 육모탕이 희미하게
웃으며 막당의 곁에 앉았다.

"삭신이 다 쑤시지?"

"예."

"처음엔 다 아프고 그런 거야."

웃음과 함께 던진 육모탕의 부드러운 목소리는 갑자기 터
져 나온 곽성린의 외침에 묻혔다.

"무, 무슨 소리예요? 사부님, 지금 당아에게 무슨 짓을 했
어요!"

육모탕이 멍한 얼굴로 곽성린을 바라보며 생각에 잠겼다.
뒤늦게 곽성린이 한 말의 의미를 알게 된 육모탕이 빨개진 얼
굴로 어쩔 줄을 몰라 하더니 스스로를 진정시키듯 가슴을 부

여잡고 여러 번 심호흡을 했다. 그리고 곽성린을 향해 반쯤 고개를 기울이며 건달 같은 표정을 지었다.

"내가 널… 그렇게 키운 기억은 없는데……. 너 애가 좀 까졌다?"

"아, 시끄러워요! 그런 거 아니면 됐어요. 대체 당아를 여기까지 데려와서 뭘 하고 있었던 거예요? 여긴… 어머?"

곽성린은 뒤늦게 연무장의 수려함을 보고 입을 쩍 벌렸다. 스스로도 이곳에서 일 년간 무공을 배운 적이 있었기 때문에 이곳이 어떠한 용도로 사용되는지를 잘 아는 곽성린이었다. 곧 여제자의 표독스러운 시선이 사부의 눈망울을 강타했다.

"설마, 사부님은 언니와 저를 빼고 당아한테만 무공을 가르쳐 주실 셈인 거예요?"

"너희들이 감당할 수련이 아니다."

육모탕은 익살맞게 미소를 지으며 고개를 저었다. 곽성린이 약이 올라 사부를 꼬집으려 했지만, 육모탕은 몸을 뒹굴어 피했다. 그사이에 막당이 상체를 일으키며 입과 턱에 가득한 거품을 닦았다.

"이제 밥을 먹어도 되겠습니까?"

"아, 먹어야지. 그런데 낙화동까지 갈 수는 있겠냐?"

"갈 수 없을 것 같습니다."

"그래도 가라."

"예."

막당이 비척비척 걸으며 연무장을 벗어났다.

식사를 마친 뒤부터 육모탕은 마당 가운데 세워놓은 나뭇가지의 그림자로 시간을 재었다. 그러다 벼락처럼 고함을 지르더니 막당을 연무장으로 데려간다. 육모탕은 둘, 셋, 네 번째 과제를 건너뛰고 다섯 번째 과제로 들어갔다. 이번에도 발끝을 세워 연무장의 가장자리를 도는 수련이었는데, 새벽과 다른 점은 상체를 굽혀야 한다는 제약이었다. 한 바퀴를 돌 때마다 굽히는 방향이 각각 달랐고, 모두 여덟 방향이 지정되어 있었다. 그렇게 여덟 바퀴를 돌면 심호흡할 시간을 주고, 다시 여덟 바퀴를 돌게 했다. 여덟에 여덟으로 총 예순네 바퀴를 돌고서야 다섯 번째 과제가 끝났다. 육모탕은 막당의 무릎을 꿇리고 호통 쳤다.

"아직 과제가 잔뜩 남았는데 이렇게 늦게 끝내서야 되겠느냐! 대체 커서 뭐가 되려고 이러느냐! 아직도 해가 중천에 떴… 아니, 해가 중천을 버, 벌써 지났으니 오늘 중으로 끝낼 수 있을까 걱정이구나."

"죄송합니다, 사부님. 죄송합니다."

"이제는 권을 연마할 시간이다. 연마를 위해서는 도구가 필요한데 어째 안 보인다? 그러니 연장을 가져오거라."

막당은 나무를 베고 껍질을 벗겨 넝쿨을 만들기 시작했다. 튼튼하고 곧은 통나무 여덟 개를 만들어서 넝쿨로 여러 번 감으니 제법 흡수력있는 타격대가 되었다. 그 다음에 뭘 해야 할지 몰라서 낙화동에 갔다. 하지만 막당이 낙화동에 도착했을 때 육모탕의 코 고는 소리가 반겼다.

결국 막당의 첫 무공 수업은 달리기만으로 끝난 셈이었다. 그것만으로도 충분히 녹초가 되었는지, 막당은 씻을 생각조차 하지 못하고 방에 들어가 혼절했다. 새벽에 또다시 깨어나 같은 수련을 하는 꿈을 꾸었는데, 막당에게는 이를 데 없는 악몽 그 자체였다.

짹짹짹!

새벽이 지나고 아침이 되었다. 막당은 잠에서 깨어 폭포수 근처로 다가가 헛기침을 했다. 아무 인기척이 없자 망설이지 않고 몸을 씻었다. 어제 전신을 뒤덮었던 땀이 여전히 남아서 끈적거렸다. 그 덕에 폭포수의 차가움이 몇 배 더 상쾌했다. 몸을 모두 씻은 뒤 수풀을 헤치자, 우화경이 보였다. 우화경은 좁은 마루턱에 걸터앉아 막당을 물끄러미 바라보고 있었다. 막당이 고개를 숙이며 인사했다. 우화경의 얼굴이 다소 굳더니 가볍게 손짓을 한다. 막당이 눈치를 보며 조심스레 다가가자 우화경은 곁에 있던 것을 내밀었다.

"입어."

"예."

막당은 우화경이 내민 옷을 받아 들었다. 잡초처럼 맑은 색의 녹의였다. 아무런 문양도 없었지만, 막당은 고함을 지르고 싶을 만큼 기뻤다.

우화경은 옷을 건네주자마자 야멸치게 몸을 휘돌리며 방으로 들어갔다. 곧 막당도 방으로 들어가서 옷을 갈아입었는데, 기가 막힐 정도로 몸에 맞았다.

햇살이 눈부실 때쯤 육모탕이 잠에서 깨어나 혼비백산했고, 곽성린은 막당의 옷을 보는 순간부터 우화경에게 으르렁댔다. 우화경이 아무 뜻도 없다고 열심히 설득했지만, 곽성린의 화는 좀처럼 풀어지지 않았다. 결정적으로 곽성린이 던졌던 '당아의 체형은 언제 그렇게 잘 알게 됐어?' 라는 질문에, 우화경의 얼굴이 붉어지면서 사태가 심각해졌다.

이후 일주일이 지나도록 우화경은 막당의 근처에 얼씬도 하지 않았다. 반면 모종의 위협을 느낀 곽성린이 더 더욱 막당을 친절하게 대했다. 육모탕은 일주일 동안 들쭉날쭉한 수업 시간표를 감당하느라 녹초가 되었고, 결국 막당에게 최후통첩을 내렸다. 자습과 복습이었다.

탁탁탁탁탁.

막당은 새벽 일찍 일어나 달리기 시작했다. 정오에 나무 그늘을 등지고 앉아 새소리를 듣는 것만큼이나 기분이 좋았다. 몇 달이 지난 지금껏 사부가 제시한 과제는 첫날보다 괴로운 경우가 없었다. 한계를 넘지 않을 정도로 달리다 보면 곧 다음 단계에 들어가야 할 시간이 되고, 팔괘를 짚어 발을 뻗다 보면 그 다음 단계의 시간이 왔다. 세 번째는 참선 단계였는데, 이것이 막당에게는 고역이었다. 가만히 앉아서 뭘 생각해야 할지 모르기 때문에 막당은 늘 안절부절못했다.

그때쯤 되면 번뇌가 연무장을 찾아왔다. 육모탕을 협박하여 시간표를 얻어낸 곽성린이 뒤늦게 찾아오는 시간인 것이다.

곽성린은 막당의 옆에 자리를 잡고서 참선하는 체하며 말을 걸었다. 사부는 참선 도중에 아무 말도 하지 말라는 엄명을 내렸고, 곽성린은 끊임없이 대답이 필요한 말을 꺼냈다. 참선이 끝날 때까지 한마디도 답하지 않으면 날벼락이 떨어진다. 밥을 먹을 시간이 되었는 데도 곽성린의 꾸지람을 듣느라 연무장을 벗어나지 못할 때가 많았다.

밥을 먹고 나면 네 번째 수업이었다. 폭포수에서 행하는 수업이었는데, 참선 이상으로 고된 과제였다. 살을 에는 듯한 차가운 폭포수에 몸을 담그고 반 시진을 버틸 수 있었던 것은 사부가 가르친 동작을 끊임없이 반복했기에 가능했을지도 모른다. 막당은 의미를 알 수 없는 동작을 쉴 새 없이 반복했고, 가끔 곽성린이 바위에 걸터앉아 말을 걸었다.

"그래서 네가 이렇게 정리를 잘하는구나."

곽성린이 두 무릎을 끌어안은 채 웃었다. 곁에 놓인 신발만큼이나 가지런히 놓인 하얀 발이 초구의 두툼한 발목만큼이나 귀여웠다. 막당은 쌍수로 원을 그려 집결세(集結勢)를 취한 뒤 가볍게 대꾸했다.

"예, 돌마을에서 하는 일이라고는 밭의 돌을 치우는 것과 나무를 잘라 밭을 넓히는 것이었습니다.”

“흐음. 그 찢어 죽일 누나 년은 일을 한 번이라도 했니?”

“예.”

“어라? 정말?”

“예, 한 번 했습니다.”

“한 번. 음, 그래. 한 번은 했구나. 어째 더 화가 난다. 누나는 귀족 놀음으로 한 번 일하시고, 동생은 날마다 얻어맞으면서 죽도록 일을 했다는 거지?”

“아닙니다, 아닙니다. 제가 좋아서 일을 했고, 누님도 좋아서 매를 드셨습니다.”

“넌 좋아서 맞았고?”

“아닙니다, 아닙니다.”

곽성린은 ‘꺄르륵!’ 웃으며 발등으로 물장구를 쳤다. 막당의 뺨을 때린 물방울은 곧 녹의로 흘러내려 큰 물에 잠겼다. 곽성린이 잠시 침묵하며 막당의 철장세(鐵掌勢)를 구경하다가 갑자기 손가락을 꼽기 시작했다.

“그러고 보니 널 만난 지 벌써 반년이 됐다.”

“예, 이제 구 년 반이 남았습니다.”

“흥! 아직도 넌 집에 돌아갈 생각만 하는구나.”

“법사님께서 십 년을 채우면 돌마을로 가라고 하셨습니다.”

첨벙.

곽성린이 거칠게 발을 뻗어 물장구를 보냈다. 그 동작이 너무 과하여 물덩이가 막당의 머리 위를 지나쳤다.

"거기에 돌아가 봤자 널 때리는 누나랑 그 패거리들밖에 더 있겠어? 거기에 가서 얻어맞는 게 그렇게 좋으니?"

"여기서도 맞……."

"시끄러! 이 누님이 때리면 얼마나 때린다고. 이씨, 한 번만 더 그런 소리를 해봐라."

"조심하겠습니다."

"아무튼…… 웅, 막당아."

"예, 말씀하십시오."

"안 가면 안 돼?"

폭포수 안에서는 언제나 입으로만 곽성린을 대하던 막당이었다. 막당은 수련을 시작한 이래 처음으로 폭포수 안에서 곽성린을 향해 고개를 돌렸다.

"왜 그런 말씀을 하시는지 모르겠습니다."

"네 뺨."

곽성린이 쓸쓸하게 말했다.

"나 때문에 생긴 네 뺨의 용이 사라질 때까지 나랑 있으면 안 될까?"

7장

괴물 제자

괴물 제자

하얀 발과 달리 송진에 섞인 수액 같은 색을 가진 햇살 그을린 얼굴. 그 속에 유달리 큰 눈동자가 아쉬움을 내비치고 있었다. 이제는 목을 덮을 정도로 길게 자란 머리카락에 물장구의 파편이 남아서 오전의 빛을 반사했다. 막당은 다시 수련에 몰두했다. 곽성린이 아무 말도 없이 시선으로 위협하는 것을 느끼자, 온전하게 집결세를 취하기 어려웠다. 막당이 답했다.

"예."

"정말?"

맑은 눈이 동그래졌다. 막당이 다시 한 번 '예'라고 답했다. 곽성린은 기분이 좋은 듯 발로 몇 번 물을 튀기더니 집으로 돌아갔다. 잔뜩 신이 난 모양새다.

그날 하루 곽성린의 행동은 육모탕까지 겁에 질려 오한을 일으킬 정도로 기이했다. 입에서 웃음이 떠나지를 않았고, 때로는 콧소리를 내며 애교까지 부렸다. 참다못한 육모탕이 두 손을 모아 빌면서 '다시는 훔쳐보는 일이 없을 것이다. 내 지금 당장 그곳에 방울을 다시 달겠다' 라고 말했는데, 화를 낸 것은 우화경뿐이었다. 정작 곽성린은 괘념치 않았다.

다음날 아침밥을 먹을 때까지 곽성린의 기이한 행동은 그치지 않았다. 곽성린의 얼굴에 미소가 사라진 것은 아침밥을 모두 먹고 나서 육모탕이 삼 일 만에 출근을 하던 순간이었다.

"당아는 그간 고생이 많았다. 내가 돌아오는 일주일 뒤부터는 다음 단계의 수련이 시작될 터이니 좀 더 힘이 들 것이다. 꾸준하게 수련한 네가 갸륵하여 선물이라도 하나 사줄까 하는데, 뭐 필요한 건 없느냐?"

막당이 고민하다가 답했다.

"뺨의 상처를 지우는 약이 있으면 갖고 싶습니다."

"퉤!"

미소를 잃은 곽성린은 막당의 발 앞에 침을 뱉고 방으로 들어가 버렸다. 육모탕이 '알았다. 구해보마' 라고 대답하는 순간, 방에서 목침이 날아왔다. 육모탕이 땅에 떨어진 목침을 물끄러미 바라보다가 긴장한 얼굴로 막당에게 속삭였다.

"린아와 무슨 일이 있었느냐?"

"둘째 누님이 제게 목침을 던지셨습니다."

"음."

육모탕은 잠시 고민하다가 짐짓 큰 소리로 말했다.

"뺨의 상처를 지우는 약이란 말이지?"

쾅!

문을 세차게 닫는 소리가 들렸다. 육모탕이 다시 막당에게 속삭였다.

"약은 포기해라. 아무래도 린아가 네 뺨의 용문에게 연정을 품고 있는 듯하다."

"예."

육모탕이 길게 한숨을 쉬며 막당의 머리를 쓰다듬었다.

"내 죄가 크구나. 너만큼은 변태로 키우지 않도록 노력하겠다."

"감사합니다."

육모탕이 곧 소리쳤다. 문이 닫힌 곽성린의 방에 들릴 정도로 큰 목소리였다.

"어째서 약이 필요없다는 것이냐! 알았다. 할 수 없지. 약을 대신하여 네가 수련에 쓸 검을 하나 구해오마."

"알겠습니다."

그제야 곽성린이 문을 열고 나오며 눈가의 물기를 손끝으로 닦았다. 곽성린의 미소에 육모탕이 속으로 이를 갈았다.

　육모탕이 중경으로 떠난 지 이 주가 흘렀다. 예정대로라면 삼 일 만에 돌아왔어야 했다. 곽성린과 우화경이 불안하여 안절부절못했다. 막당이 수련을 끝낼 때마다 밖으로 나가서 사부가 오는지 살펴보게 했다. 이 주째가 되는 날 오후에도 사부는 오지 않았다. 별빛이 총총할 때쯤 막당이 돌아와 '아무도 오지 않습니다' 라고 말했다. 곽성린과 우화경은 드디어 짐을 싸기 시작했다. 일주일 분의 짐을 꾸린 두 사람은 사부의 단검을 앞에 두고 고민했다. 곽성린이 팔자눈썹을 그리며 단검의 손잡이를 매만졌다.

　"이 단검도 포기하고 우릴 버린 게 아닐까?"

　"모르겠어. 난 당아 때문에 여기에 눌러 사시는 것을 좋아한다고 생각했는데."

　"내 생각도 그래, 언니. 요즘처럼 사부님이 즐거워하시는 걸 본 적이 없거든. 게다가 최근에는 늦잠 자는 버릇도 없어졌다며? 대체 무슨 일일까. 천하의 명검이라도 구해주려고 방황하시는 건가?"

　"얘들아."

　두 여자는 밖에서 들리는 힘없는 소리에 깜짝 놀랐다. 막당이 돌아와서 잠을 청한 지도 제법 되었을 만큼 깊은 밤이었다. 이런 밤이라면 한 치 앞도 볼 수 없을 정도로 길이 험했을 텐데 육모탕의 목소리가 들린 것이다. 혹여 귀음(鬼音)이 아닐까 두려워 조심스레 문을 열어보니 정말로 육모탕의 그림자가 마당에 있었다. 잠자던 막당이 사부의 목소리를 듣고 깨어 제일 먼저 뛰어나갔다. 막당은 평소와 다를 바 없이 공손하게 인사했다.

"오셨습니까."

"그래, 왔다. 제기랄, 내가 왔다."

육모탕은 거칠게 숨을 몰아쉬며 뒷마루에 주저앉았다. 막당이 마당의 불을 밝히기 위해 목대를 향해 걸으니 육모탕이 급히 손을 저어 제지했다.

"마당에 불을 밝히지 말아라. 그리고 너희들은 왜 거기서 고개만 내밀고 있는 거냐?"

"이 밤에 무슨 수로 오셨어요?"

"월광집목신공(月光集目神功)으로 달빛을 눈에 담으면 제아무리 길이 어두워도……."

"농담하지 마세요. 우리가 얼마나 걱정했는지 알아요?"

"휴우, 그래. 목숨 걸고 왔다. 아무튼 모두들 내 방으로 오너라."

육모탕은 길게 한숨을 뱉으며 자신의 방으로 들어갔다. 방 안의 불이 밝혀지자, 세 제자가 안으로 들어갔다. 제일 먼저 우화경이 소스라치게 놀랐고, 곽성린도 눈을 동그랗게 치켜뜨며 짤막한 비명을 토했다. 막당도 제법 놀란 듯 사부의 안색을 살피며 '금창약을 가져오겠습니다' 라고 말했다.

갓 밝혀진 등불에 비친 육모탕의 몰골은 놀라기에 충분했다. 전신이 피와 재에 뒤덮여 복색의 원색을 알 수가 없고, 얼굴마저 제대로 확인하기 어려울 지경이었다. 곽성린이 간신히 진정하고 물었다.

"무슨 일이에요? 귀암곡 놈들한테 들켰어요?"

"그건 아니다. 하지만 너희들이 놀라는 꼴을 보니 얘기가 우선이 아니겠구나. 셋 다 여기서 잠시 기다리거라."

육모탕은 여벌의 옷을 찾아 들고 방을 나갔다. 육모탕이 폭포수로 가서 목욕하는 동안, 곽성린과 우화경이 걱정스러운 표정으로 사태를 추론했다. 서방이 있는 계집을 꼬드겨 오입질을 하다가 들켰을까? 큰 무리에게 사기를 치다가 발각된 것이 아닐까? 강제로 계집을 탐하려고 했는데, 알고 보니 상대가 귀천신녀(鬼天神女) 장연비(張蓮秘)였던 것이 아닐까? 예전에 사기 친 무리와 우연히 만나 칼부림을 한 것이 아닐까? 두 여인을 한꺼번에 유혹하여 즐기다가 서로 맞닥뜨렸던 건 아닐까? 쇠똥구리가 굴리던 것을 빼앗아 금강청심환(金剛淸心丸)이라 속여 팔다가 들킨 것이 아닐까? 진짜로 주지육림 꿈꾸며 애꿎은 처자 붙잡고 딸 삼으려 했다가 극락화에게 걸린 것은 아닐까? 우화경이 말을 받지 않고 '왜 너는 망측한 쪽으로만 생각을 하니?' 라며 화를 냈다. 곽성린이 '그게 더 가능성이 높다고!' 라며 받아칠 때 육모탕이 들어왔다.

“앞으로 너희들 누구라도 밤에는 마당의 불을 켜지 말아
라.”

육모탕은 정좌하자마자 엄명을 내렸다. 언제나 마당의 불
을 담당했던 막당이 ‘예’ 하고 답했다. 목욕재계를 한 뒤의
모습이라 해도 사부의 얼굴은 여전히 초췌해 보였다. 게다가
사부가 들고 온 피와 재투성이의 옷에는 아무것도 남아 있지
않았다. 막당에게 선물한다던 검도, 늘 묵직하여 쩔렁거리던
금낭도 지금은 보이지 않았다. 육모탕은 이 주간 허탕만 치고
온 것이 분명했다.

“대체 무슨 일이세요, 사부님.”

곽성린이 긴장을 지우지 않고 물었다. 육모탕은 우화경이
지레짐작하여 내밀었던 담뱃대를 물더니 죽다 살아난 사람처
럼 안도의 숨으로 연기를 뿜었다. 그리고 말했다.

“큰 전쟁이 벌어졌더구나.”

“전쟁이요? 늘 있는 일이잖아요.”

“비교가 되지 않아. 앞으로는 누구도 중경에 가지 말아
라.”

“대체 어느 정도이기에 그런 말씀을 하세요?”

육모탕은 다시 침묵하며 연기를 뿜었다. 귀뚜라미와 여우
의 울음소리가 뒤섞인 차가운 밤이었다. 살가운 평온함이 산
을 적시고 있으니 전쟁의 소용돌이가 실감나지 않았다. 육모
탕은 답답한 듯 담뱃대를 쥔 손에 힘을 주었다. 곧 육모탕이

이를 갈았다.

"끔찍했다. 내 생전 그렇게 끔찍한 건 처음 보았어. 지옥도(地獄圖)가 따로 없더구나. 린아, 너는 어렸을 때라 잘 기억이 안 나겠지만, 복마대종사(卜魔大宗師)가 환란을 일으킬 때도 참으로 끔찍했었다. 하지만 지금이 더 해."

"복마대종사라면 그 죽었다는 마교주 낙랑 말예요?"

"그래. 천재로 태어날 거면 정도에서나 태어날 일이지 하필 마교에 들어가서 환란만 더 크게 일으켰던 놈이지. 내가 다시는 그런 꼴을 보지 않으리라 여겼는데 이게 무슨 변이란 말이냐."

곽성린이 흥미가 동하여 육모탕에게 바짝 붙었다.

"또 다른 천재가 강호에 나타났나요?"

"그 반대다."

"반대라뇨?"

육모탕이 막당에게 눈짓했다. 막당이 낌새를 채지 못하고 얌전히 있었다. 막당을 포기하고 우화경에게 눈짓을 하자, 원하던 재떨이가 앞으로 다가왔다. 육모탕은 담뱃대로 재떨이를 열심히 두드리며 혀를 찼다.

"바보가 태어날 거면 마교에서나 태어날 일이지, 하필 정도에 있어서 이 꼴을 만드느냔 말이다! 에잉!"

"아, 밤이 깊었어요! 안 잘 거예요? 뜸 들이지 마시고 빨리 좀 말해주세요! 무슨 일이 생긴 거예요, 강호에!"

“알았다, 알았어! 정도맹의 놈들이 작금의 싸움에 육외천(六外天)을 끌어들였어!”

“육외천을 끌어들이다뇨?”

“공작왕(孔雀王) 금사희(琴邪姬)의 직계제자를 죽였단 말이다! 그것도 파문제자가 아니라 공작천(孔雀天)의 제자를!”

“무슨 말인지 모르겠어요. 막당, 넌 알겠니?”

“모르겠습니다.”

육모탕이 답답한 듯 더 세게 재떨이를 두드렸다.

“육외천이 어째서 육외천이겠느냐! 강호의 아홉 고수인 구천대제(九天大帝) 중에서 여섯이 무림의 분쟁에 관여를 하지 않기 때문에 육외천이다. 게다가 강호에 관여하는 셋이 누구냐? 한 명은 정도맹의 무량검(無量劍) 동방량이니 정도맹으로 기울어 버린 작금의 상황에서 참으로 바람직하다. 또 한 명이 누구냐? 천축신승 일심 법사가 아니냐. 강호의 일에 거의 관여하지 않으나 그래도 관여를 하면 정도맹을 돕는다. 이 또한 바람직… 당아야, 왜 그런 얼굴을 하고 있느냐?”

“전에 말씀을 드렸듯이 저를 데려오신 분이⋯⋯.”

“아, 그런 이유라면 다시는 그런 얼굴로 말을 끊지 말아라. 그 일심 법사는 강호에 이백 명가량 산재하고 있다. 사부가 말하는 일심 법사는 진짜 일심 법사다.”

“무슨 말씀이신지 모르겠습니다.”

“먼 훗날 알려주마. 너를 위해 아침 해를 맞이할 생각은 없다.”

곽성린이 고개를 끄덕이며 재촉했다.

“맞아요. 당아에게 설명하려면 해가 중천에 떠도 이해시키기 어려울 거예요. 나머지 한 명은 누구죠? 빨리 말해주세요. 건너뛰어도 상관없고요.”

“가장 바람직한 경우지. 나머지 한 명은 복마대종사 낙랑이다. 이미 죽었으니 강호에 관여하는 구천대제는 모두 정도맹에 있다고 해야 한다. 그것이 강호의 세를 정도맹으로 기울게 하여 전쟁을 빨리 끝낼 수 있는 힘이 되고 있었다. 아, 그런데!”

“그런데요?”

“말했잖느냐! 정도맹의 멍청이가 공작왕 금사희의 제자를 죽였다고!”

“왜요?”

“풍문으로 들어서 잘은 모르겠다만, 금사희가 사도맹을 돕지 못하도록 경고의 의미로 죽였다고들 하더라. 이게 멍청한 것이 아니면 무어냐! 천하의 공작왕이 정도맹을 두려워하여 사도맹을 돕지 않은 줄 아느냐? 원래 그 양반은 자길 건들지만 않으면 냅두는 자다. 사도맹의 정신적인 지주이면서도 사도맹을 돕지 않은 이유가 바로 그것이지. 근데 정도맹 놈들이 공작왕을 건드렸다. 결과가 어떻게 되겠느냐?”

“화를 내면서 사도맹을 돕겠네요.”

"돕는 정도가 아니라 선봉에 섰다. 거기에 더하여 소문으로만 들리던 일이 현실화됐어. 사도맹과 마교가 손을 잡았단 말이다. 어디 그뿐이랴? 이봉천 마교주가 교살당한 지 고작 일 년인데, 그 아들놈 이후식(李煦殖)이 보통이 아니라더라. 낙랑의 복마공을 모두 익혀서 새로운 구천대제에 속해도 이상하지 않을 정도라니 이게 큰일이 아니면 뭐냐. 세력의 균형이 잡히기 시작했으니, 곧 끝날 것이라 여긴 전쟁은 끝을 알 수 없게 됐다."

우화경이 육모탕을 따라 길게 한숨을 뱉었다. 곽성린은 천장을 보며 잠시 고민하다가 아미를 찌푸리며 말했다.

"이상하지 않아요? 정도맹이 왜 그런 바보짓을 했을까요?"

"바보니까! 당아도 그 정도는 아닐 게다."

"혹시 사도맹의 짓이 아닐까요?"

"뭐?"

"예전에도 사도맹의 그… 미두문(未頭門)인가? 개들이 그런 짓을 했었잖아요. 정도맹의 이락파(理樂波)를 치려고 했었는데 문도들이 말을 듣지 않으니까, 문주가 스스로 조상의 유골을 담은 쌍탑을 무너뜨린 거. 그래 놓고 이락파가 한 짓이라고 떠들어서 공격할 수 있었다면서요? 이번의 경우도 비슷하지 않아요? 기억나지 않으세요? 그 무너진 쌍탑에 천고의 보물 백룡언월도(白龍偃月刀)가 있다고 하셨는데."

육모탕이 고개를 주억거리더니 느물거리는 웃음을 지었다.

"그 말을 아직도 믿고 있었구나. 그런 문파는 있지도 않다."

"뭐예요, 대체! 사부님은 거짓말을 안 하시면 혀가 뽑히기라도 하세요?"

"아무튼 그 말이 사실이라고 했어도, 지금과는 경우가 다르다. 말했지 않느냐? 금사희는 사도맹의 정신적 지주다. 어째서 정신적 지주인지 아느냐? 금사희가 파문한 제자들이 작금의 사도맹을 이끄는 주요 세력의 수장이기 때문이다. 사부가 잠시 몸을 담았던 귀암곡의 곡주도 금사희의 제자였으니 더 이상 말해 무엇 하겠느냐. 만약 사도맹이 그런 흉계를 꾸몄다면 제일 먼저 사도맹 안에서 내분이 일어나 자멸했을 게다."

"그렇군요."

"아무튼 나는 당분간 외출을 삼갈 것이다. 너희들도 특별한 일이 있지 않는 한 바깥에 나가는 것을 금하거라. 특히 무슨 일이 있어도 중경에는 가지 말아라. 거긴 이미 지옥이 되었다."

"관군은 뭐 한대요?"

곽성린의 질문에 육모탕이 허벅지를 치며 외쳤다.

"관군! 그걸 잊었구나! 관군 얘기를 까먹었어. 관군, 관군! 그야말로 훈훈한 감동이지. 열정과 성의를 다하여 돕는 모습을 이 사부는 정말 못 잊겠다!"

"돕다뇨?"

"양민 학살을 돕더란 말이다! 중경에 칼부림이 심해서 관리 놈들이 잔뜩 겁을 먹었다. 그래서 중앙으로 도망가며 그곳에 반란의 기미가 있다고 보고했지. 잘 죽이더만. 이 사부도 실은 관군에게 쫓기다 이 모양이 됐다."

두 여인이 길게 한숨을 쉬며 낙담했다. 막당은 여전히 영문을 모른 채 멀뚱멀뚱 육모탕을 바라볼 뿐이었다. 육모탕이 뒤늦게 생각난 듯 막당을 보며 말했다.

"당아, 너는 일찍 자거라. 내일부터 수련이 좀 더 고될 것이다."

"예."

"저희들은요?"

"자든지 말든지."

곽성린이 냉소하며 몸을 일으켰다.

"요즘 사부님은 이상해요. 자꾸 막당만 편애하고 계신 거 알아요? 오랜만에 돌아와서 한다는 소리가 자든지 말든지? 예전에는 막당에게 관심도 갖지 않더니 갑자기 왜 그러세요? 정말 남자가 좋⋯⋯."

"거참! 시집을 보내던가 해야지 원! 애 앞에서 못하는 소리가 없구나! 당장 가서 자지 못할까!"

"알았어요, 알았어. 두고 봐요. 내가 오늘 막당을 재우나

봐라."

"그만 해, 사매! 그런 소리는 정말 듣기 거북하단 말야."

"당아야, 네 사저가 음탕하여 크게 불안하구나. 오늘은 이 사부 방에서 자거라. 그게 안전하겠다."

"사, 사, 사부님도 그만 하세요! 자꾸 그러시면 전 낙화동을 떠날 거예요. 요즘 들어 사부님이랑 사매가 너무 이상해졌어요."

"이, 이런 썩을! 그런 의미가 아니었단 말이다! 경아, 너까지 그러면 어찌하느냐!"

"어머."

우화경이 뒤늦게 얼굴을 붉히며 급히 방을 나갔다. 곽성린과 육모탕이 서로를 노려보며 씩씩거리는 동안, 막당은 여전히 멀뚱멀뚱 사부를 바라보고 있었다.

다음날 새벽에는 육모탕이 제일 먼저 일어났다. 이 주를 고생했으니 제일 늦게 일어날 법도 한데, 막당보다 먼저 마당에 나와 기지개를 켠 것이다. 사실 육모탕은 밤새 잠을 이루지 못했다. 잠을 잘 수가 없었다. 잠을 자기 위하여 수백 마리의 초구가 폭포 아래로 뛰어내리는 것을 세었지만, 정신은 맑아지기만 할 뿐이었다. 새벽이 더뎌 몇 번이나 몸을 뒤척였는지 모른다. 충혈된 눈으로 샛별을 맞이하니 아직도 여우가 울었다. 샛별이 저곳에 있지 않았다면 아직도 밤이라 여겼으리라. 육모탕은 폭포수로 걸어가 세면하고 가슴을 진정시켰다. 그리고 막당의 방에 거침없이 들어갔다.

"일어났느냐?"

"예, 사부님."

막당은 이불을 개던 중이었다. 육모탕이 흐뭇한 얼굴로 몸을 돌렸다. 막당이 뒤따라 나오자 씻으라고 명령했다. 폭포수를 향하는 막당의 뒷모습을 보니 절로 웃음이 나왔다.

"이 어찌 복이 아니랴."

육모탕은 혼잣말을 중얼거리며 어깨를 들썩거렸다. 이 주 동안 도망만 치느라 삭신이 쑤셨다. 하지만 문제되지 않았다. 관군의 창에 쫓기고 강호의 검이 목에 닿을 때 육모탕은 낙화동을 생각했다. 시체와 진탕이 가득한 땅을 뒹굴면서 낙화동의 폭포수를 그리워했다. 썩은 시체 무리에 엎드려 죽은 척을 할 때 풍기던 악취를 맡으며 낙화동의 목향(木香)을 되새겼다. 하지만 그 무엇보다 육모탕의 가슴을 저리게 한 것은 낙화동의 막당이었다.

육모탕은 쫓기는 와중에 스스로에게 수도 없이 놀랐다. 자신이라는 존재가 막당을 얼마나 그리워하는지 깨달았기 때문이다. 가르치고 싶었다. 하루라도 빨리 낙화동으로 돌아가서 막당을 수련시키고 싶었다. 일취월장하는 막당의 모습을 보며 덩실덩실 춤을 추고 싶었다. 왜 지금껏 막당에게 소홀했을까. 이렇게 가르쳤다면, 이렇게 이런 식으로 가르쳤다면 막당의 실력이 더 늘었을 텐데. 돌아가면 그래, 돌아가면 이걸 가르치자. 이런 방식으로 가르치면 막당의 무공은 훨씬 나아질 것이다. 폭포수를 가린 나무들 사이로 사라지는 모습을 보고 있으려니 육모탕의 어깨가 절로 들썩거렸다.

"가자."

막당이 세안하고 나오자 육모탕은 근엄한 얼굴로 몸을 돌렸다. 연무동으로 향하면서 육모탕은 뒤를 좇는 막당에게 단 한 마디도 하지 않았다. 연무동에 도착하자마자 육모탕이 거만을 떨며 묵직한 목소리를 냈다.

"이제부터 사부가 하는 말을 잘 듣거라."

"예, 사부님."

"오늘은 네 녀석의 한계를 시험하게 될 것이다. 자고로 수련이라 함은 스스로의 한계를 늘려 행하는 범위를 넓히는 데 첫째를 두고 있다. 그러니 한계 내에서만 움직이는 수련은 수련의 가치가 없다고 봐야 할 것이다. 지금까지의 네 수련이 그따위였다. 하나 앞으로는 달라질 것이다."

"무슨 말씀인지 모르겠습니다."

"걱정 말아라. 이 사부도 모른다."

육모탕은 다져진 땅의 기슭으로 걸어가서 끝이 뾰족한 돌을 하나 들고 왔다. 그리고 연무장의 가장자리에 서서 막당을 불렀다. 막당이 다가가자 오른발을 내밀라고 하더니, 내밀어진 발의 형태를 따라서 흔적을 남겼다. 막당이 발을 떼자 연무장 바닥에는 발 모양의 그림이 그려져 있었다.

"이번엔 왼쪽 발을 여기에 내밀어라. 그래, 옳지. 좀 더 앞으로. 오냐. 맨 끄트머리를 이쪽으로… 이쪽… 제기랄, 이놈! 발에 힘 좀 빼라. 옳지, 그렇지. 자, 동작 그만. 움직이면 경을 칠 줄 알아라."

두 번째 발 모양이 그려졌다. 육모탕은 그런 식으로 연무장 가장자리를 돌며 계속 발 모양의 그림을 그렸다. 스물여덟 번째를 그렸을 때 날이 밝아지기 시작했다. 새가 지저권다. 나뭇잎이 바람에 스치며 아침의 소리를 냈다. 육모탕이 잠시 하늘을 보더니 몸을 일으켰다. 그리고 상체를 뒤로 젖히며 허리를 몇 번 두드렸다.

"막당아."

"예, 사부님."

"오늘 네 녀석의 한계를 시험한다는 말은 취소다. 일단 이걸 다 그리고 지워지지 않도록 풀을 심든지 검은 흙을 찾아서 갈든지 하거라. 네 사부가 마음만 좀 앞섰다."

"예, 사부님."

육모탕이 다시 막당의 발 아래로 몸을 숙이다가 어깨를 움찔거렸다. 육모탕은 슬그머니 고개를 들어서 기대감이 가득한 얼굴을 보였다. 막당이 긴장하며 육모탕을 마주 응시했다. 육모탕은 스물아홉 번째 발을 모두 그린 뒤에 몸을 일으키더니 막당의 손을 잡고 급히 달려갔다. 처음 발을 그린 곳으로 돌아오자마자 육모탕이 말했다.

"혹시 여기서부터 저기 열아홉 번째 발까지의 규칙을 알겠느냐?"

"모르겠습니다."

"그럼 알아내, 이 자식아! 오늘 중으로 알아내서 그 규칙대로 나머지 발을 다 그리거라!"

"예, 사부님."

드디어 육모탕은 낙화동으로 돌아가 잠을 잘 수 있었다.

잠에서 깼을 때는 해가 모두 진 뒤였다. 막당을 부르니 대답이 없다. 그래서 곽성린을 불렀는데 우화경이 대답했다. 육모탕이 괴이하게 여겨 물었다.

"린아는 어디에 있느냐? 당아는?"

"연무장에서 둘 다 오지 않았어요."

우화경이 시큰둥하게 대답했다. 육모탕은 잠시 귀밑머리를 긁적거리다가 재차 질문했다.

"혹시 당아가 아침때 이후로 낙화동에 온 적이 없는 게냐?"

"사부님이 너무하신 거예요. 대체 무슨 명을 내리셨기에 사매가 애원을 해도 안 오는 거죠?"

"이 사부가 조만간 미쳐 죽을 게다."

육모탕은 가슴을 치며 한탄하다가 연무장으로 향했다. 주변의 위협이 두려워서 불을 밝힐 수가 없었기 때문에 안력을 크게 돋워야 했다. 간신히 고생하여 연무장에 도착하니 희미한 불빛이 보였다. 곽성린이 작은 가지에 불을 붙여 땅에 들이대고 있다. 육모탕은 '저 정도 불이면 외부에 들킬 염려는 없겠구나' 라고 생각하며 둘을 향해 다가갔다.

"수고한다, 애들아."

"흥!"

곽성린의 표독스러운 얼굴이 음영 지어져 끔찍했다. 땅에 가까운 나뭇가지의 불빛 때문에 막당의 얼굴도 보이지 않았다. 육모탕이 마른침을 삼키며 딴청을 부리자, 곽성린이 몸을 일으키며 이를 갈았다.

"너무해요! 애 좀 적당하게 부려먹으라고요!"

육모탕이 울상 지었다.

"이 사부도 적당하게 부려먹고 싶다. 한데 이놈이 적당하지를 않으니 대체 어쩌란 말이냐! 아무렴 내가 이 시간까지 여기서 이러고 있으라 했겠느냐?"

"당아한테는 끝을 지정해 주지 않으면 늙어 죽을 때까지 하는 거 잘 아시잖아요!"

"지정해 줬단 말이다."

"지정은 무슨 놈의 지정. 차라리 이 산에 있는 나무들을 오늘 중으로 다 자르라고 하지 그러셨어요?"

육모탕은 대답하지 않고 바닥에 새겨진 자국을 점검했다. 여덟 개가 더 그려져 있었다. 육모탕이 고개를 돌려 제자들을 보니, 곽성린이 막당을 구박하는 중이었다. 막당은 창백한 얼굴이 되어 긴장하는 중이었고, 곽성린은 '농담이야, 바보야! 오늘 중에 무슨 수로 나무를 베겠니?'라며 답답해하고 있었다. 진담과 농담도 구분하지 못하는 막당 주제에 정확한 수순으로 여덟 개의 발자국을 그릴 리가 없다. 육모탕은 자신도 막당처럼 바보라고 생각했다.

"이 여덟 개는 네가 그린 거냐?"

"당연하죠! 이 바보가 그릴 수 있을 거라고 생각하신 거예요? 차라리 진작에 말씀하셨다면 제가 처음부터 다 도와줬을 거라고요."

"일단 막당에게 밥이나 먹여라."

"밥은 여기서 먹였어요."

"당아가 먹더냐? 별일이구나."

"당연히 안 먹죠. 얘가 뭘 하는 도중에 딴청을 피운 적이 있던가요? 제가 당아 입에 직접 넣어줬어요."

"손으로? 아니면……."

"이씨! 사부님 단검, 팔아치울 테야!"

육모탕은 익살맞게 웃으며 바닥의 횃불을 들었다. 그리고 막당과 곽성린에게 낙화동으로 돌아가라고 했다. 곽성린이 놀라며 사부의 앞일을 묻자, 육모탕은 나머지 발자국을 자신이 새기겠다고 말했다. 곽성린은 막당에게 '사부님이 미쳤나 봐'라고 말하다가 쫓기듯 낙화동으로 달려갔다.

아무도 없는 연무장에서 육모탕은 무성신법을 펼쳤다. 밤새가 울고 나뭇잎이 어둠을 반기듯 은밀하게 부대꼈다.

툭툭툭.

육모탕의 낮은 발소리가 연무장을 잔잔하게 맴돌았다. 좀 더 빨리 달릴수록 발소리는 잦아들었다. 새소리가 더 크게 들리고 어쩌다 여우가 울면 골짜기는 고요해졌다. 육모탕은 막당이 하지 못한 일을 해냈다. 새벽이 오기 전에 모든 발자국을 완성하고 폭포수에서 목욕할 수 있었다. 살을 에는 듯한 차가운 물이 그토록 상쾌함을 줄 것이라고는 꿈에도 몰랐다.

"막당아, 일어나거라."

"일어났습니다, 사부님."

이번에도 잠을 이루지 못했다. 육모탕은 게슴츠레한 눈으로 막당을 반겼다. 연무장에 도착하자마자 보법을 가르쳤다. 이제야 막당의 한계를 재볼 시간이 온 것이다. 육모탕은 막당에게 무성신법으로 연무장을 달리라고 명했다. 막당이 발자국을 따라 달음질했다. 육모탕은 낙화동으로 돌아와 잠을 청했다. 맨 처음 막당을 가르칠 때와 똑같은 일이 벌어질 것이다. 이번에는 육모탕이 원하는 사태였다.


"사부님, 일어나 보세요!"

꿈속에서 곽성린이 고함쳤다. 꿈이 아님을 알았지만, 육모탕은 대답하지 않았다. 죽지는 않는다. 최대한 빨리 달려야 한다고 지시를 내렸으나, 땅의 흔적을 따라 달리는 사람이 숨통 막혀 죽을 리는 없다. 육모탕은 모피를 머리 위로 뒤집어 쓰며 곽성린의 고함 소리를 줄였다. 그러자 곽성린이 문을 걸어차며 들어왔다.

"일어나라니까요! 당아가 죽을 거예요!"

"왜 이렇게 호들갑이냐! 당아가 왜 죽어?"

"몰라서 물으세요? 해도 보이지 않아요! 중천을 지났다고요! 대체 언제까지 당아를 달리게 할 셈이에요?"

육모탕은 인상을 찌푸리며 잠깐 눈을 떴다가 이내 손을 휘휘 저었다. 파리라도 쫓듯 곽성린을 내보내려는 수작이었다. 하지만 곧 눈을 동그랗게 치켜뜨고 일어나야 했다.

"너, 그 꼴이 뭐냐?"

"내가 뭐요?"

곽성린이 가쁜 숨을 진정시키며 암사자처럼 으르렁댔다. 육모탕이 곽성린의 목과 가슴을 유심히 보다가 발길질을 당했다.

"음탕한 사부 같으니! 이럴 때가 아니라 막당한테 가봐야 한다고요!"

"혹여 너도 같이 뛰었느냐? 땀 냄새가 독하다. 목이 젖은 것도 땀 때문이냐?"

"그, 그래요! 별걸 다 보서. 당아를 말리려고 연무장 두 바퀴를 같이 돌았는 데도 이렇게 죽을 맛이라고요! 빨리 나와봐요! 저렇게 뛰다가는 당아의 심장이 터져 죽을 거예요!"

그제야 육모탕은 혼비백산하여 방을 뛰쳐나갔다. 연무장에 가까워질수록 겁이 났다. 아무 소리가 들리지 않았다. 달린다면 분명히 소리가 들려야 할 터인데, 아무런 소리도 들리지 않는 것이다. 쉬고 있는 것일까? 그럴 리 없다. 막당이라면 쉬고 있을 리가 없다. 육모탕은 사지를 마구 흔들며 연무장을 둔덕을 급히 넘었다. 그리고 입을 쩍 벌린 채 목상처럼 굳어 버렸다.

"……."

여전히 막당이 달리고 있었다. 믿을 수 없는 속도로 쉴 새 없이 달린다. 소리가 들리지 않았다. 저토록 빠르게 달리는데도 소리가 들리지 않았다.

"무성신법!"

자신도 온전히 이루지 못한 무성신법이 막당에게서 보였다. 팔로 달리고, 가슴으로 달리고, 머리로 달리고, 허리로 달렸다. 예전의 수련이 막당에게 집결되어 무성신법의 집결체를 보이고 있었다. 육모탕이 막당에게 가르친 초기의 수업은 스스로도 무슨 효과가 있는지를 몰랐다. 그저 기억이 나기 때문에 가르쳤을 뿐이다. 그런데 막당이 지금 그때의 수업을 응용하여 육체의 괴로움을 줄이고 있었다.

"이제 속도를 줄이거라."

육모탕이 가슴을 진정시키며 조심스레 말했다. 막당이 기뻐하며 속도를 줄이기 시작했다. 그 과정도 터무니없을 정도로 자연스러웠다. 적어도 보법만큼은 귀암곡의 직계제자와 다를 바가 없었다. 발이 닿을 지점만을 가르쳐 줬는데 몸이 있을 지점까지 스스로 깨우쳤다.

"정말 네가 바보냐?"

육모탕의 입에서 절로 터진 혼잣말이었다. 물론 이런 광경이 처음은 아니었다. 막당은 무공을 배울 때만큼은 뜻밖의 꾀를 부릴 때가 있었다. 시킨 일에 어긋나지 않는 한도에서 자신의 몸을 응용하여 가장 편히 할 수 있도록 조율하는 재주. 막당은 그것을 가졌다. 가끔 그로 인하여 육모탕은 막당을 가르치는 재미를 느꼈었는데, 지금의 상황과 비교한다면 그 모두가 새 발의 피였다. 육모탕은 그만 달리라고 명령했다. 인체의 모든 곳을 적절하게 운용하여 무성신법을 펼친다면, 밤새도록 달리라고 해도 달릴 수 있을 것이다. 한계를 재보기는 이미 틀렸다.

"힘드냐?"

"예, 힘이 듭니다."

"힘들지 마라."

"알겠습니다, 사부님."

육모탕은 농담마저 진지하게 받아들이는 막당이 귀여웠다. 뒤늦게 도착한 곽성린이 안도의 숨을 쉬며 막당을 위로했다. 표독스러운 눈이 한동안 뒤통수를 찔렀으나 능히 감당하고도 남았다.

그날 육모탕은 또다시 밤잠을 외면했다. 예전에는 잊고 싶어서 머리를 쥐어뜯었던 귀암곡의 수련 과정들을 하나하나 되새겼다. 그리고 수련의 이유를 고민했다.

"귀암곡은 초기에 살수 집단이었다가 나중에는 전투 집단이 되었다. 그것은 새 곡주가 금사회에게 파문당한 제자였기 때문이지. 무공의 수준이 크게 높아져서 곡의 제자들이 급습을 하지 않아도 되는 경지에 이르렀으니 전투 집단이 되는 것은 당연하다. 그렇다면 내가 겪은 훈련들은 전투를 위한 과정이었을까, 아니면 살수를 위한 과정이었을까, 아무리 곡주가 새로운 무공을 가져왔다고는 하나, 귀암곡의 훈련 과정을 급히 바꿀 리가 없다. 제일 먼저 높은 서열의 제자부터 훈련시킨 뒤에 차례로 내려오며 하급에게까지 전달하는 과정이 필요하다. 곡주께서 홀로 모든 제자들을 가르칠 수는 없을 테니까. 그럼 나 같은 잔챙이들 훈련은 변한 게 없을까? 내가 지금 막당에게 가르치는 훈련들은 살수를 만들기 위한 훈련일까?"

막당이 무조건적으로 훈련을 따르는 아이라면, 육모탕은 훈련의 허점을 찾아서 요령을 피우는 사람 축에 속했다. 그것이 오히려 지금은 득이 되었다. 훈련 내용에 대해 다른 동료들보다 좀 더 고민했던 경력으로 남았기 때문이다. 육모탕은 새벽이 되었을 때 결론을 내릴 수 있었다.

"살수의 훈련이기는 하나 전투에 방해가 될 것들은 없애버린 게 분명하다. 이것은 살수와 전투 어느 쪽에도 도움이 되는 기초 훈련이다. 좋아."

새벽바람을 맞는 육모탕의 눈에 물기가 어렸다. 가슴이 벅 찼다. 또한 마음이 아팠다. 자신의 능력으로는 막당을 가르치 는 데 한계가 있었고, 그때를 곧 맞이하게 될 것이다. 육모탕 은 막당을 데리고 가야 할 곳을 고민했다. 몇 번을 고민해도 결론은 하나였다. 귀암곡이었다.

"일어났느냐, 막당아?"

육모탕은 눈가의 물기를 씻고 막당을 불렀다. 곧 막당이 문 을 열고 나오며 예의 그 어수룩한 웃음을 던졌다.

며칠이 지나자 즐거움이 추가됐다. 예전에는 귀찮기만 했 던 일들이 하나둘씩 즐거워지고 있었다. 불만 가득한 두 명의 여제자를 달랠 겸 수련을 시켰는데, 그게 또 쏠쏠한 재미를 주었다. 비록 삼 일에 한 번을 주기로 게으름을 피우곤 했지 만, 육모탕은 사부로서 손색이 없는 인물이 되고 있었다. 가 르치는 재미에 빠진 지 이 개월이 지났을 때, 막당의 무공은 사부의 수위를 한참이나 넘어서고 말았다. 그래도 때릴 때마 다 얻어맞아 주는 막당이 대견하기만 했다.

이런 나날이 육모탕만 기쁘게 하는 것은 아니었다. 곽성린 과 우화경도 무공을 즐겼다. 특별히 무공을 원하는 성격도 아 닌 두 사람이 수련의 과정에서 기쁨을 느낀 이유는 순전히 육 모탕의 덕이었다. 육모탕의 수련법은 놀이와 같았다. 막당의 수련이 육모탕의 놀이였고, 여제자의 수련법이 저들의 놀이였다. 처음에는 막당만 가르친다는 불만을 듣기 싫어서 따로 알려준 수련법이었는데, 그것이 오히려 막당의 수련에도 도움을 주었다. 넷은 무공을 즐겼다. 육모탕은 막당에게 더 이상 가르칠 게 없을 때에도 스스로 고뇌하여 수련법을 만들었다.

"엽! 협!"

깊은 밤에 막당 홀로 연무장에서 수련을 하고 있었다. 아주 오래전에 폭포수에서 연마하던 동작이었다. 육모탕의 수위를 앞선 지 사 개월이 더 지났고, 낙화동에 들어온 지는 일 년이 다 되어가는 때였다. 이제 연무장의 밤은 막당의 것이 되어버렸다. 외롭지 않고 즐겁기만 했다. 초구가 항상 옆에서 막당을 지켜봤다. 몇 달 전에 초구가 세 사람을 놀라게 만든 적이 있었다. 수련에 방해된다는 이유로 육모탕이 초구를 연무장에서 쫓아냈었는데, 그날 밤에 이 돼지가 늑대를 물어왔다. 육모탕과 곽성린이 늑대의 시체를 두고 '원래 죽은 놈을 물어왔으니 먹어서는 아니 된다'와 '초구가 보통 돼지가 아니라서 정말 물어 죽였을 가능성이 있으니 먹어도 된다'로 싸움을 벌였다. 확실한 것은 초구가 다른 돼지보다 무척 빨라서, 낙화동 내에 막당을 따라잡는 유일한 존재라는 점이었다.

꿔이, 끽.

막당이 연무하던 도중, 초구가 귀를 세우며 고개를 들었다. 누가 시킨 것이 아니고 스스로 하던 수련이었기에 막당은 초구의 반응에 놀라 우권을 회수했다. 이상한 느낌이 들어 초구를 바라보니 낙화동 쪽이 아닌 다른 방향을 보며 코를 벌름거리고 있었다. 막당은 초구가 응시하는 곳으로 고개를 돌렸다.

"아, 못 참겠다."

누군가가 어둠 속을 뚫고 뛰쳐나왔다. 막당이 대경하며 '누구십니까?' 라고 물었다. 막당의 곁에 세워둔 희미한 횃불의 빛이 상대를 비쳤다. 몸을 정돈하지 않아 지독한 악취를 풍기는 노인이었는데, 산발한 머리와 수염이 무릎께에 이르렀다.

"요즘 네 사부는 왜 나오지를 않느냐?"

"안녕하십니까?"

노인이 말을 걸자마자 막당이 뒤늦게 생각난 듯 인사했다. 노인은 검지를 입술에 가져가며 조용할 것을 당부했다. 그리고 막당의 목을 끌어당겨 자신의 얼굴로 바짝 가져갔는데, 입에서 초구의 변 냄새가 났다.

"네 사부 말이다, 왜 네 사부가 이곳을 찾시 않는 거냐? 벌써 나흘이 됐는 데도 나타나지 않아서 답답하구나."

"사부님께서는 새로운 수련법을 공부하신다며 두문불출 중이십니다."

노인이 안타까운 듯 무릎을 쳤다.

"크, 하긴 실력이 용하지 못하여 지금쯤 한계가 오리라 생각했다. 아깝구나. 네 사부가 가르치는 수련법이 너무 재미있어서 하루하루가 늘 즐거웠는데.”

“어르신은 누구십니까?”

“아, 나 말이냐?”

노인이 낮게 웃었다.

“너희들이 사는 집의 원래 주인이다.”

“무슨 말씀이신지 모르겠습니다.”

“알면 용하겠지. 그동안 널 보면서 바보라는 건 진작에 알았으니까. 히히히, 네 이름이 막당이지?”

“예.”

노인은 막당의 얼굴을 좀 더 당겼다. 노인의 산발한 백모에서 이 한 마리가 튀어오르더니 막당의 어깨 위로 뛰어내렸다.

“막당아, 우리 약속 하나만 하자.”

“어떤 약속이십니까?”

“아마도 네 사부는 다음 수련법을 생각해 내지 못할 것이야. 히히히, 지금까지 온 것만도 기특하지. 그러니 내가 너에게 선물을 주겠다. 너는 그 선물을 사부에게 전하면 돼. 히히.”

“주십시오.”

막당이 손을 내밀었다. 곧 노인이 눈을 부라리며 고개를 저었다.

“쳇, 웃기지 말아라. 아직 약속도 안 했는데 손부터 내미느냐. 이놈아 내가 줄 선물이 얼마나 대단한 건지를 알게 된다면 너는 아마 까무러치… 지는 않겠지. 바보니까. 쳇, 히히히.”

“약속이 무엇입니까?”

“너가 지켜야 할 약속은 세 가지다. 지킬래?”

“못 지킬 것 같습니다.”

“지켜.”

“예, 지키겠습니다.”

“히히히, 그래그래. 자, 첫 번째 약속은 말이다. 넌 누구에게도 나를 봤다고 말하면 안 된다. 넌 여기서 아무도 만나지 않은 거야. 알겠느냐? 네 사부든 그 계집들이든 절대로 나를 만났다고 말하지 말아라.”

“알겠습니다.”

“좋아, 좋아! 그럼 두 번째 약속이다. 너는 지금 당장 내게 열두 번을 절해라. 애초에 너를 가르칠 생각은 추호도 없지만, 네 사부가 나의 무공으로 새로운 수련법을 구상하면 결국 너와 그 계집들도 배우게 될 테니까 말이지. 쳇, 그런 이유로 너는 사부와 계집들의 몫까지 내게 절하여 사부의 예를 갖춰야 한다.”

“예, 그리하겠습니다.”

막당은 곧 노인에게 절을 하기 시작했다. 노인이 흡족한 얼굴로 절을 받더니 잠시 고민하다가 울상을 지었다.

“막당아, 미안한데… 약속을 한 개 더 늘리면 안 될까?”

“아… 그건……”

“늘리겠다.”

“예, 늘리십시오.”

“자자, 세 번째 약속이다. 나는 남상괴(南上怪) 제갈당숙(諸葛當淑)이라 하며, 공작왕 금사희의 제일제자(第一弟子)였었다. 비록 지금은 파문당한 제자이나 사부님의 은혜를 잊을 생각은 추호도 없다. 앞으로 너는 강호에 몸을 담더라도 공작왕의 제자에게 해를 끼쳐서는 아니 되며 절대로 정도를 돕지 않아야 한다. 알겠느냐?”

“무슨 말인지 모르겠습니다.”

“음, 그냥 간단하게 말해주마. 사도맹과 싸우지 말아라.”

“예.”

“그럼 마지막 약속은 선물을 주고 나서 말하마.”

제갈당숙이 누런 이를 드러내며 웃음 짓더니 급히 몸을 돌렸다. 곧 바람 소리와 함께 제갈당숙의 신형이 숲 속으로 사라졌다. 초구가 불안해하며 막당의 주위를 어슬렁거렸다. 제갈당숙이 다시 돌아온 것은 그리 오랜 시간이 걸리지 않았다.

“받거라.”

제갈당숙의 입 냄새도 감동적인 향이었지만, 지금 가슴 앞에 내밀어진 가죽도 만만치 않은 향을 풍겼다. 막당은 그것을 받아 들고 물었다.

“이것이 선물입니까?”

“그래. 그걸 들고 저쪽으로 걸어가거라. 저쪽에 가다 보면 깎아지른 듯한 벼랑이 하나 보일 텐데 거기로 뛰어내려라.”

“벼랑으로 뛰어내려야 합니까?”

“별로 안 다쳐. 히히, 그 아래는 돌 하나 없이 습기가 가득한 땅뿐인지라 나도 가끔 뛰어내리며 놀았었다. 밑에 빛이 닿지 않아서 어둡기만 할 뿐이지 그렇게 높은 것도 아냐.”

“알겠습니다.”

막당이 가죽을 쥔 채 제갈당숙이 가리킨 곳을 향해 걸었다. 초구가 뒤를 따르자, 막당은 낙화동으로 돌아갈 것을 명령했다.

초구가 사라지는 모습과 막당이 연무장을 벗어나는 모습을 물끄러미 바라보던 제갈당숙은 뒤늦게 손뼉을 치며 신형을 날렸다. 막당의 옷자락을 잡은 제갈당숙이 눈알을 부라리며 이를 갈았다.

“이놈! 아직 네 번째 약속을 듣지 못했잖느냐! 어디서 이게 얼렁뚱땅 넘어가려고!”

“네 번째 약속이 무엇입니까?”

“네 사매들 말이다. 그 계집들! 제발 내 집에 좀 오지 말라고 해라. 그 계집들이 올 때마다 시끄러워서 죽을 맛이야!”

“그렇게 전하겠습니다.”

딱!

막당은 뒤통수를 맞고 앞으로 고꾸라졌다. 가볍게 때린 듯

했으나 태풍에 떠밀려 엎어지게 된 것처럼 큰 기운이 느껴졌
다.

"전하기는 뭘 전해? 그냥 네 사매들에게 산책을 하다가 어
떤 동굴을 봤는데 커다란 곰이 들어갔다 나오더라고 말해라.
그러면 돼. 그리고 넌 곰을 보고 놀라서 도망치다가 이 절벽
에 떨어진 거야. 히히, 절벽 아래서 그 가죽을 주웠다고 사부
에게 말하면 모든 게 끝이지. 그럼 난 네 사부가 구상한 수련
을 구경할 수 있을 테니 얼마나 좋으냐."

"그럼 끝입니까?"

"그래. 끝이니까 어서 가서 뛰어내려. 죽지는 말고."

"예, 뛰어내리겠습니다."

막당은 제갈당숙이 가리킨 곳으로 걸음을 빨리했다. 그때
낙화동 쪽에서 곽성린의 고함 소리가 들렸다. 초구가 혼자 돌
아온 것을 보고 걱정이 된 모양이었다. 제갈당숙이 급히 신형
을 날려 막당을 옆구리에 끼더니 절벽 아래로 내던지며 말했
다.

"비명! 어서 비명을 질러!"

"예. 으아아아."

"더 크게! 마지못해 지르는 비명이 무슨 놈의 비명이냐!"

"으아아아아악!"

막당의 비명이 메아리가 되어 울렸다. 제갈당숙이 귀를 기
울이니 '방금, 비명 소리 들었어요?' 라는 곽성린의 목소리가

들렸다. 제갈당숙은 손뼉을 치며 '됐어! 됐어!' 라고 좋아하다
가 어둠 속으로 사라졌다.

"당아야!"

"당아야!"

육모탕과 곽성린이 숲의 어둠에 굴하지 않고 소리쳤다. 그
러나 막당은 정신이 온전하지 않아 대답을 할 수가 없었다.
연무장에서 모처럼 불을 크게 밝히고 막당을 찾았지만, 오랜
시간 대답이 없었다. 곽성린이 발을 동동 구르며 사부를 재촉
했고, 사부가 횃불을 휘휘 저으며 곽성린을 재촉했다. 그사이
에 우화경이 초구를 시켜 막당을 찾으라 했다. 초구는 거리낌
없이 수풀 어둠으로 뛰어들었다. 우화경이 급히 뒤를 따라 달
렸는데, 그때까지 육모탕과 곽성린은 서로를 바라보며 막당
을 찾아내라고 윽박지르고 있었다.

"꺄아아아아악!"

우화경의 비명 소리가 들렸다. 육모탕과 곽성린이 소리가
들린 방향으로 고개를 돌렸다가 서로를 마주 봤다. 곧 두 사
람이 횃불을 들고 수풀을 향해 달렸다. 적절한 굴곡으로 이루
어진 바위 무리들이 앞을 막았다. 횃불이 아니었다면 벽이라
고 생각할 만큼 급격하게 솟은 바위도 있었다. 빛의 도움으로
간신히 길을 찾으니 초구가 보였다. 초구는 자랑스럽게 고개
를 치켜들고 콧소리를 냈다. 곽성린이 급히 달려가려는 순간,
육모탕이 잽싸게 뒷덜미를 잡았다.

“왜 그래요?”

“저 앞에 길이 없는 것 같다. 빛을 받지 못하고 있지 않느냐?”

“예?”

뒤늦게 초구가 있는 곳의 뒤쪽을 주시하니, 정말로 길이 아니었다. 주변 바위들의 색이 묘하여 그 뒤가 길인 것처럼 느껴졌을 뿐이었다. 곽성린이 창백한 얼굴로 육모탕을 마주 봤다. 육모탕의 얼굴도 창백했다.

“설마……..”

곽성린이 먼저 초구 옆으로 다가가 절벽 아래를 향해 외쳤다.

“언니! 괜찮아요?”

“으……..”

우화경의 신음성이 희미하게 들렸다. 횃불을 내밀어 밑을 확인하려고 했지만, 제대로 보이지가 않았다. 그사이에 육모탕은 밑으로 갈 길을 찾기 위해 두리번거렸는데, 바위색이 묘하여 길이라고 여길 만한 것을 찾기 어려웠다. 육모탕은 초구를 돌아보며 말했다.

“초구야, 네가 밑으로 가는 길을 찾아보거라.”

초구가 알았다는 듯 쿵쿵대더니 고갯짓으로 벼랑 아래를 가리켰다. 육모탕이 뜻을 이해하지 못하고 멍한 표정을 지었을 때, 초구는 뛰어내렸다. 곧 육모탕이 바위에 엎드려 벼랑 아래로 고개만 내민 채 울화통을 터뜨렸다.

"네가 돼지냐? 응? 네가 돼지야? 응? 이놈의 돼지, 삶아 먹을 테다! 돼지면 돼지답게 걸을 수 있는 길이나 찾을 것이지, 살쾡이처럼 뛰어내리면 우린 어쩌란 말이냐! 이게 길이냐? 응? 이게 길이야?"

끼엑! 끽끽!

어둠 속에서 초구가 울었다. 그 소리가 그다지 깊지 않아 육모탕은 내심 안도했다. 육모탕은 아래를 향해 외쳤다.

"경아야, 기다리거라! 곧 사부가 내려가마!"

육모탕과 곽성린은 횃불을 내밀어 주변의 길을 찾기 시작했다.

"으으음."

끼. 크푸푸.

우화경은 낮게 신음하며 눈을 떴다. 초구가 가리킨 방향으로 무턱대고 걷다 보니 벼랑인 줄도 모르고 발을 내민 것이다. 그나마 부드러운 바다에 떨어진 것이 다행이었나. 귀를 핥는 초구 덕에 눈을 뜰 수 있었던 우화경은 나직하게 한숨을 뱉으며 바닥을 짚으려 했다.

"어머."

바닥이 예상보다 낮은 곳에 있었다. 흙이 뭉친 곳에 떨어졌던 것일까? 우화경이 주변을 더듬어 안전한지를 살폈다. 그제야 우화경은 자신이 바닥에 엎드려 있는 것이 아니었음을 알았다. 우화경이 두근거리는 가슴을 진정하며 속삭이듯 말했다.

"호, 혹시 당아니?"

"예, 첫째 사저."

"난 몰라."

바닥에 대자로 뻗어 있는 막당 위로 우화경이 엎드려 있었던 것이다. 우화경은 전신의 통증을 참으며 억지로 상체를 일으켰다. 그리고 재빨리 옆으로 굴러 질척한 땅에 누웠다. 몸이 쑤시고 가슴이 답답하여 더 이상 움직이기 힘들었다. 하지만 옆에 막당이 같이 누워 있다. 우화경은 조심스레 속삭였다.

"너… 일어날 수 있으면 옆으로 좀 움직여 줄래?"

"다리가 부러져서 일어날 수가 없습니다. 하지만 뒹굴어서 움직일 수는 있습니다."

"그럼 두 번만 뒹굴… 아니, 이쪽 말고! 저, 저쪽! 저쪽으로 뒹굴란 말야."

막당이 시킨 대로 몸을 뒹굴어 거리를 벌리자, 우화경은 자신의 몸을 더듬어 어디가 다쳤는지를 알아봤다. 떨어질 때의 충격으로 몸에 무리가 오긴 했지만 정작 다친 곳은 전혀 없었다. 안심이 된 우화경은 긴 한숨과 함께 막당을 질책했다.

"하아, 대체 왜 이 깊은 밤에 여기로 온 거니? 게다가 아까 사매가 부를 때는 왜 대답을 안 했어?"

"다리가 부러진 게 너무 아파서 대답을 못했습니다."

뒤늦게 우화경은 막당의 목소리가 불안정하게 흐르고 있음을 깨달았다. 우화경이 조심스레 상체를 세우며 막당이 있을 곳을 응시했다. 안력이 어둠에 적응되자, 막당의 몸이 어렴풋이 보였다. 막당은 대자로 뻗은 채 꼼짝도 하지 않았다. 우화경이 엉덩이를 끌어 막당에게 다가갔다.

"많이 아프니? 다리가 정말 부러진 거야?"

"다리에서 '뚝!' 소리가 두 번 났습니다."

"그렇게 실감나게 얘기하지 마. 넌 왜 그러니? 나보다 무공도 뛰어난 애가 다리나 부러지고."

"죄송합니다, 첫째 사저."

"어디 좀 봐."

우화경은 몸의 운용이 자유로워지자마자 막당의 다리를 살폈다. 어둠 속에서 손을 내밀어 짐작 가는 곳을 짚었더니 막당의 허벅지가 만져졌다. 급히 손을 떼어 두근거리는 가슴을 부여잡은 우화경은 잠시 눈을 감고 어둠에 좀 더 적응하는 시간을 가졌다. 초구가 막당의 다리께서 웅크린 채 우는 소리를 냈다. 우화경이 눈을 뜨니 막당의 다리가 어렴풋이 보였다. 우화경은 비명이 터져 나오는 자신의 입을 재빨리 막았다. 막당의 무릎 아래가 기형적으로 꺾여져 있었기 때문이다.

"왜 이렇게 크게 다쳤어! 땅도 이렇게 무르고, 그리 높지도 않은데!"

"작은 바위가 하나 있습니다."

우화경은 막당이 뻗은 손을 따라 고개를 돌렸다. 어둠 속에 희미하게 보이는 손인 데다, 그것이 향하는 방향도 깊은 어둠이니 제대로 보일 리가 없었다. 우화경은 몇 번 상체를 뒤틀어보고 무리가 되지 않겠다 여기며 몸을 일으켰다. 욱신거리는 허리를 부여잡고 막당이 가리켰던 지점으로 몇 걸음 걸었다. 정말로 그곳에는 초구의 덩치쯤 되는 바위 하나가 내밀어져 있었다. 우화경은 막당이 운이 없다고 생각했다. 자신은 달리던 도중에 떨어져서 바위를 피한 듯싶었다. 아마도 막당은 미끄러졌기에 벽과 가까이 있는 바위 위로 떨어졌을 것이다. 우화경이 바위를 매만지며 한숨을 쉬다가 절벽 위를 향해 고개를 들고 외쳤다.

"사부님! 사매! 거기에 아직도 계세요?"

"가고 있다! 다친 곳은 없느냐?"

엉뚱한 방향에서 육모탕의 목소리가 들렸다. 하지만 우화경의 고개는 육모탕의 목소리가 들린 곳으로 돌아가지 않았다. 우화경은 멍한 얼굴로 하늘을 응시했다. 별이 보인다. 어둠에 적응된 눈이 절벽 위의 경계선과 하늘을 분간하고 있었다. 우화경은 눈살을 찌푸리며 혼잣말했다.

"이상해, 당아야."

막당이 몸을 움찔하더니 신음성과 함께 고개를 저었다.

"아니, 안 됩니다. 약속 때문에 사실대로 말할 수가 없습니다.”

“무슨 소리야?”

“왜 떨어졌냐고 묻는 것 아니었습니까?”

“그게 아니라… 내가 절벽 같은 데에서 처음 떨어져 봤기 때문에 잘은 모르겠지만, 원래 절벽에서 떨어지면 이렇게 멀리 떨어지는 거니?”

“무슨 말인지 모르겠습니다.”

우화경이 허공으로 손짓하며 말했다.

“저기에서 떨어진 것 같은데 이 자리는 너무 멀잖아. 내 생각대로라면 한 여기쯤 떨어지는 게, 아윽! 그래, 이 바위가 있는 곳에 떨어지는 게 정상일 듯싶어. 생각만 해도 끔찍하네.”

“그래서 두 번째 ‘뚝!’ 소리가 났습니다.”

우화경이 막당의 목소리에 잠깐 진저리를 쳤다가 표정을 굳혔다. 뭔가 감이 잡히는 게 있었다. 걸음을 옮겨 막당에게 바짝 다가간 우화경은 떨리는 목소리로 물었다.

“너는 저 바위 위로 떨어져 다리를 다쳤니?”

“예. ‘뚝!’ 소리……”

“그 소리 그만 해! 소름 끼친단 말야. 그러면… 그러면 말야, 난 어디로 떨어졌니? 혹시 내가 떨어지는 걸 봤어?”

“예, 첫째 사저. 제가 떨어진 곳으로 떨어지셨습니다.”

“그런데 왜 이쪽에 쓰러져 있었어?”

“제가 바위로 가서 이쪽으로 데려왔습니다.”

우화경의 가슴이 철렁 내려앉았다.

"자세히 말해봐. 떨어진 다음에 데려온 거야, 아니면 떨어지는 걸 받아서 여기로 엎어진 거야?"

"떨어지기 전에 제가 받아서……."

"그래서 또 부러진 거니? 그 다리?"

막당이 '뚜……'라고 말하려다가 급히 입을 막으며 우화경의 눈치를 봤다. 우화경은 아랫입술을 깨물며 막당의 다리로 손을 뻗었다. 상처가 손끝에 닿는 순간, 전신에 벼락이 치는 느낌이 들었다. 우화경은 급히 손을 떼며 울기 시작했다. 자신이 만진 것은 분명히 정강이로 빠져나온 다리뼈의 뾰족한 끄트머리였다. 초구가 코를 킁킁거리며 막당의 상처를 핥으려고 하자, 우화경이 급히 손을 내밀었다. 초구의 목을 끌어안은 우화경은 밤하늘에 대고 다시 외쳤다.

"빨리 오세요! 당아가 많이 다쳤어요!"

'당아가 많이 다쳤어요. 많이 다쳤어요. …어요.'

우화경의 외침은 산울림이 돌아왔고, 곽성린의 비명이 바람을 탔다. 육모탕은 '당아도 거기에 있느냐?'라고 외치다가 어디에서 미끄러졌는지 '어이쿠!' 소리로 말을 이었다. 우화경은 눈물 가득한 얼굴을 막당의 얼굴 쪽으로 돌렸다.

"미안해."

"왜 첫째 사저께서 미안해하시는지 모르겠습니다."

"그냥 미안해."

진흙에 뒤덮인 우화경의 손이 막당의 이마를 쓰다듬었다. 막당이 잔뜩 긴장하여 신음 소리조차 내지 않았다. 우화경이 또 한 번 울먹이는 목소리로 '미안해' 라고 말하자, 막당은 결국 '잘못했습니다, 첫째 사저' 라고 답했다.

다음날부터 육모탕과 곽성린이 바빠졌다. 둘은 막당의 다리에 쓸 약초를 찾기 위해 아침 해가 뜨면 부리나케 산행했다. 우화경은 막당의 곁에서 간호하는 일을 맡았는데, 이번에는 곽성린도 불만을 터뜨리지 않았다. 육모탕의 접골이 뛰어나지 못하여 부목을 댄 막당의 다리는 약간 비틀어져 있었다. 그것을 볼 때마다 우화경이 눈물을 훔쳤다. 우화경은 막당의 다리와 이마에 얹을 물을 갈아줄 때를 제외하고 항상 곁에 있었다.

"당아야, 많이 아프니?"

막당이 방에 누운 지 삼 일째 되는 날이었다. 우화경은 부목을 갈다가 울음을 터뜨리며 물었다. 막당의 다리가 눈에 띄게 비틀어진 것을 보았기 때문이다. 이대로라면 막당은 다리병신이 되리라. 그것이 자신의 탓이라 여겼는지 우화경의 눈물은 그칠 줄 몰랐다. 막당이 우화경의 어깨 너머를 보며 '어?' 하고 말할 때까지 우화경은 울고 있었다.

툭.

우화경이 앞으로 고꾸라지며 막당의 가슴에 얼굴을 묻었다. 막당이 창백한 얼굴로 우화경의 머리를 매만지자, 제갈당숙이 시큰둥하게 말했다.

"혈을 짚은 것뿐이니까 걱정하지 말아라. 쳇! 망할 녀석! 왜 함부로 다리를 부러뜨리고 난리냐! 네 녀석 때문에 네 사부가 수련법을 고민할 생각도 하지 않고 약초만 찾아다니지 않느냐."

"첫째 사매는 살아 있는 것입니까?"

"기절했을 뿐이다. 왜 기절했는지도 모를 테니 걱정하지 마라. 어디 다리 좀 보자. 허어억!"

제갈당숙은 눈을 동그랗게 치켜뜨며 입을 벌렸다. 그리고 주변을 이리저리 둘러보다가 우화경의 발치께에 있는 천으로 시선을 고정했다. 막당의 부목을 고정하던 천이었다. 고름이 많이 스며들어서 세탁하기 위해 빼놓은 것인데, 제갈당숙은 조금도 괘념치 않고 그것을 집어 들었다. 그리고 손으로 몇 번 뭉치더니 막당의 입에 쑤셔 박았다.

"아파도 비명을 지르면 안 된다. 명심해."

"우아."

막당이 불안에 젖은 눈으로 제갈당숙을 응시하며 고개를 끄덕였다. 제갈당숙은 쉴 새 없이 궁시렁거리며 우화경을 방 구석으로 치워 버렸다. 그리고 막당의 상처를 향해 쌍지를 내밀었다.

"빌어먹을 놈. 가르치는 재주는 있지만 치료하는 재주는 최악이구나. 이 꼴로 놔뒀다면 병신이 되지, 암. 진작에 찾아

올 걸 그랬네. 네놈이 병신 되면 그 녀석은 다시는 무공 수련법을 만들지 않을 테지. 큰일이야. 쳇, 정말 큰일날 뻔했어. 히히, 하지만 내가 누구냐? 어이쿠, 이 재수없는 자식! 벌써 뼈가 다 붙으려고 하네. 너도 보통 놈은 아니로구나. 히히히.”

“읍읍!”

막당이 괴로운 듯 몸을 뒤틀었다. 제갈당숙이 짐짓 근엄한 목소리로 꾸짖었다.

“참아라.”

“으부.”

막당이 평온해졌다.

“이놈 봐라?”

제갈당숙은 막당이 기특하여 요추의 혈을 짚었다. 갑자기 통증이 사라지자 막당은 콧바람으로 길게 숨을 내쉬었다. 하지만 곧 새로운 통증에 인상을 찌푸리고 말았다. 제갈당숙이 내력을 끌어올리며 막당의 다리뼈를 다시 부러뜨렸기 때문이다.

“끕!”

“참아라.”

평온해지기는 했으나 막당의 볼에 눈물이 선을 그렸다.

“네 녀석은 괴물이구나. 관운장의 바둑도 너만 못하겠다.”

제갈당숙은 막당의 다리를 치료하면서 쉴 새 없이 감탄했다. 한 번이라도 큰 소리를 내면 기절시킬 요량이었는데, 시간이 지날수록 막당은 신음성조차 내지 않았다. 정말로 화타에게 수술을 받으면서 바둑을 두었던 관운장을 대면하는 것만 같았다. 뼈의 조각들을 올바르게 맞추고 주변의 상한 근육을 바로잡을 때도 막당은 정신을 놓지 않았다. 우화경의 옷에서 얇은 실을 하나 빼내어 내력으로 살을 꿰뚫었을 때는 아예 행복한 표정이었다. '이런 건 아픔도 아냐'라고 생각하는 듯.

제갈당숙은 실의 좌우를 당겨서 살을 붙였다. 매듭이 모두 지어진 뒤에, 정강이 전체에 내력을 불어넣으니 오랜만의 치료치고는 결과가 좋았다. 제갈당숙은 흡족한 얼굴로 몇 번 고개를 주억거리다가 뒤늦게 생각난 듯 막당의 입에서 천 뭉치를 빼내었다.

"이제 됐다. 며칠은 고생하겠지만, 부러진 뼈를 온전히 붙였으니 오히려 더 튼튼해질 것이다. 히히히히, 그건 그렇고, 내가 준 건 사부에게 전했느냐?"

"예. 그런데 사부님께서 냄새 난다고 버리셨습니다."

제갈당숙이 막당의 멱살을 쥐고 으르렁댔다.

"다시 주워서 전해라. 네 사부가 그것으로 수련법을 공부하지 않으면 내 언젠가 이 집에 사는 모든 것들을 능지처참(陵遲處斬)할 것이다."

"꼭 그리하겠습니다."

"히히히, 좋아, 좋아. 그러면 이제……."

제갈당숙은 우화경의 몸을 옮겨 막당의 가슴 위에 엎어놓았다. 그리고 혈을 점하는 순간 바람처럼 신형을 날려 밖으로 사라졌다. 우화경은 낮게 신음하면서도 좀처럼 일어나려 하지 않았다. 얼마 지나지 않아 밖에서 기침하는 소리가 들렸다. 곽성린의 목소리도 들렸다. 막당이 창백한 얼굴로 입술을 떨며 우화경의 어깨를 흔들었다.

"으음……."

우화경이 비로소 눈꺼풀을 열었다. 고개를 살짝 들어올리니 막당의 얼굴이 코앞에 있었다. 잔뜩 긴장한 눈과 입술, 그리고 눈물이 범벅된 볼. 우화경은 스스로도 모르게 침을 꿀꺽 삼켰다.

"에그머니!"

우화경은 이제껏 몸을 묻었던 막당의 가슴에서 재빨리 멀어지며 옷매무새를 다졌다.

"내, 내가 잠이 들었니? 세상에……. 좀 깨우지! 아이 참."

우화경은 빨개진 얼굴을 두 손으로 매만지며 울상이 되었다. 그때 뒤에서 곽성린의 목소리가 들렸다. 차분한 목소리였다.

"사부님, 다시 나가서 제 약초도 좀 구해오세요. 뒷목이 뻣뻣해서 죽을 것만 같아요."

뒤를 돌아보니 활짝 열린 문으로 곽성린의 파들파들 떠는 모습이 훤히 보였다. 곁에 있는 육모탕은 우화경을 위해 염불을 외고 있었다. 우화경은 울고 말았다.

8장

막당에게로 흐르는 여행

# 막당에게로 흐르는 여행

참혹했다.

"나무아미타불."

동행한 비구니들의 흐느낌이 들렸다. 청성산(靑城山)을 향한 걸음이 이토록 괴로울 줄 전혀 예상하지 못했다. 유법은 끊임없이 염불을 외우며 괴로움에 떨었다. 명량 신니가 면벽수련(面壁修鍊)하던 자신을 청성파(靑城派)로 보낸 이유를 알 것 같았다. 다른 곳도 아닌 사천성의 중심지 성도(成都)다. 천하가 이렇게 끔찍하게 변했을 줄 누가 알았을까. 아미산에서도 보이는 청성산이었건만 한 걸음 한 걸음이 나락의 걸음인지라 아득하기만 했다.

"우으읍!"

속세의 끔찍함을 외면하지 못한 비구니 혜정이 급히 허리를 숙이며 토악질을 했다. 역겨운 냄새가 가득하나 비공(鼻孔)을 막으면 그만일 터. 냄새 때문에 토악질을 하는 것은 아니리라. 유법이 시선을 옮겼다. 아이가 굶주림에 독해진 눈으로 자신을 노려보고 있었다. 행여나 빼앗길까 두려웠는지 두 눈에 살기를 띠워가며 지키고 있는 먹이는 구더기였다. 목 없는 아낙의 시체 위로 꿈틀거리는 구더기를 하나하나 집어먹는 것이 나찰(羅刹)의 새끼처럼 보였다. 유법은 다시 한 번 합장하며 길을 재촉했다. 눈을 감으니 꿈일 듯싶었다. 꿈이기를 바랐다.

"강호의 협(俠)은 어디에 있는가. 도리(道理)가 어디에 있으며 의(義)를 찾는 자 누구인가! 아미타불! 나무아미타불!"

참지 못하고 유법조차 눈물을 흘렸다. 소문이 끔찍하여 믿지를 않았으나, 걸음걸음마다 보여지는 모든 광경들이 소문을 앞설 지경이었다. 관군의 도에 다리를 잘린 자가, 큰 출혈로 죽어가면서도 자신의 잘린 다리를 뜯어 먹는 광경을 보았다. 쌓아둔 시체를 하나 훔쳐 달아나다가 활에 맞아 죽는 자도 보았다. 겁에 질린 퀭한 눈이 이곳저곳에 숨어서 오들오들 떨었다. 어디서 들리는지 모르는 아우성과 비명이 도시를 덮었고, 관군이 지날라 치면 급히 멎었다. 숨어 있는 자들 중에 고통을 못 이겨 신음하는 자는 곁의 동료에게 죽임을 당했다.

아귀(餓鬼)와 수라(修羅)가 난무하는 혈천(血天)의 도시는 이미 속세라 부를 수도 없었다. 괴로웠다. 당장 불도의 품을 떠나 극성대협으로 돌아가고만 싶었다. 이토록 끔찍한 전쟁을 벌인 자들에게 악귀의 철장을 휘두르고 싶었다.

탁탁탁탁탁!

"아이고! 아이고!"

수많은 무리들의 발소리가 들렸다. 도망자의 발소리다. 유법과 두 명의 비구니가 급히 시선을 옮겨 한때는 저잣거리였던 골목을 바라보았다. 핏물로 얼룩진 땅을 깔고 앉아 굶주림을 버티던 사람들이 급히 팔을 놀려 기어가기 시작했다. 누군가 골목 어귀에서 '도망쳐라! 도망가!' 라고 힘없이 외쳤다. 유법이 또 한 번 합장하며 눈을 질끈 감았다.

"나무아미타불."

명랑 신니는 지금 유법에게 혹독한 시련을 건네고 있었다. 면벽수행의 헛됨을 일깨우듯 작금의 참혹함은 유법에게 큰 번뇌를 안겼다. 무슨 일이 벌어지고 있는지 알고 있었다. 관군이 금일치의 성과를 이루기 위해 성밖으로 나온 것이다. 어떤 놈이 그런 끔찍한 명을 내렸는지는 모르겠으나, 관군들은 반란자들의 목을 가져가야 했다. 유법은 아편에 취한 관군들의 시뻘건 눈을 여러 번 보았다. 아편도 저들의 심마(心魔)를 지우지 못하여 일부의 관군들이 눈물을 흘렸다. 몇몇의 미친 관군들이 신명나게 칼질하면 다른 관군들은 앞 다투어 달려가 사망을 확인하고 목을 베었다. 그것이 하루의 수순이었다. 인간을 사냥하는 놈들의 힘찬 발소리가 들렸다. 굶주린 자의 비명 소리가 유법의 가슴을 채우고 또 채워 숨 막히게 했다.

유법의 철장이 심하게 떨렸다. 유법은 그럴 때마다 떨리는 손으로 합장하며 '나무아미타불' 을 읊었다. 그때 투박한 어조지만 힘이 실려 있는 외침이 유법의 눈을 뜨게 만들었다.

"멈춰!"

청컹!

막힌 가슴을 뚫을 듯 청명한 금속음이 골목 하늘을 채웠다. 유법과 비구니들은 잔뜩 긴장한 얼굴로 굶주린 무리 속의 누군가를 응시했다. 청의여인이 골목 중앙에 자리를 잡고, 막 들어서는 관군들의 앞을 막는 중이었다. 관군들이 모두 놀라며 급히 멈췄다.

"네년은 뭐냐!"

대도에 시뻘건 핏물로 문양을 이룬 관군 하나가 윽박질렀다. 청의여인은 대답 대신 쌍철권을 힘껏 마주쳤다.

쩡!

매서운 금속음이 천둥처럼 울리며 주변 사람들의 심장을 뒤흔들었다. 유법은 자신을 등지고 있는 저편의 여인을 유심히 보았다. 괴이한 복장이다. 분명 뒷모습은 여인인데 복색은 여인이 취할 것이 못 되었다. 팔꿈치와 무릎 부위에는 검은 가죽을 덧대어 보기가 흉했고, 쓸데없는 부위에 천을 덧씌우지 않아 활동성을 중시하고 있었다. 또한 복색에 미(美)와 문양을 꾀하지 않았으니 영락없는 남자의 복장이다. 여인이 외쳤다.

"왜 이 사람들을 죽이려 하지? 이들이 죄라도 지은 거야?"

"네년이야말로 죄가 크다! 관의 일을 방해하고도 몸이 성할 듯싶으냐?"

"흥! 그런 것은 무섭지 않아! 여기까지 오는 동안 두 명의 관병을 죽였으니 더 죽인들 뭐가 달라지겠어?"

"반란군이구나! 이년이야말로 진정 처죽여야 할 죄인이다!"

선두의 관병이 뒤를 돌아보며 동료를 선동했다. 곧 동료들이 함성을 지르며 청의여인에게 달려들기 시작했다. 여인이 다시 한 번 쌍철권을 마주치며 호통 쳤다.

"이 개자식들아!"

여인의 호통이 어찌나 큰지 관군들은 달음질을 멈췄고, 유법과 비구니들도 어깨를 움찔거릴 정도였다. 여인은 자신의 뒤에서 떨고 있는 자들에게 검지를 뻗으며 눈물과 함께 호통을 이었다.

"대체 누가 죄인이야? 이 사람들은 너희들의 창칼에 휘말리고 네 상관들의 재화탐(財貨貪)에 굶주려 죄를 지을 힘조차 없다고! 대체 왜 죽이는 거지! 사람이 사람을 먹는 아귀도(餓鬼都)로 만든 네놈들이야말로 진짜 죄인 아냐? 말은 똑바로

하자! 내가 죄인이 아니라 네놈들이 죄인이다! 네놈들이 그렇게 달려들지 않아도 내가 가겠어! 징벌(懲罰)이다, 개자식들아!”

찌헝! 컹!

두 번 부딪친 쌍철권의 금속성이 땅을 흔들 지경이다. 유법은 눈매를 찡그려 여인의 팔에 채워진 것이 무엇인지를 확인해 보았다. 흑철권(黑鐵拳)이었다. 팔뚝을 덮는 두터운 철권이 여인의 팔을 채우고 있었는데, 보기만 해도 가슴이 두근거릴 만큼 위압적인 기운이 흘렀다.

관군들이 지레 겁먹고 한 발 물러섰다. 그러자 여인이 두 발 앞으로 나서며 ‘크아악!’ 하고 괴성을 질렀다. 유법의 곁에 있는 비구니들과 체형이 그리 차이가 나는 것도 아닌데, 행동은 영락없는 여포(呂布)의 무용이었다. 유법은 자신이 극성대협일 때 저만큼의 위압감을 보여준 적이 있었는지를 생각했다. 없었다. 좌우에 용과 호랑이를 끼고 포효하는 것 같은 저 여인의 위용은 한 번도 가져 본 적이 없었다.

“대체 네년은 누구냐!”

관군들이 좀 더 물러섰다. 앞에 있던 자가 창백한 얼굴로 물었을 때 여인이 신형을 날리며 외쳤다.

“나는 천수신권의 제일제자 한보다!”

“천수신권? 구동준을 말함인가?”

유법이 눈을 동그랗게 치켜뜨며 경악성을 터뜨렸다.

한보는 관군의 무리 속으로 뛰어들었다. 겁에 질린 관군의 도들이 한보 앞으로 급히 뻗어 나오며 길을 막으려 했다. 하지만 한보는 조금도 속도를 늦추지 않고 도날 가득한 곳을 향해 몸을 던졌다.

"이야아아아아아!"

짜가가강! 짱캉!

유법과 비구니들이 입을 반쯤 벌린 채 싸움을 구경했다. 세상에서 가장 무모한 무인이 있다면 바로 저 여인을 두고 하는 말일 것이다. 일직선이었다. 피하거나 막거나 그런 것도 없었다. 한보는 가차없이 우철권을 날려 자신의 앞을 막았던 관군들의 도를 후려쳤다. 아홉 개의 도가 조각나며 사방으로 흩어졌다.

열일곱 명의 관군들이 모인 곳에 홀로 뛰어든 한보는 곧장 오른쪽으로 몸을 돌리더니 또다시 직선으로 달리며 주먹을 휘둘렀다. 두 개의 도가 부러지고 한 명이 어깨를 맞았다. '뻐각!' 하는 끔찍한 소리가 들림과 동시에, 어깨를 맞은 관군이 바닥을 뒹굴며 울부짖었다. 아편에 취한 관군들은 후물거리는 몸짓으로 한보의 등을 향해 도를 휘둘렀다. 하지만 골목이 넓지 않아서 네 명 이상이 한꺼번에 한보를 노리기가 어려웠다. 저대로 도망치며 하나하나 상대한다면 한보에게도 승산이 있으리라. 유법은 오른쪽 골목으로 사라지는 한보를 보며 내심 안도했다.

콰가라라랑!

"이런!"

유법이 안심하자마자 한보가 다시 나타났다. 이번에도 일직선으로 달리며 왼쪽 골목으로 사라져 버렸다. 또 한 명의 관군이 나자빠진 채 얼굴을 감싸 쥔다. 관군들이 몸을 돌려서 왼쪽 골목으로 '우와아!' 외치며 달려갔다. 곧 한보가 지르는 예의 그 괴성이 터져 나오며 관군들 무리가 일제히 뒤로 밀려났다. 주먹을 휘두르며 거침없이 달리는 한보의 모습과 서로 얽히고설켜서 나뒹구는 관군들 모습이 우스꽝스럽기까지 했다.

"뒈져 버려라, 개자식들아!"

쾅! 퍽! 까강! 꽝!

유법이 안력을 돋우어 한보를 살피니 짙은 피부의 얼굴이 제법 미색이었다. 아무리 봐도 저렇게 호방한 짓을 저지를 용모가 아니었다. 오히려 금을 타고 시를 읊는 여인의 모습에 가까웠다. 그 아리따운 얼굴에 눈물이 가득했다. 이기는 자가 우는 모습도 유법에겐 처음이었다. 유법이 겪었던 우는 자의 모습은 언제나 무릎을 꿇고 용서를 비는 자에게 있었다. 확고하게 승기를 잡은 한보의 볼에 눈물이 흐르는 것은 이해하기 어려웠다. 비구니들이 돌아보며 어찌할 바를 물었지만 유법은 대답하지 않았다. 막힌 가슴이 한보의 철권에 의해 뻥 뚫린 것만 같았다.

"두고 보자, 네놈!"

관군 중 한 명이 고래고래 소리 지르며 도망쳤다. 그러자 이제까지 어물거리며 한보에게 어설픈 공격을 가하던 관군들도 급히 몸을 돌렸다. 한보는 저들을 향해 '하아아악!' 하며 괴성을 지르더니 스스로의 분을 이기지 못하여 씩씩거렸다. 그리고 주변의 땅을 급히 둘러보더니 마음에 드는 물건이 없는 듯 발을 구르더니, 두 팔의 흑철권을 벗어서 관군들이 도망간 골목으로 던져 버렸다.

"으왁! 카아악! 도망가지 마, 개자식들아! 이리 안 와?"

한보는 그것으로도 만족하지 못한 듯, 바닥에 떨궈진 도의 조각들을 한 품 안고서 놈들을 쫓아가며 하나씩 던졌다.

유법이 그제야 한보가 사라진 골목으로 신형을 날렸다. 막 골목을 돌아보니 한보가 도의 조각들을 마구잡이로 던지며 열심히 쫓아가고 있었다. 유법이 외쳤다.

"시주께서는 잠시 멈추십시오!"

"크와아아악!"

"한 시주! 그만 하십시오! 진정하세요!"

유법이 한보의 뒤를 쫓으며 꾸짖듯 외쳤다. 그제야 한보가 달음질을 멈추고 몸을 돌렸다. 유법은 바닥에 떨궈진 두 개의 철권을 주워 들고 한보에게 다가갔다. 철권을 받기 위해 내민 한보의 손바닥이 도의 조각에 베여 피를 머금고 있었다. 한보가 철권을 허리춤의 주머니에 넣으며 물었다.

“헉, 헉, 누구시죠?”

“소승은 아미파의 비구인 유법이라 합니다. 이제 저들을 그만 쫓고 상처를 치료하시는 게 좋겠습니다.”

“상처라뇨?”

“시주께서는 손을 다치셨습니다.”

“아, 이거.”

한보는 손바닥에 머금어진 피를 혀로 핥으며 쓰라리다고 투덜댔다. 유법이 곁의 혜량을 돌아보며 금창약과 상처를 싸맬 것을 꺼내라 했다. 한보가 상처 입은 손을 혜량에게 내민 채 유법을 응시하며 말했다.

“아미파에 계시다면 정도맹도 아시겠네요. 그렇죠?”

“알고 있습니다. 시주께서는 정도맹을 찾아가는 중이십니까?”

“혹시 일심 법사님을 아세요?”

“구천대제의 천축신승을 모르고서야 어찌 강호를 안다 할 수 있겠습니까. 볼수록 놀랍습니다. 천수신권의 제자로 부족하여 천축신승과 인연까지 닿으신 분이라니.”

“아, 잘됐다.”

한보는 환히 웃으며 기뻐했다. 조금 전의 여포 같은 모습은 어디서도 찾아볼 수가 없었다. 혜량이 한보의 손을 치료하며 얼굴을 붉혔다. 같은 여인임에도 불구하고 호방한 모습에 마음이 끌린 듯했다.

“법사님이 지금 어디에 계신지 아시나요?”

유법은 한보의 얼굴을 물끄러미 보았다. 멀리서 보았을 때는 피부가 짙어서 몰랐는데, 가까이서 보니 동안이었다. 아무리 봐도 부모 품을 떠날 나이가 아니었다. 유법이 합장하며 한숨을 쉬었다.

“하아, 천축신승을 뵙는 것은 무림에 뜻을 둔 이들이 누구나 갖는 소원입니다. 빈승이 신승의 소재를 어찌 알겠습니까?”

“찾을 수 있는 방법도 없나요?”

한보가 울상이 되어 물었다. 그러자 손의 치료를 마친 혜량이 유법의 눈치를 보며 조심스레 입을 열었다.

“천축신승이시라면 중원에 오실 때마다 정도맹을 찾는 것으로 알고 있습니다. 시주께서는 정도맹을 찾아 신승의 소재를 묻는 것이 어떻겠습니까?”

“아, 스님 언니. 저도 그럴 생각이었어요. 그런데 정도맹이 본채를 옮겼다고 하더라고요.”

“예. 예전에는 이 부근이었으나 지금은 원래 있던 동방세가로 옮겼습니다.”

“거기는 너무 멀어서 문제예요. 게다가 벌레 같은 놈들이 마을마다 하나둘 꼬박꼬박 보여서 시간도 지체되고요.”

“못 본 척 지나가면 되는 것 아니겠습니까?”

유법이 슬그머니 운을 띄웠다. 한보의 성정을 알아보기 위한 수였다. 한보가 곧 싸늘한 눈으로 유법을 흘겼다.

"스님들은 그래서 보고만 계셨던 것이군요. 흥! 사람이 이유없이 사람을 잡는데 사람 주제에 사람이 잡히는 걸 구경만 하고도 스스로가 사람이라고 생각하다니 참으로 사람답군요. 퉤!"

"달마의 경전도 시주의 말씀보다는 덜 어려울 것입니다. 하하하."

유법은 한보의 반응에 만족하여 크게 웃었다. 그제야 한보도 유법이 자신을 떠봤던 것임을 알고 멋쩍게 웃었다. 유법은 합장으로 사과했다.

"빈승 또한 시주처럼 가슴을 내밀어 협을 논하고 싶습니다. 하나 빈승의 불심이 깊지 못하여 일 년 전에 큰 죄를 지었으니, 그 죄가 또다시 더 큰 죄를 낳게 될까 두려워 소인배의 가슴을 안았습니다. 시주께서는 불쾌하셨더라도 빈승을 용서하시고 좀 더 많은 이야기를 나눌 기회를 주십시오."

"짐작했어요. 하지만 전 다시 떠나야 해요. 꼭 찾아야 할 친구가 있거든요."

"친구라고 하셨습니까?"

유법이 놀라며 눈을 치켜떴다.

"천축신승께서 시주의 친구이십니까?"

"아하하하! 아예 욕을 하시네요. 법사님이 제 친구를 데리고 있다는 말이었어요."

유법은 호방하게 웃는 한보가 마음에 들었다. 그래서 아쉬웠다. 한보가 미모의 여인만 아니었다면 좀 더 마음을 여는 관계가 되었을 텐데. 유법은 내키지 않았지만 자신의 곁에 있는 비구니들을 의식하여 한보와의 경계선을 그었다.

"시주의 사부이신 천수신권 구동준 대협은 빈승이 속세에 연을 두고 있을 때 몇 번 술잔을 나눈 적이 있습니다."

"엇! 그러세요?"

"빈승이 부끄럽게도 속세에서는 패악하여 구 대협께서 달갑게 여기지 않으셨던 것으로 기억합니다. 하나 빈승은 구 대협의 협행을 존경하여 늘 흠모하는 마음을 가졌지요. 그 마음은 지금도 변치 않으니, 이제 구 대협을 제자를 뵙게 되어 기쁘기 그지없습니다."

"우리 사부님, 좀 답답하죠? 옛날에도 분명히 그랬을 거예요."

"아…… 예, 그런 면이 조금 있었습니다."

"천성이에요, 천성. 제가 법사님의 편지를 받고 당아가 걱정되어 강호로 떠나겠다 했더니 그날로 가둬 버리잖아요. 몰래 도망치다가 세 번을 들켰는데, 그제야 보내주시더라고요. 뭐, 사실 보내줬다기보다 성공적으로 도망쳤다고 봐야 옳겠지만."

유법이 잠시 눈을 감았다. 한보가 말한 이름이 가슴을 메웠다. 감긴 눈꺼풀의 어두운 면에서 막당의 만두 먹는 모습이 새겨졌다. 자신에게 큰 깨달음을 주었던 막당과 이 여인이 말한 '당아' 라는 이름은 그저 우연일 것이다. 하나 막당의 뺨에 새긴 자신의 용문처럼 꿈틀거리는 이 여인의 협심에서 묘한 인연의 끈이 느껴졌다.

유법은 눈꺼풀을 열어 속세를 보았다. 귀를 열자 지옥도의 신음성이 가슴을 후려쳤다. 여전히 퀭한 눈의 아이는 구더기를 집어먹고 있었고, 겁에 질린 사람들이 어둠 속에 눈알만 남겼다. 속세로 치부하여 애써 외면하는 자신과 다르게 세상에 거침없이 주먹을 들이대는 여인. 막당만큼이나 잊기 어려운 모습이었다. 유법은 한보와 좀 더 같이 있기를 원했으며 어떠한 방법으로든 도움을 주고 싶었다.

"시주께서 불편하지 않으시다면 동행하는 게 어떻겠습니까?"

유법이 마음속의 결정을 내리고 뜻을 물었다. 한보가 '그렇게 하죠' 라고 대뜸 대답한 뒤에, '근데 왜요?' 라고 물었다. 유법은 미소를 지었다.

"친구를 찾는 일에 도움을 드리고 싶습니다. 하나 빈승이 적(籍)을 두고 있는 아미파는 정도맹과의 사이가 좋지 않습니다. 그러니 정도맹을 통하여 천축신승의 행방을 찾아드리는 일은 쉽지 않을 것입니다."

"아미파가 정도맹과 사이가 좋지 않다고요?"

한보가 놀라 물었다. 아미파는 동방천의 검기(劍起) 때부터 뜻을 같이하여 정도맹을 창설한 세력이었기 때문이다. 지금이야 삼십구문 십칠파 육사의 대집단이지만 한때는 육파 삼문 일사에 불과했던 정도맹이었는데, 그 육파 속에 아미파가 들어 있었다. 창맹(創盟) 세력인 아미파가 정도맹과 사이가 나쁘다는 것이 한보로서는 이해되지 않았다.

유법이 한보의 궁금증을 짐작이라도 한 듯 미소를 지으며 설명했다.

"강호에 있는 자들이라면 모두 아는 사실입니다. 아미파에는 빠른 성취를 위하여 비구와 비구니들이 서로 다투는 것을 권장하는 상무적(尚武的) 관습이 있습니다. 서로에게 해를 끼치지만 않으면 시기와 질투를 인정하지요. 이는 정도맹의 기치와는 맞지 않고 오히려 마교의 뜻과 비슷합니다. 오래전부터 정도맹에서는 아미파의 관습을 없애기를 바랐으나, 절대 안 될 말이지요. 그리하여 지금은 겉치레의 교류 외에 다른 만남을 갖지 않고 있습니다."

"뜻밖이에요. 실은 스님을 통해서 정도맹과 연락을 취해볼까 했는데 어렵겠군요."

한보가 낙담하며 고개를 숙였다. 곧 유법이 합장하며 '그렇지 않습니다' 라고 말했다. 한보가 기대감 어린 눈으로 유법을 마주 보았다.

"지금 저희들은 청성산으로 가는 중입니다. 아미파는 정도맹과 교류하지 않으나, 청성파는 다릅니다. 그곳의 도인들이라면 분명 시주께 도움을 주실 것입니다. 같이 가시겠습니까?"

한보가 화색이 되어 외쳤다.

"물론이죠!"

뛸 듯이 기뻐하며 앞서 가는 한보의 뒷모습을 보고 유법이 흐뭇하게 웃었다. 하지만 유법보다 더 기뻐하는 사람은 곁에 있는 혜량이었다.

유법의 제안으로 일행은 산길로 향했다. 도시의 역겨운 냄새와 신음 소리를 피할 요량도 있었지만, 관군과 충돌하는 사태를 예방할 셈이기도 했다.

하지만 산행도 곱지는 않았다. 아미산과 청성산이 그리 먼 거리가 아니건만, 일행은 여정 중에 세 번이나 산적을 만났다. 그러나 무공을 아는 산적은 한 명도 없었으며, 모두가 굶주려 싸울 힘도 없었다.

한보가 처음 만난 산적들을 불쌍히 여겨 먹을 것을 주었다. 그러나 저들의 요구가 끝이 없어서 끝내 옷을 벗으라는 명령까지 내렸다. 유법이 튼튼한 옷을 주겠다며 바위에 장정의 몸이 들어갈 정도의 구멍을 뚫자, 첫 번째 산적들은 곱게 돌아갔다. 두 번째 산적들을 보자마자 유법의 철장이 땅을 후려쳐서 돌려보냈고, 세 번째 산적들은 유법이 철장을 든 채 무얼 할까 고민하는 사이에 묵묵히 돌아갔다.

“아, 저기.”

청성산 기슭에서 혜정이 손을 뻗었다. 셀 수 없이 많은 무리들이 한곳에 모여 터를 이룬 것이 보였다. 유심히 지켜보던 한보가 미소를 지었다. 청성파의 도사들이 빈민에게 음식을 나눠 주고 있었다. 관군들을 피하여 산으로 도망친 무리들을 청성파가 돌봐주고 있었던 것이다.

“청성파의 협심에 눈물이 나려 하네요.”

한보가 정말로 눈물을 글썽이며 유법을 돌아봤다. 유법이 부끄러운 듯 딴청을 부렸다. 아미파도 빈민들의 호소를 받았으나 명량 신니에게 알려지기도 전에 거절한 일이 있었다. 성도의 관군과 여러 번 교분을 다졌던 아미파로서는 골치 아픈 일이 될지도 모르는 속세의 문제에 관여하고 싶지 않았던 것이다. 씁쓸한 마음으로 청성파를 부러워할 때 음식을 나눠 주던 도사 중 한 명이 유법을 보았다. 나이 서른이 못 된 것 같은 용모의 도사는 곁의 다른 자에게 일을 맡기고 유법 일행에게 다가왔다.

“아미파에서 오셨습니까?”

유법이 합장하며 목례했다.

“아미타불. 빈승은 유법이라 합니다. 청성파의 장문께 전할 것이 있어서 찾아왔습니다.”

“철장백승의 위명은 예전부터 흠모하고 있었습니다. 빈도는 건곤자(乾坤子) 손우강(孫雨康) 도사님께 가르침을 받는 종리춘(鍾離春)이라 합니다.”

“손 도사의 제자시군요! 아미타불. 제자를 들이지 않기로 유명한 손 도사께서 마음을 바꾸셨으니, 그 자질을 짐작할 수 있겠습니다.”

“과찬이십니다.”

종리춘은 이목구비가 뚜렷하고 턱 선에 힘이 있어 호남형이었다. 기골이 장대하지는 않았으나 도복(道服)의 선을 이루는 굴곡들이 제법 튼튼하여 많은 수련을 거친 몸임을 알 수 있었다. 유법이 일행을 소개할 겸 몇 마디를 나누었는데, 대답이 굵고 간결하여 도사에 어울리지는 않았으나 협심을 의심하기 어려웠다. 크게 만족한 유법은 터울을 없애고 이야기를 나누었다.

“저들은 성도에서 피난 온 자들입니까?”

“하아아.”

종리춘이 한숨으로 답하자, 막 곁으로 다가온 또 한 명의 도사가 포권하며 말했다.

“하하하, 어디 성도뿐이겠습니까? 곳곳에 전란의 혈풍이 불었으니 입소문만으로 이곳을 찾는 이들이 많습니다.”

유법은 종리춘의 곁에 있는 도사에게 합장했다. 역시 젊은 도사였다. 눈이 크고 입술이 좁으며 피부가 밝으니 서생의 용모다. 체형도 고르지 않고 도복의 단전 부위가 살짝 솟은 것을 보니, 수련을 성실히 한 것 같지가 않았다. 마른 체구에 배가 저리도 나왔다면 식탐이 강하고 규칙을 지키지 못하는 인물일 가능성이 높았다. 유법의 합장이 끝나자 종리춘이 곁의 도사를 소개했다.

"빈도의 사제입니다."

"녹지현(鹿知見)입니다. 천하제일의 철장백승을 뵙게 되니 큰 영광입니다."

유법이 손을 저으며 과분한 칭찬은 욕이라고 농담했다. 실은 농담을 빌린 진심이었다. 녹지현이라는 젊은 도사는 유법의 마음에 들지 않았다. 대화에 갑자기 끼어든 것도 그렇거니와, 자신의 소개가 끝나자마자 한보를 힐끗 보며 소개해 줄 것을 요구하는 눈치가 큰 불쾌감을 주었다. 유법은 마지못해 한보를 소개했는데, 곧바로 이어지는 녹지현의 과장된 인사가 유법의 철장을 떨게 만들었다. 면박이라도 주고 싶었지만 참았다. 그대신 유법은 반보를 옮겨 녹지현의 모습을 시야 밖으로 몰아내고 종리춘과 마주 보았다.

"아미타불. 큰 덕을 베풀고 계시니 청성파의 명성은 만수를 누릴 것입니다. 혹여 베풂에 있어 부족한 물품이 있다면 빈승이 본 파의 장문께 특별히 부탁하여 지원하지요."

"하하하, 뜻은 감사합니다만 부족함이 없습니다."

종리춘이 대답하기가 무섭게 뒤에서 녹지현이 말을 이었다.

"그렇습니다. 하하하, 걱정하지 마십시오. 우리 청성파의

협행을 알고 성문상회(城門商會)와 사성표국(四星鏢局)에서
협찬을 하고 있으니 무엇이 부족하겠습니까. 아참, 여기 이곳
에 계속 서 계실 것이 아니라, 저쪽으로 오시지요. 마침 사성
표국에서 좋은 검남춘(劍南春)을 서 말이나 주었으니 크게 대
접하겠습니다."

유법은 어쩔 수 없이 녹지현을 돌아볼 수밖에 없었다. 미소
를 짓고는 있었으나, '이 철장을 바늘 삼아 녹 도사의 주둥이
를 꿰매기 전에 닥쳐 주시지요'라고 말하고 싶은 생각이 간
절했다. 고맙게도 종리춘이 굳은 얼굴로 녹지현을 질책했다.

"사제가 무례하구나, 속세를 떠나신 분에게 술을 권하다
니."

"아, 그렇군요. 하하하하하, 그러나 청성파의 도사들은 술
을 즐깁니다. 또한 여기 계신 한 소저는 불가에 귀의하지 않
으신 듯하니 술을 권해도 좋지 않겠습니까?"

그럼 그렇지. 유법의 입 안에서 극성대협 때의 욕설이 맴돌
았다. 애초에 나 따위는 안중에도 없었구나. 혜정의 용모와
한보 시주의 용모가 반반하여 수작을 부리는 것이렷다. 자,
잠깐, 네놈은 청성파 도사가 아니냐! 유법은 뒤늦게나마 녹지
현과 직업관을 논하고 싶어졌다. 그때 한보가 말했다.

"술은 됐어요. 녹 도사께서 자꾸 제 가슴을 보시니 부끄러
움에 취했거든요."

"그랬느냐, 사제!"

종리춘이 펄쩍 뛰며 고함쳤다. 유법은 불심이고 나발이고 한보를 끌어안고만 싶었다. 잘했습니다! 장하십니다, 한보 시주!

녹지현이 당황하여 얼굴을 붉히며 변명했다.

"그것이 아닙니다, 사형. 보시다시피 한 소저의 복색이 특이하지 않습니까? 강호가 혼탁하니 한 소저께서 이곳에 오는 동안 어려운 일을 당하시어 이런 복색을 한 것이 아닐까 생각했습니다. 그리 생각하니 측은한 마음이 들어 몇 번 살폈던 것이지요."

"허어, 그렇구나. 하하하, 한 소저께서 오해를 푸시지요. 제 사제가 그럴 위인은 아닙니다."

"오해할 것도 없는걸요. 그냥 제 가슴을 봐서 부끄러웠다는 얘기만 했을 뿐이에요. 그런데 이 옷이 그렇게 이상한가요?"

"처음 보는 옷이긴 합니다."

"맞습니다! 천하절색의 한 소저께서 취할 복색은 아닙니다. 빈도가 잘 아는 사저가 있으니, 청성파에 가시면 좋은 여복(女服)으로 갈아입으실 수 있도록 돕겠습니다."

"됐어요."

"……."

무안해하는 녹지현을 뒤로하고 한보는 어디론가 걷기 시작했다. 일행의 시선이 한보의 걸음에 쏠렸다. 한보가 걸어간 곳은 빈민들이 통을 들고 줄을 지어 있는 지역이었다. 줄을 선 빈민들 모두가 서글픈 눈으로 자신들을 보고 있었다. 뒤늦게 종리춘이 당황하며 녹지현을 질책했다.

"저들에게 음식을 모두 나눠 주지 않고 여기로 왔단 말이냐? 사제가 일의 순서를 모르는구나."

"죄송합니다. 너무 귀한 손님들이 오셔서 음식을 나눠 주는 일을 늦춘 것뿐입니다. 지금 곧 나눠 줄 테니 사부님께는 말씀하지 말아주십시오."

녹지현은 당황하며 급히 달려갔다. 이미 한보가 빈민들에게 음식을 나눠 주고 있었다. 유법과 종리춘은 한보의 행동이 흐뭇하여 미소를 지었다. 하지만 한보의 얼굴은 굳어져 있었다.

"음식이 부족하겠어요."

"그, 그렇게 한꺼번에 많이 나눠 주시면 어떻게 합니까!"

녹지현이 대경하며 한보에게서 국자를 빼앗았다. 한보가 한 걸음 물러서며 녹지현이 나눠 주는 모습을 보더니 입을 쩍 벌렸다.

"그게 한 끼 식사예요?"

녹지현이 한보를 향해 웃음 지었다.

"충분합니다. 아직 이곳에서 어느 누구도 굶어 죽은 일은 없지요. 저희 청성의 도사들이 분배를 정확히 하여 모두에게 골고루 나눠 주었기에 가능한 일입니다."

"제가 살던 마을의 미화가 칼을 입에 물고 살을 뺄 때도 그
것보다는 많이 먹었다고요! 좀 더 주세요! 아, 도사님, 쪼잔하
게 그게 뭡니까! 국자 줘봐요!"

"안 됩니다! 허억! 그렇게 많이? 뒷사람은 어찌 먹이려고
그러십니까! 사부님이 아시면 제가 혼쭐납니다."

"누가 협찬한다면서요! 그쪽보고 더 지원해 달라고 하면
되잖아요. 거기 유법 스님! 아미파에서 지원 가능하다고 하셨
죠? 협찬 좀 해주서야겠어요! 이 사람들 피골이 상접한 것 좀
보세요!"

유법이 한보의 곁으로 와서 큰 통에 담겨진 국과 만두를 보
더니, 고개를 돌려 줄을 선 사람들을 헤아렸다. 유법은 곤혹
한 얼굴로 종리춘을 돌아봤다.

"배급할 음식은 이것이 전부입니까?"

"그렇습니다."

종리춘의 대답에 유법이 눈살을 찌푸렸다.

"아까는 충분하다고 말씀하셨지 않습니까? 빈승이 보기에
는 턱없이 부족합니다. 어찌하여 지원을 마다하십니까?"

종리춘은 대답 대신 길게 한숨을 뱉었다. 곧장 녹지현이 무
어라 말하려 했으나, 종리춘의 엄한 호통에 눌려 소리를 내지
못했다.

"제가 천사동(天師洞) 입구까지 안내해 드리겠습니다."

종리춘은 유법에게 목례하며 길을 재촉할 뜻을 보였다. 유

법이 잠시 침묵하다가 고개를 끄덕였다. 간신히 한보를 달래어 산행을 했는데, 오솔길을 지나면서 종리춘이 말했다.

"배급 분량은 사부님께서 지정해 주셨습니다."

유법이 기다렸다는 듯 말을 받았다.

"적습니다. 저 양으로는 배를 채우기가 어렵다는 걸 종리도사께서 어찌 모르십니까?"

"알고 있습니다. 하나 아미파에서 지원을 해주더라도 마찬가지가 될 것입니다."

"그게 무슨 뜻입니까?"

"지금 사부님께서는 빈민들에게 식량과 물자를 나눠 주는 일을 맡고 계십니다. 그 식량과 물자는 청성오악(靑城五嶽) 사숙님들께서 고중헌(高中憲) 사숙조님께 받아 넘기고 계십니다. 또한 고 사숙조님은 장문인께 물건을 받아서 청성오악 사숙님들께 넘기고 있지요. 성문상회와 사성표국에게 물건을 전달받는 분은 장문인이십니다. 필시 아미파의 지원도 같은 경로를 통할 것입니다."

"흥! 유통 이문이 상당하겠군요."

한보가 노골적으로 불쾌감을 드러냈다. 유법도 그리 좋은 기분은 아닌지 여러 번 한숨을 쉬었다.

"모두 청렴하신 분들로 알고 있는데 누가 중간에 그런……."

"더는 자세히 말씀드릴 수 없습니다."

이미 종리춘은 모든 사항을 알려준 것과 다름이 없었다. 기실 청성파의 제자가 자신의 문파에 먹칠할 말을 꺼냈다는 것 자체도 놀라운 일이었다. 종리춘은 자신의 문파에서 벌어지는 일이 무척이나 답답한 모양이다. 유법이 종리춘의 굳은 얼굴을 풀기 위해 화제를 바꿨다.

"그런데 산 아래에서 음식을 나눠 주는 녹 도사도 건곤자의 제자이십니까?"

"그렇습니다."

"허헛, 건곤자께서 그간 많은 심적 변화를 겪으신 듯합니다."

"사부님께서는 저를 만나기 전까지만 해도 제자를 두실 생각이 없으셨습니다. 제가 중독된 사부님을 구하는 기연을 얻게 되어 이리 된 것이죠."

"중독이라뇨?"

유법이 놀라 물었다. 건곤자 손우강이라면 정도뿐 아니라 사도, 마도에서도 존경받는 자가 아닌가. 손우강은 사리분별이 뛰어나고, 사람에 대한 정이 오롯하여 그 누구도 허투루 대하는 경우가 없었다. 그 경우가 죄를 지은 자에게까지 미치니 '아무리 큰 죄를 지은 자라도 청성의 건곤자를 만나면 도움을 받을 수 있다' 라는 소문까지 돌 지경이었다. 유법은 그런 인물에게 독을 쓸 만큼 원한을 가질 사람이 존재한다는 게 믿기지 않았다. 또한 그런 원한을 가졌다고 해도 건곤자가 쉬이 당할 만큼 녹록한 무공을 가진 이도 아니었다. 건곤자라면 청성파 내에서 다섯 손가락에 꼽힐 정도의 고수였다.

"자세한 내막은 저도 모릅니다."

유법의 심중을 꿰뚫기라도 한 듯 종리춘이 냉정하게 말을 맺었다. 애초에 유법은 건곤자의 중독 문제가 본론이 아니었기에 더 이상 묻지 않았다. 대신 속내를 마저 펼쳤다.

"그렇다면 녹 도사께서도 종리 도사와 같이 건곤자를 구했던 것입니까?"

"아닙니다. 사제는 사부님과 과거의 인연이 따로 있습니다. 사제의 부친과 사부님께서 절친한 지기였던 것으로 압니다."

그 순간 유법의 뇌리를 스치는 것이 있었다. 도가에 어울리지 않을 성정을 갖고 무공의 자질 또한 없는 자가 어떻게 손우강의 제자가 될 수 있었는지를 알 것 같았다. 또한 녹지현의 부친이 누구인지도 감이 잡혔다. 유법은 더 이상 녹지현의 이야기를 꺼내지 않았다.

청성파는 청성산 정상에 터를 잡고 있었다. 청성파의 시조이며 처음으로 단(壇)을 세운 장도릉(張道陵)은 기관절학(機關絶學)에 재주가 있어 청성파를 이루는 모든 건축물에는 오행팔문(五行八門)의 힘이 실려 있었다. 때문에 정사마의 오랜 싸움이 지속되는 지금까지 청성파는 단 한 번도 적의 침략을 받은 적이 없었다. 대부분 청성파가 이룬 최대의 업적인 도강언(都

江堰)만 보고도 겁에 질려 무리를 되돌리곤 했다. 성도(成都) 평
원서부의 민강(泯江)은 항상 크게 범람하여 농민에게 큰 피해
를 줬었는데, 오행의 수리법을 깨우친 이빙(李氷)과 그 아들이
도강언을 축조한 이후로 그런 일이 없었다. 어찌 보면 성도가
사천성의 중심지가 될 수 있었던 이유도 도강언 때문이라 할
수 있었다.

"대단하군요."

천사동에 들면서부터 한보의 감탄은 그칠 줄 몰랐다. 바닥
을 구르는 돌 하나에도 도가의 품격을 느낄 수 있을 정도다.
종리춘은 천사동 내를 한참 걷다가 건복궁(建福宮)에 이르자,
그곳의 문을 지키던 자에게 수행 역을 인계했다. 건복궁을 지
키는 자는 종리춘에게 있어서 사숙뻘이었다. 주향상(周享上)
이라는 도사였는데, 나이는 종리춘과 차이가 크지 않으나 청
성장문 장악진(張岳眞)의 친제(親弟)를 스승으로 모신다고 했
다. 청성장문 장악진은 두 명의 동생이 있는데, 남동생 장현
진(張見眞)은 청성의 도인이면서도 풍심(風心)이 강하여 항상
강호를 주유(周遊)했다. 이 두 사람과 배다른 여동생인 장화
란(張花蘭)은 지금 아미파 명량 신니의 제일제자다. 이러한
혈통으로 청성과 아미의 항렬을 따지게 된다면, 명량 신니의
제자인 유법은 주향상의 사숙뻘이 될 것이다. 그것을 감안한
듯 주향상은 일행을 안내함에 있어 스스로를 크게 낮추었다.

"한 소저께서 이리도 칭찬을 하시니 부끄럽기만 합니다."

　연신 이어지는 한보의 감탄에 주향상이 여러 번 웃었다. 유법은 주향상을 통해서 그 사부인 장현진의 수위를 짐작할 수 있었다. 주향상은 스스럼없이 걷는 듯했으나, 걸음 하나하나에 비류보(飛流步)의 절학이 느껴졌다. 걸음을 통해 청성파 내부의 결계를 열어놓는 것이 분명했다. 우수의 끝 살이 눈에 띄게 밝은 것을 보면 절영수(絶影手)를 연마한 듯싶었는데, 아무리 늙게 봐줘도 불혹(不惑)이 되어 보이지 않는 자가 지닐 수 있는 굳은살이 아니었다. 게다가 좌수와 우수의 형태가 사뭇 달라서 쌍수변환공(雙手變換功)에도 재주가 있을 듯싶었다. 젊은 제자가 저러하다면 그 사부는 필시 구천대제와도 논검할 수 있을 정도의 수위에 이르렀으리라.

　“하필 금일은 장문께서 호응정(呼應亭)을 찾는 날입니다. 시간이 지체되더라도 양해를 부탁드립니다.”

　한참을 걷다가 주향상이 뒤늦게 생각난 듯 말했다. 유법이 고개를 끄덕이고는 한보에게 호응정이 청성산 정상에 있음을 알려줬다. 한보는 오히려 그것이 마음에 들었는지 웃음으로 답했다. 길을 걷는 동안 자연의 기가 너무도 청량(淸凉)하고 새소리가 흥겨워 일행의 입가에 미소가 지워지지 않았다. 덕분에 일행들은 한보가 장문인을 만나서 무슨 짓을 하게 될지 꿈에도 예상하지 못했다.

　“아미파에서 손님이 오셨습니다.”

　호응정에 도착하자, 주향상이 예를 갖추며 외쳤다. 곧 호응정에서 두 명의 도사가 일행에게 다가와 이유를 물었다. 한 명은 장악진에게 뜻을 전하러 정자로 걸었고, 또 한 명은 손님을 접대할 음식을 가지러 하산했다. 곧 유법을 찾는 장악진의 목소리가 들렸다. 혜정과 혜랑, 그리고 한보는 정자에서 멀찌감치 떨어진 채 기다렸고, 유법 혼자 장악진에게로 걸어갔다. 얼마 지나지 않아 비구니들과 한보를 불러오라는 지시가 내려졌다.

"어이쿠! 절색의 처자들이 왔군."

수염을 쓸며 웃음과 농담을 던지는 장악진은 치아가 하나도 없었다. 얼굴은 온통 주름과 검버섯이 가득했고, 뼈가 살가죽을 당장 뚫고 나올 듯 앙상하여 측은하기까지 했다. 하지만 기이하게도 장악진의 머리카락과 수염은 젊은 무장의 것처럼 검고 윤기가 흘렀다. 한보가 괴이한 장악진이 용모에 잠시 놀랐으나, 곧 평정을 찾고 인사했다.

"천수신권 구동준의 제일제자 한보예요."

"컬컬컬! 유법 스님께 들었어. 구 대협이야말로 강호에 다시없을 인재였지. 그런데 한 소저가 찾는 사람이 있다고 했던가?"

"그것은 나중의 문제이며 그전에 청할 이야기가 따로 있어요."

"호오, 더 큰 문제가 있었어? 이 늙은이가 도움을 줄 수 있다면 좋겠구먼. 컬컬컬."

"왜 불쌍한 사람들을 등쳐 먹으시죠?"

와가락!

막 음식을 가져왔던 도사가 한보의 뒤에서 들고 있던 것을 모두 떨어뜨렸다. 아직까지 정자 계단 아래 서 있던 주향상도 창백한 얼굴이 되어 있었다. 코밑의 백염(白髥)이 인상적인 또 한 명의 도사는 이미 검의 손잡이에 우수를 가져간 상태였고, 유법과 비구니들은 혼백이 나가 버렸다.

"무례하십니다, 소저!"

음식을 떨궜던 도사가 뒤늦게 정신을 수습하고 호통 쳤다. 한보는 뒤를 흘끗 쳐다보았다가 바닥에 떨어진 음식을 보더니 마침 잘됐다는 듯 손을 뻗었다.

"이것. 청성산 아래에 모인 사람들 모두의 한 끼 식사가 이 분량조차 안 되더라고요. 제법 많은 지원을 받고 있다고 들었는데, 중간에 이놈저놈 다 떼먹고 요 따위만 남겨서 준다고 하네요. 장문 할아버지도 얼마 떼먹고 계시겠죠?"

챙!

"닥치시오! 예를 갖춰 손님을 대했건만 이 무슨 모욕이시오! 당장……."

"네 검이나 닥쳐, 이것아!"

결국 검을 빼 들어 한보의 목을 겨누던 도사가 장악진의 면박을 받았다. 도사는 붉으락푸르락한 얼굴로 어쩔 줄을 모르다가 음식을 줍는 도사에게 눈치를 받고서야 검을 회수했다.

장악진이 한보를 마주 보더니 입을 크게 벌렸다.

"이도 없는 늙은이가 먹으면 얼마나 먹는다고 불쌍한 백성들 음식을 떼먹겠어? 자세히 좀 말해봐. 고자질이든 모함이든 체계를 갖추지 못하면 먹히지를 않는 법인 게야. 컬컬컬."

"상회와 표국에게서 물건을 직접 받으신다면서요?"

낮게 깔린 한보의 음성이 장악진을 공격했다. 하지만 장악진은 웃음으로 막았다.

"컬컬컬컬컬! 그것 봐. 체계를 갖춘 모함을 들었으니 그렇게 당하잖아. 걷기도 힘들어 죽겠는데 이 늙은이가 그걸 왜 직접 받아? 기껏 고생해서 장문인이 되었으니 수명 다하기 전에 아가들 좀 잔뜩 부려먹어야지. 이 늙은이는 그런 게 있다는 얘기만 들었어."

이제 당황하는 사람은 한보가 되었다. 한보는 곤혹한 얼굴로 산 아래를 향해 손을 뻗으며 외쳤다.

"하지만 제가 들은 건 달라요! 장문 할아버지께서 물건을 받아 누구한테 주면 그 누구가 다섯 명의 누구들한테 물건을 전하고, 마지막으로 그 다섯 명의 누구들이 건곤자 도사님께 전달한다고 들었단 말예요! 그 과정에서 누군가가 물건을 빼돌리고 있고요!"

곧 장악진이 고개를 들어 주변을 살폈다. 호응정 주변에 있는 자들 중에 제일 막내가 주향상이었다. 장악진은 웃음을 지우지 않은 채 명령했다.

"이 예쁜 소저가 말하는 누구들 목록 좀 알아봐."

주향상이 당황하여 급히 답했다.

"고 사숙님과 오악 사형, 사저님들입니다. 하지만 그분들께서 그런 일을 하실 리 없습니다."

"그걸 네가 어찌 알아? 일단 알아봐야 나도 이 예쁜 소저를 면박 주던가 하지. 어서 가서 걔들을 불러 모으고, 그중 제일 뚱뚱한 놈이랑 얼굴에 개기름 흐르는 놈을 데려와."

"장문께서 명하신 대로 따르겠으나, 그런 외모를 가지신 분은 삼악도(三嶽道) 이 사저(李師姐)뿐입니다."

"경혜(京慧)뿐이야? 하긴 혜아의 그 몸이라면 옥청궁(玉淸宮) 하나가 통째로 들어갈 만하지. 그래도 혜아는 아닐 거야. 다른 놈 없어?"

"없습니다. 모든 분들이 청렴하여 결코 그런 일이 벌어질 리 없습니다."

"그걸 어떻게 알아요? 열 길 물속은 알아도 한 길 사람 속은 모른다고 했어요."

한보가 퉁명스레 면박했다. 곧 주향상이 눈을 부릅뜨며 분노로 몸을 떨었다. 곁에 있던 도사의 손이 또 한 번 검을 빼냈다.

"도저히 못 참겠다! 청성의 자랑이 청렴결백이거늘, 네년이 어찌 이리도 능욕하느냐!"

"컬컬컬컬. 그만 하라고 했잖아, 이놈아. 거, 그놈, 그렇게 안 봤는데 성질 참 더럽네. 제자를 잘못 들인 건가?"

"사부께서 너무 관대하신 겁니다! 청성을 능욕하는 자에게 어찌 그러십니까! 결코 있을 수 없는 일을 있다고 떠드는 자이니 지금 당장 죄를 논하지 않으면 강호에 청성을 욕할 계집이 될 것입니다!"

검은 여전히 한보의 목덜미를 겨누고 있었다. 유법이 뒤늦게 정신을 차리고 한보를 말렸다.

"이제 그만 하십시오, 한 시주. 왜 이리 경거망동하십니까? 시주께서 이러시면 동행한 저희들의 입장은 어떻게 되겠습니까?"

"아, 그건 미안해요. 이따가 또 사과드릴게요."

"이따가? 그런 시간이 너에게 있을 리 없다!"

도사가 검을 높게 치켜들었다. 동시에 장악진이 노래했다.

"검이 날아가네. 허이, 좋아야, 검이 떨어지면 네가 모가지로 막아라아."

장악진이 언급한 자는 음식을 가져왔던 임현종(林現淙)이었다. 임현종이 울상이 되어 자신의 사형인 구방(俱房)의 앞을 막았다. 하지만 곧 사부를 돌아보며 고개를 저었다.

"제자가 사형의 검을 막을 이유가 없습니다. 사부님께서는 저 여자의 속에 사기(邪氣)가 흐르고 있음을 왜 모르십니까? 필시 청성을 욕할 마음을 가진 채 이곳으로 왔을 것입니다. 더 이상 용서를 논하지 말아주십시오."

“자자, 우선은 진정들 하십시오.”

유법은 더욱 난처하여 몸을 일으킨 채 손을 저었다. 혜정과 혜량은 잔뜩 겁을 먹고 어쩔 줄을 몰라 했다. 검과 살기가 전신을 감싸고 있었건만 한보는 꿈쩍도 하지 않았다. 장악진을 마주한 채 반쯤 고개를 숙인 한보는 무어라 중얼거리기 시작했는데, 그 말을 알아듣기가 어려웠다. 한보와 제일 가까이 있던 유법이 먼저 고개를 돌리며 물었다.

“지금 뭐라고 하셨습니까, 한 시주?”

“……라고요.”

“예? 잘못했으니 용서를 바란다고 하신 겁니까?”

유법이 기대감에 어린 표정으로 한보의 정수리를 보는 순간, 그 정수리가 급작스레 솟구쳤다.

“다 덤비라고요, 젠장! 그 사람들 배급받는 걸 직접 봤는데 뭐 이렇게 말들이 많아?”

“헉! 참으십시오! 참으세요!”

철컹! 카캉!

어느새 한보는 흑철권을 쌍수에 끼우고 범처럼 울부짖었다.

“다 나와! 솔직히 비리가 들통날까 봐 알아보지 못하는 거지? 이놈의 청성파, 오늘 끝장을 보자!”

“컬컬컬, 것봐라, 이놈들아. 너희들이 진정을 못하니까, 저 예쁜 소저가 막 가지 않느냐? 컬컬컬컬.”

장악진의 웃음소리를 듣자 두 제자는 더 이상 화를 내지 않았다. 장악진이 성량(聲量)을 높여 웃을 때는 화가 났음을 의미하는 것이며, 그 대상은 언제나 웃음소리와 함께 말을 건 존재였다. 자신들을 향해 웃으며 말했으니, 장문인은 지금 한보가 아닌 청성파 제자들에게 화가 난 것이다. 구방과 임현종은 마치 한보에게 주눅 든 듯 어깨를 움츠리며 자제했는데, 주향상은 달랐다. 장문인의 성격을 모르는 주향상은 여전히 분기탱천하여 한보에게 일갈했다.

"내가 한 소저를 잘못 보았소! 당신을 이곳으로 데려온 죄가 빈도에게 있으니, 이제 둘의 피를 섞어 죄를 갚겠소!"

"그만 하거라!"

웃음소리를 멈춘 장악진의 음성에 내력이 실렸다. 어찌나 무거운 호통인지 구방과 임현종의 몸이 절로 굳을 정도였다. 그러나 놀랍게도 주향상은 장악진의 일갈에 아무 영향도 받지 않은 듯 출수하고 있었다. 더욱 놀라운 것은 주향상의 우장을 받는 한보 또한 흔들림이 없었다는 점이다.

투컥! 툭. 투. 퍽!

주향상의 우장을 좌철권으로 휘돌려 허공에 넘긴 한보가 우철권으로 반격을 취했다. 곰이 앞발을 쓸 듯 맹렬한 기세였지만, 주향상이 먼저 좌수로 방점(防點)을 장악하고 가볍게 흘려보냈다. 한보는 자신의 공격이 무위로 돌아간 것에 굴하지 않고 회오리세로 상대의 어깨를 노렸는데, 어느새 주향상의 장력이 가슴 앞에 벽을 만들어 쌍철권을 흩어버렸다. 그와 동시에 한보는 턱을 맞고 한쪽 무릎을 꿇었다.

"뭐지?"

분명 주향상은 두 손으로 공격을 막았는데 또 하나의 손이 나타나 한보의 턱을 올려친 것이다. 한보가 몸을 일으키려 했지만 쉽지 않았다. 정신은 말짱한데 온몸의 뼈가 다 빠져나간 듯 힘을 줄 수가 없었다. 그사이에 주향상의 쌍장이 한보의 양어깨를 점하기 위해 급히 추락했다. 한보는 시체처럼 미동도 하지 않다가 주향상의 쌍장을 고스란히 받아들였다.

퍼펑!

분명 그사이에 장악진이나 유법이 개입할 여지가 있었다. 하지만 둘 다 싸움을 막으려 하지 않았다. 아니, 한쪽은 막을 수가 없었다. 장악진이 슬쩍 내민 일 보의 걸음이 유법의 갈 길을 모두 막아버렸기 때문이다. 유법은 눈 깜짝할 사이에 벌어진 사태에 놀라 입을 벌리는 것 외에 할 일이 없었다.

"이건 뭐냐!"

정작 한보의 어깨를 후려쳤던 주향상이 더 당황했다. 분명히 타격으로 혈을 점하여 일순간 '부동의 형태'를 이루는 데 성공했다. 그리고 그 찰나의 기회를 놓치지 않고 공격을 가했다. 그런 완벽한 승세를 점한 상태에서 반격을 당한 것이다. 주향상은 튕겨진 쌍장을 수습하며 일 보 물러섰다. 믿을 수 없었다. 한보의 양어깨가 무당(武當)의 신묘한 무공이라도 펼치듯 자신의 쌍장을 되튕기다니!

"그만 해. 켈켈켈, 그만 하면 됐다. 컬컬컬컬컬."

장악진이 수염을 쓸며 웃었다.

한보는 분기를 삭이지 못한 채 무릎을 쥐고 억지로 일어서더니 다시 한 번 주향상과 싸우기 위하여 우철권을 뒤로 당겼다. 그러나 당겨진 우철권은 앞으로 쏘아질 생각을 하지 않았다. 크게 놀라 돌아보니 우철권의 팔뚝 문양에 있는 작은 요철 틈으로 장악진이 검지의 손톱을 걸어놓고 있었다.

"됐다니까, 예쁜 소저. 요즘 젊은이들이 예법을 중히 여기지 않는다지만 사형과 사생결단을 낼 셈이야? 컬컬컬컬."

"예?"

한보가 멍한 얼굴로 되물었다. 어째서 주향상이 사형이 되는지를 물어보려 했으나, 그보다 먼저 유법이 곤혹한 얼굴로 장악진을 찾았다.

"아미타불. 소승의 눈이 틀린 것이 아니라면 조금 전에 주도사께서 시전하신 무공은 청성의 무공이 아닌 것 같습니다."

"청성의 무공은 맞아요. 응용편이라서 문제지."

"응용편이라고 하셨습니까?"

"그래요. 컬컬컬, 현진이, 이 괴팍한 놈이 청성의 무공들을 이리저리 뜯어놔서 알아볼 수 없게 만들었지요. 방금 그 무공은 쇄비천수장(碎碑千手掌)의 응용편이에요. 파괴력을 줄이는 대신 속도를 높였으니 누가 알아볼 수 있으려나. 켈켈켈."

"소승이 쇄비천수장을 견식한 적이 있습니다만, 전혀 다릅니다. 게다가……."

"출수의 형식은 같아요, 같아. 하지만 출수하는 시작점이 다르지요. 컬컬, 피하기가 참 어려운 공격이라서 이 늙은이도 골치가 아픕니다. 게다가 기둥을 부술 만큼 강력한 파괴력이 있다 하여 쇄비천수장인데, 파괴력을 죽였으니 '쇄비' 라는 말을 계속 붙여야 할지 고민이에요. 컬컬컬."

유법은 이상한 기분이 들었다. 장악진의 말대로라면 주향상의 쇄비천수장은 쇄비천수장이라고 할 수도 없는 것이었다. 그것을 응용편이라고 말하는 이유도 알 수 없거니와, 그렇게 바꿔야 할 이유가 있을지도 의심이 갔다. 빠른 연타에 파괴력까지 갖췄기에 청성파의 자랑이 아니었던가. 파괴력을 없앤다면 그 가치가 어디에 있단 말인가. 마치 그 생각을 읽은 듯 장악진이 '쩝쩝' 소리를 내며 말을 이었다.

"스님께서 유심히 보지를 못했구먼. 컬컬컬컬, 귀한 구경이었는데 아까워요."

"무슨 말씀을?"

"상대에게 충격을 주는 타격기가 혈까지 점할 수 있는 무공을 또 보셨어요? 클클클."

뒤늦게 유법은 주향상이 보인 쇄비천수장이 얼마나 두려운 것인지를 깨달았다. 어떤 방법을 쓰는지는 알 수 없으나,

장을 뻗어 닿는 부위에 혈도가 있으면 그것을 점할 수도 있는 타격기라는 얘기였다. 이제껏 그런 무공이 있다는 얘기를 들어본 적이 없었던 유법으로서는 큰 충격이었다. 유법은 멍한 얼굴로 주향상을 돌아봤다. 한보에게 다그침을 받으며 어쩔 줄을 몰라 하는 주향상의 모습이 중원의 별처럼 빛나 보였다. 다그침? 유법은 한보의 행동에 뒤늦게 놀라며 급히 외쳤다.

"제발 무례를 그치십시오, 한 시주!"

그러자 한보는 유법을 돌아보며 불만을 터뜨렸다.

"스님께서 제 말을 가로챘으니 이 사람에게 묻는 것이 당연하잖아요!"

"뭐, 뭘 물어보려 하신 겁니까?"

"우리 사부님의 제자가 아니라고 하시는데, 왜 이 사람이 제 사형이 되는 거예요?"

주향상도 그것이 궁금한 듯 장악진을 보았다.

"저도 궁금합니다. 큰 사부님께서 여기 계신 소저가 제 사매라고 말씀하시는 이유를 모르겠습니다."

장악진은 주향상에게 답하는 대신 한보에게 물었다.

"이봐, 예쁜 소저. 소저는 천수신권 구 대협 말고도 다른 사람을 사부로 모신 적이 있지?"

"없어요."

"있어, 있어. 잘 생각해 봐. 컬컬컬."

한보가 불쾌한 듯 안색을 붉히며 언성을 높였다.

"없다니까요! 우리 사부님은 천수신권 구동준뿐이에요! 나한테 무공을 가르쳐 준 분은 그분뿐이라고요. 그나마 또 한 명 있다면 일심 법사님이 어쩌다 한 번 들러서 몇 가지 알려 주신 것……."

"것봐! 것봐! 컬컬컬컬."

"일심 법사라고요? 설마 천축신승 일심 법사님을 말씀하시는 것입니까!"

주향상이 대경하여 외쳤다. 놀란 사람은 주향상뿐이 아니었다. 유법은 이미 예상한 듯 고개를 끄덕였으나, 장악진의 직계제자인 구방과 임현종의 얼굴은 창백한 상태였다. 장악진이 웃음을 멈추지 않은 채 말했다.

"일심 법사가 누군지 모르지? 컬컬컬, 그놈이 바로 이놈의 사부이자 내 동생이야."

"헉!"

이번에는 유법이 거품을 물 정도로 놀라 버렸다. 구방이 휘청거리며 정자의 기둥을 붙잡고 몸을 지탱하는 것을 보니, 청성파의 다른 도사들도 그 사실을 몰랐던 것 같았다. 다들 멍한 얼굴로 장악진의 다음 말을 기다렸다. 그러나 장악진은 웃기만 할 뿐, 그 뒤의 이야기를 꺼내려 하지 않았다. 기다리다 못한 유법이 일심 법사의 전력을 물었으나 장악진은 여전히 웃기만 했다. 그리고 웃음을 멈췄을 때는 호통이 터져 나왔다. 손님을 맞이할 음식을 다시 내오라는 호통이었다.

임현종이 급히 하산하려 했는데, 장악진이 구방에게도 눈짓을 주었다. 뒤늦게 두 제자는 사부의 뜻을 알고 머리를 조아리며 일심 법사의 정체까지 함구하겠다는 맹세를 했다. 장악진은 두 제자에게 가까이 오라고 하더니 기특하다며 머리를 한 번씩 쓰다듬어 주었다.

"자아, 일단 너도 좀 이리 와서 앉아라. 아무래도 넌 청성산을 떠날 때가 된 것 같으니."

"예?"

장악진의 손짓에 주향상이 당황했다. 주향상이 머뭇거리다가 자리를 잡아 앉자, 장악진이 이번에는 유법을 마주 보며 코를 벌름거렸다. 유법이 그 뜻을 눈치 채고 뒤를 돌아보았다.

"너희들은 이제 그만 자연을 즐겨도 될 것이다."

"예."

혜량과 혜정이 합장하더니 천천히 손을 들어 눈을 가렸다. 곧이어 귀를 막았다가 입을 가리는 동작을 보이며 하산한 도사들의 뜻과 같음을 알렸다. 그 모습이 기특하여 장악진이 다가오라고 했는데, 유법이 어서 내려가라고 손을 휘저었다. 장악진이 자신들의 삭발한 머리를 쓰다듬는 것은 달갑지 않은 일이어서 두 비구니는 급히 하산했다. 호응정에 네 명만 남게 되자, 장악진이 수염을 쓸며 한보를 돌아봤다.

"예쁜 소저는 내 동생을 찾는 중이라고 했지?"

"예. 어디에 있는지 알고 계세요?"

"나야 모르지. 그 망할 놈은 도사질 팽개치고 불가에 들어
간 이후로 이곳을 한 번도 찾아오지 않았거든."

"대체 어떻게 된 일입니까? 빈승은 장문의 친제께서 구천
대제의 천축신승이라는 것이 아직도 믿어지지 않습니다. 듣
기로 여전히 강호를 주유하며 협행을 하시는 것으로 알고 있
었습니다만……."

"그건 그 계집애가 만들어낸 헛소문이지요. 컬컬컬, 불가
에 귀의한 계집이 거짓말도 참 잘한다니까."

"혹시… 화법(化法) 스님을 말씀하시는 것입니까?"

"오이. 내 동생 화란이. 걔도 그 사실을 알고 있어요. 컬
컬."

"빈승이 오늘 참으로 놀라운 소식을 들었습니다."

"놀랍기는……. 아직 그럴 때가 아니지. 이제부터 잘 들어
야 해요."

장악진은 몇 번 헛기침을 하더니 장탄식을 하듯 길게 한숨
을 쉬었다. 모두가 침묵하며 장악진의 쭈글쭈글한 입술을 응
시했다. 장악진은 정자 바닥에 시선을 놓고 말을 시작했다.

"하늘의 연이라고밖에 볼 수가 없겠구먼. 스님께서 명량
신니, 그 할망구의 전언을 가져오는 도중에 예쁜 소저를 만난
것은 우연이라 보기 어려워요. 모든 것이 얽혀 있거든."

"무슨 뜻입니까?"

"작금의 강호가 위태로우니 정도맹의 결속을 다지는 연판

장을 남기자는 내용 말이에요. 컬컬컬, 그것이 단지 사도맹과 마교가 연합했기 때문이라고 보면 곤란하지. 암암, 낭패지요. 스님께서는 최근에 뭔가 이상한 점을 느끼지 못했어요? 컬컬 컬.”

“빈승이 부족하여 무슨 뜻으로 그런 말씀을 하시는지 모르 겠습니다.”

“정의신검이 정도맹을 배신했다는 게 믿겨져요? 컬컬컬, 게다가 천산녹왕(天山鹿王)의 녹상문(鹿商門)이 마교와 내통? 어림도 없는 소리지. 이렇게 망해 버린 정도맹의 문파가 벌써 여덟이에요. 거참, 이상하지. 다들 하나같이 의협심에 부족함 이 없는 사람들이었는데 왜 이런 일이 있을까. 그게 아마도 팔 년 전 우 대협의 가문이 몰살당하는 것으로 시작됐던가?”

그러자 유법도 정자 바닥으로 시선을 깔며 한숨을 쉬었다.

“허어, 그것은 빈승도 동감입니다. 모두 다 믿을 만한 분들 이었으니 오해가 빚은 참극일 것입니다. 확실히 최근 들어 그 런 일이 잦아지고 있지요.”

“오해는 아니에요. 누군가 고의적으로 일을 꾸미는 것 같 아요.”

“예?”

“정도맹에 중한 직책을 맡은 놈이 뭔가 흉계를 꾸미고 있 어요. 컬컬컬, 지금 내 동생이 그 흉계의 조각을 발견하여 쫓 기는 중이라고 들었거든. 에잉, 바보 같은 녀석. 그냥 천축국

에서 얌전히 염불이나 외울 것이지, 왜 이 따위 피비린내 나
는 일에 가담을 해서 그 꼴이 되나 몰라. 컬컬컬컬."

유법이 곤혹한 얼굴로 장악진을 보았다. 한보가 하품을 하
다가 일심 법사가 쫓기는 중이라는 말에 놀라며 눈을 치켜떴
다. 주향상은 너무도 중한 내용인 듯하여 감히 끼어들지 못하
고 있었다. 장악진이 한보와 주향상을 번갈아 보더니 말을 이
었다.

"이 늙은이의 평생에 그놈만큼 무공의 귀재를 본 적이 없
었으니, 아무리 큰 위험에 빠졌다 할지라도 별 걱정은 없으리
라 여겼거든. 컬컬컬, 그런데 그게 아닌 것 같아요. 어쩌면 이
미 죽었을지도 모르지. 아, 속세를 떠났으니 열반에 들었다고
해야 하나?"

"자세히 좀 말씀해 주십시오! 누가? 천하에 누가 있어 천축
신승을 위험에 빠뜨리게 할 수 있단 말입니까? 그럴 수 있는
자는 오직 정도맹주인 무량검 동방량뿐입니다!"

"동방량은 아니에요. 그럴 이유가 전혀 없거든. 강호통일
을 목전에 둔 늙은이가 왜 굳이 사도와 마도를 손잡게 하고
공작왕까지 끌어들이겠어요? 다른 놈이에요. 그리고 이 늙은
이의 생각이 틀리지 않다면 육외천 중의 한 놈이 분명해요."

"공작왕을 제외한 다섯 중에 또 누군가가 강호의 패권에
관여하고 있다는 말씀이십니까?"

"그렇지 않고서야 내 동생이 쉽게 당할 리 없지요. 컬컬컬."

“잠깐!”

한보가 급히 손을 들며 외쳤다.

“일심 법사님이 돌아가셨다고요? 그게 무슨 소리예요? 그럼 일심 법사랑 같이 있던 내 친구는요? 지금 내 친구 막당도 죽었다고 말할 셈이신 거예요, 할아버지?”

유법의 머리 속이 새하얘지고 말았다. 유법은 백지장처럼 창백해진 얼굴로 한보를 돌아보며 신음하듯 물었다.

“지금… 막당이라고 하셨습니까?”

『용들의 전쟁』 2권에 계속…

# 무한 상상 · 공상 세계, 청어람 신무협&판타지

## 최강의 다모와 신선풍의 사신, 최악의 악동을 한꺼번에 만나게 될 것이다!

그곳에 그놈이 있다!
악몽(惡夢)의 시작이다!

# 『불선다루』 (不善茶樓)

불선다루(不善茶樓) / 송진용 지음

〈선량하지 않은 찻집〉이란 뜻의 괴이한 다루는 지독한 흙바람 속에서 삐거덕거리며 용케 버티고 서 있다. 세상 사람들이 〈누런 구렁이 고개〉라고 부르는 높은 언덕 위에 외롭고 쓸쓸히 서서 바람이 잠잠해지기를 기다리는 것이다.

"내, 내, 내가 요괴의 소굴에 들어왔나 보다."

악몽(惡夢)은 이제부터다! 무법자들의 지옥!
불선다루를 침범한 자 진정한 악몽이 무엇인지 알게 되리라!

# 잘나가고 싶은 사람은 읽어라!

**그에게 한눈에 반했다! 그것은 분위기 탓?**
**애인과 나란히 걸어갈 때 당신은 좌, 우 어느 쪽에 서는가?**
**이성은 왜 서로 끌리는 걸까? 그 심층 심리를 해명한다!**

# 30초의 심리학

■ **30초의 심리학**
아사노 하치로우 지음 / 계일 옮김 | 값 8,500원

처음 본 사람인데 와 닿는 느낌이
너무나도 강렬한 사람이 있다.
흔히 하는 말로 '필이 꽂힌 사람',
그래서 잊혀지지 않는 사람,
한눈에 반했다고 하는 것이 바로 그것이다.
이런 인간의 감정을 논하는 데
남녀의 구분이 있을 수 없다.
사랑하는 그, 혹은 그녀를
생각하는 것만으로도 가슴이 두근거린다.
이상할 것 없다. 당연히 그럴 수 있는 것이다.
그렇기에 인간을 감정의 동물이라 하지 않는가.
그러나 그렇게 좋아하는 그 사람이
어느 날 갑자기 싫어지는 경우는 왜일까?

Psychology